Le miracle d'une nuit

*

Ensemble pour une nouvelle vie

MARION LENNOX

Le miracle d'une nuit

Traduction française de
CHARLINE McGREGOR

BLANCHE

HARLEQUIN

Collection : Blanche

Ce roman a déjà été publié en 2019

Titre original :
THE BABY THEY LONGED FOR

HARPERCOLLINS FRANCE
83-85, boulevard Vincent-Auriol, 75646 PARIS CEDEX 13
Service Clients — www.harlequin.fr
ISBN 978-2-2805-1059-2 — ISSN 0223-5056

Édité par HarperCollins France.
Composition et mise en pages Nord Compo.
Imprimé en août 2024 par CPI Black Print (Barcelone)
en utilisant 100% d'électricité renouvelable.
Dépôt légal : septembre 2024.

FSC
www.fsc.org
MIXTE
Papier issu de sources responsables
FSC® C159065

Pour limiter l'empreinte environnementale de ses livres, HarperCollins France s'engage à n'utiliser que du papier fabriqué à partir de bois provenant de forêts gérées durablement et de manière responsable.

1

Heureuse est la mariée sur qui brillent les rayons du soleil.

Et plus heureuse encore était la mère de la mariée.

La mère d'Addie rayonnait depuis qu'elle avait lu les prévisions météorologiques. En fait, elle rayonnait depuis qu'Addie et Gavin avaient annoncé leurs fiançailles.

Et le Dr Adeline Blair aurait dû être tout aussi ravie, sauf qu'en l'occurrence elle avait du mal. À la vérité, elle ne se reconnaissait pas, à croire qu'elle avait intégré le corps d'une inconnue. Elle ne se sentait pas à sa place.

Pourquoi ? Tout était pourtant parfait. Elle était sur le point d'épouser son amour d'enfance, elle rendait sa mère merveilleusement heureuse et, avec un peu de chance, Gavin et elle auraient peut-être un bébé avant...

Non, ne pense pas à ça aujourd'hui.

Elle jeta un coup d'œil discret en direction de sa mère, assise à son côté dans la limousine. Le cancer. Les métastases. Maeve avait l'air en forme aujourd'hui, mais demain ?

— C'est le plus beau jour de ma vie, murmura sa mère.

Addie l'enlaça — ce qui n'était pas chose facile, vu la quantité de tulle qui l'entourait, sans compter son voile.

La voiture s'arrêta devant la petite église, véritable image de carte postale avec son arche de roses encadrant l'entrée. Les invités étaient sans doute entassés à l'intérieur, attendant l'arrivée de la mariée. Comme le photographe qui semblait monter la garde.

Addie n'avait pas de demoiselles d'honneur. C'était sa mère

qui faisait office d'assistante et elle aussi qui l'accompagnerait jusqu'à l'autel.

— Oh ! Addie..., dit cette dernière, des étoiles plein les yeux, tandis que le chauffeur leur ouvrait la portière. J'ai l'impression de rêver.

Addie s'autorisa enfin à se détendre : sa mère était heureuse, Gavin l'attendait. Elle l'aimait, elle en était sûre, d'ailleurs elle l'avait toujours aimé. Les réserves qui avaient repoussé ce jour aussi longtemps étaient certainement idiotes.

Elle souleva le bas de sa robe, sortit de la voiture et se retrouva... face à face avec Noah McPherson.

Noah. Chirurgien remplaçant à l'hôpital Sydney Central. Le supérieur immédiat de Gavin. Et son garçon d'honneur.

Noah était grand, brun et imposant, dans son costume parfaitement taillé. Il avait une petite trentaine d'années, mais sa maturité talentueuse et son sérieux le faisaient paraître plus âgé. Or, en cet instant, il était particulièrement sérieux.

— Qu'est-ce... Qu'est-ce qui se passe ? demanda-t-elle avec effort.

Mais elle connaissait la réponse avant qu'il n'ouvre la bouche.

— Gav ne va pas pouvoir.

— Il ne peut pas... Quoi ?

Elle ne le croyait pas. Elle était là, sous un soleil éclatant, dans sa robe aussi aérienne qu'une barbe à papa, et elle posait une question dont elle connaissait la réponse. Depuis qu'elle avait aperçu Noah.

— Gav dit qu'il ne peut pas t'épouser, répondit-il d'une voix douce. Je suis vraiment désolé.

Addie avait l'impression que toutes les cloches qui ne sonnaient pas dans l'église s'étaient donné rendez-vous dans sa tête, sur le point d'exploser. Gavin la larguait devant l'autel ? Non, impossible.

— Je... Il t'a donné une explication ?

Bizarrement, elle était assez fière d'avoir réussi à sortir sa question sans bafouiller.

— Oui. Mais mieux vaut que tu n'entendes pas ça maintenant.

— Dis-moi, ordonna-t-elle.

Jadis, Adeline Blair était dotée d'un sacré caractère, mais plus aujourd'hui. Pas après des années dans une maison où chaque crise de colère était accueillie par : « Addie, que dirait ton père ?

Tu me brises le cœur un peu plus. » Les larmes de sa mère avaient apprivoisé la mégère en elle et, son fameux caractère, elle l'avait enfermé sous clé tout au fond d'une cave. Là, pourtant, la bête semblait vouloir se réveiller.

— Dis-moi, insista-t-elle.

Noah grimaça.

— Addie… On ferait mieux de parler de ça en privé…

— J'ai besoin de savoir, le coupa-t-elle. Dis-moi pourquoi.

Il prit une profonde inspiration, manifestement gêné.

— Gav a dit… que toute sa vie a été dirigée par des femmes. Leurs chagrins, leurs besoins… Et maintenant que ta mère est malade… Il ne pouvait pas te l'avouer, il ne souhaitait pas te faire plus de peine, ni à sa mère ni à la tienne, mais il a décidé qu'il ne pouvait pas continuer comme ça. Il veut avoir sa propre vie.

— Sa propre vie…

— Ce sont ses mots.

— Et donc… Donc il a décidé de m'annoncer ça à cinq minutes du début de la cérémonie ? Ou plutôt, de me faire annoncer ça par toi ?

Elle se débattait contre une crise d'hystérie qui menaçait de la submerger malgré ses propres injonctions silencieuses au calme.

— Eh bien, il faut croire que oui… Tu veux que je te conduise quelque part ?

— Il n'a même pas eu le courage de me téléphoner ?

— Il craignait que tu essaies de le faire changer d'avis.

— Il me considère comme… Quoi ? Son ennemie ?

— Il faut peut-être que tu envisages ça de son point de vue… Il dit que tu comptes trop sur lui. Il ne veut pas te blesser, mais il se sent forcé au mariage par la maladie de ta mère.

Addie ne comprenait plus rien.

— Mais… Il voulait m'épouser. Il me le demande presque une fois par semaine depuis mes sept ans.

— Il pensait peut-être que tu ne dirais jamais oui. Je ne sais pas. En tout cas, il a fini par se rendre compte qu'il ne pouvait pas s'y résoudre. Il dit qu'il ne veut plus être contrôlé par ce qu'il appelle…

— Par ce qu'il appelle quoi ?

Elle ne se reconnaissait pas. Cette colère…

— Eh bien, tu ne dois pas le prendre pour toi…

— Vas-y, dis.

Noah lâcha un soupir.

— Toi, ta mère, sa mère, il vous a désignées sous le terme de… monstrueux régiment de femmes.

Les invités commençaient à sortir de l'église, se demandant ce qui se passait. Rebecca en tête… Rebecca, la femme de Noah, clouée dans son fauteuil roulant et belle comme le jour. Elle était aussi la propagatrice de tous les commérages au vitriol qui lui passaient à portée d'oreille. En l'espèce, son visage était animé de tout un tas d'émotions. Parmi lesquelles Addie crut déceler… Du plaisir ?

Tous leurs collègues et amis de l'hôpital étaient derrière.

Suivie de la mère de Gavin, Lorna, qui arborait un air consterné. Flanquée de la mère d'Addie, blême.

— Tu as passé la matinée avec lui, à écouter ces idioties…, répliqua Addie en, s'efforçant de ne pas hausser le ton. Qu'il ne voulait plus que je compte sur lui ? Je me suis occupée de sa mère autant que de la mienne, et ce depuis aussi loin que je me souvienne. Et maintenant… Et toi, Noah, tu travailles avec moi tous les jours, et tu n'as pas eu le cran de m'avertir plus tôt…

Incapable de contrôler sa rage plus longtemps, elle voyait rouge. Toutes ces années passées à se taire, à accepter les sacrifices…

— Addie, je suis désolé.

— Mais bien sûr, que tu es désolé. Et voici Rebecca, désolée elle aussi et prête à dévorer tous les détails croustillants de l'histoire. Tu veux bien expliquer la situation à ta femme ? Et à tout le monde ? Un monstrueux régiment de femmes… Sa mère… Ma mère ? Moi ?

Quand Noah lui posa une main sur l'épaule, Adeline Blair fit ce qu'elle n'avait jamais fait de sa vie et ne referait plus jamais. Elle lui repoussa brutalement la main puis, comme il ne la lâchait pas, elle le gifla, et si fort que le son résonna jusqu'au parvis de l'église.

Et elle, la fille dévouée, la fiancée, ou plutôt ex-fiancée aimante, la femme abandonnée… Oh ! et l'obstétricienne reconnue…, elle souleva sa robe de mariée, arracha son voile et rejeta d'un coup de pied ses fichus souliers de satin.

— Occupez-vous de maman…, lança-t-elle par-dessus son épaule à l'attention de la mère de Gavin.

Puis elle prit ses jambes à son cou.

2

Trois ans plus tard.

— Nous sommes ravis de vous accueillir parmi les membres de notre personnel. Six mois, c'est impeccable. Vous avez pu visiter l'hôpital ? Superbe environnement, n'est-ce pas ? Venez, que je vous montre la résidence des médecins où vous allez pouvoir vous installer.

Noah avait regardé l'endroit sur Internet, mais la réalité surpassait nettement les images du web. L'hôpital était petit mais, apparemment, excellent. Currawong Bay se trouvait à deux heures de route de Sydney, coincé entre les montagnes et la mer de la côte sud de la Nouvelle Galles du Sud, donc il valait mieux avoir du matériel permettant à l'hôpital une certaine indépendance. Leur problème depuis quelques semaines était qu'il leur manquait un chirurgien.

Or un poste de chirurgien remplaçant, c'était justement ce dont Noah avait besoin. Il avait six mois avant que son appel ne passe devant le tribunal. D'ici là, il ne verrait pas sa fille.

En fait, Sophie, sept ans, n'était pas sa fille, mais celle de son ex-femme. Ceci dit, comment cesser d'aimer une petite dont il s'occupait depuis sa plus tendre enfance ? Impossible. C'était la raison pour laquelle il avait eu besoin de quitter Sydney et de s'occuper les mains et l'esprit.

— Il n'y a qu'un autre occupant dans la résidence de nos médecins, poursuivit Henry, l'administrateur, avec bonhommie. Vous verrez, c'est très bien et pour cause : nous dépendons souvent des vacataires, et le logement aide à les convaincre de postuler.

Noah n'avait pas prévu de vivre avec quelqu'un.

— Et qui y habite aussi ?

— Notre obstétricienne. Cela fait presque trois ans qu'elle est ici et, de par la nature de son emploi, une résidence si proche de l'hôpital, c'est pratique. Avec un peu de chance, elle sera rentrée. Venez donc, que je vous présente.

Mais ils furent interrompus par le téléphone de Henry qui dut s'excuser. Ensuite, il lui indiqua le chemin avant de filer à son club de golf, où il était attendu avec impatience.

Prenant tout son temps, Noah traversa la véranda, appréciant les fauteuils à bascule installés au soleil pour les patients en récupération, avec vue sur la plage. La résidence des médecins, une bâtisse séparée et toute simple était reliée à l'hôpital par un passage couvert. La maison était dotée de larges fenêtres donnant sur la mer.

Il atteignit la porte et, au moment où il allait frapper, perçut un gémissement. Sa colocataire était-elle malade ? Inquiet, il actionna la poignée de la porte qui s'avéra ouverte et entra. L'intérieur était meublé plus pour le confort que pour l'esthétique, avec des plafonds hauts, un parquet usé et des tapis élimés. Le salon était plein de meubles imposants et accueillants.

Il fut interrompu dans cette agréable découverte par un nouveau geignement étouffé. Il était médecin depuis assez longtemps pour déterminer qu'il s'agissait d'une douleur vive. Très vive.

Une porte s'ouvrit, laissant apparaître une femme aux cheveux bruns ébouriffés, vêtue d'une robe de chambre usée et portant des lunettes à grosses montures. Pliée en deux et les mains plaquées sur son ventre, elle s'immobilisa sur le seuil de ce qui devait être sa chambre.

— Qui... ?

— Je suis Noah McPherson, dit-il, inquiet pour elle. Le chirurgien remplaçant.

Elle l'examina, semblant chercher à se concentrer.

— Noah ? Noah, c'est toi ?

Bon sang ! Oui, il la connaissait, il avait même travaillé avec elle. Et surtout, il l'avait vue se faire plaquer devant l'autel. Et elle l'avait giflé. Fort.

— Addie..., dit-il d'une voix blanche.

Mais elle ne l'écoutait plus, tout à sa douleur.

— Oh ! aide-moi, Noah. Je ne veux pas... Pourquoi fallait-il que ça tombe sur moi... Je crois que j'ai besoin...

Elle s'accroupit, les yeux exorbités, et Noah, oubliant sa stupéfaction, se précipita vers elle.

— Qu'est-ce qui se passe, Addie ?

— Je suis enceinte, dit-elle, haletante. Dix semaines. Je n'ai pas encore passé d'écho, mais... une douleur inouïe. Mal à l'épaule aussi. Et je... Je saigne. Je souffre d'une... endométriose. C'était un risque? et les symptômes de grossesse extra-utérine sont classiques. Oh ! Noah, je le veux tellement... mon bébé...

Sa brève visite de l'hôpital avec Henry avait permis à Noah de savoir où trouver les gens adéquats pour gérer la situation rapidement.

Le personnel du Currawong Bay paraissait sidéré. Apparemment, personne n'était au courant de la grossesse d'Addie, et tout le monde fut horrifié par la nouvelle, des infirmières qui accoururent jusqu'au cuisinier mis au courant de ce qui se passait.

Aussi inquiet soit-il, Noah dut mettre ses sentiments de côté. Car s'il s'agissait effectivement d'une grossesse extra-utérine il allait devoir s'en charger.

— Il me faut... une écho, murmura Addie alors qu'on l'emmenait en fauteuil roulant.

Il lui effleura la joue, délicatement, espérant la rassurer.

— Je m'occupe de tout, Addie. Je suis chirurgien, laisse-moi gérer ton cas. Je n'en connais peut-être pas autant que toi sur les complications possibles d'une grossesse, mais assez pour être en mesure de me débrouiller. Tu me fais confiance ?

— Je... Oui. Je n'ai pas le choix.

Elle lui prit la main et, l'espace d'un instant, il crut qu'elle allait le repousser. Mais non, l'étreinte de ses doigts se mua en étau sous l'effet de la douleur.

Les examens révélèrent que ses craintes étaient fondées quant à une grossesse extra-utérine. L'échographie montrait un embryon qui grandissait dans la trompe de Fallope droite au lieu de l'utérus. Une telle grossesse était vouée à l'échec, et, outre les saignements internes, elle mettait la vie d'Addie en danger.

— Je voulais tellement ce bébé, murmura-t-elle. Oh ! Noah... Si l'autre trompe est endommagée...

Elle devait connaître les risques. Une rupture signifiait un risque plus élevé d'infertilité. Et si elle souffrait d'endométriose, c'était encore pire.

Difficile de rassurer une patiente qui en connaissait autant que lui sur le sujet.

— S'il te plaît..., reprit-elle, des larmes coulant sur ses joues. Je sais que j'ai perdu mon bébé, mais je ne veux pas... s'il te plaît... devenir stérile.

— Je vais faire de mon mieux, Addie, mais tu sais que je ne peux rien te promettre.

Il commença à lui administrer des calmants, espérant que l'anesthésiste ne tarderait plus. On leur avait dit que ce dernier, qui avait renoncé à assister à la fin du match de football de son fils, était en route et qu'il ne tarderait pas.

— Tu peux réparer la trompe, poursuivit-elle d'une voix faible. S'il te plaît, il le faut.

C'était impossible, il le savait, et elle devait le savoir aussi. S'ils avaient pu agir avant la rupture, peut-être, mais là...

— Addie, y a-t-il quelqu'un à contacter ? Tu as besoin de soutien. Ta mère ? Le père du bébé ?

— Non, répondit-elle sèchement. Il n'y a personne. Maman est morte il y a trois ans. La mère de Gav ne m'adresse plus la parole, et Gavin... Il est parti depuis longtemps. Quant au père de cet enfant, il est un numéro sur un tube dans une banque de sperme. Donc si je meurs sur la table d'opération donne tout au refuge pour chats du coin. Mais je t'en prie, Noah... Pour les trompes... essaie.

— J'essaierai.

— Malgré la gifle.

— Peut-être justement à cause de la gifle, répliqua-t-il avec un bref sourire. Tu as été très mal traitée, ce jour-là.

Soudain, une grande perche affublée d'une tignasse rousse franchit la porte.

— Salut, dit-il en tendant sa main à Noah. Vous devez être notre nouveau chirurgien, Noah ? Je suis Cliff Brooks, l'anesthésiste.

Puis il se tourna vers la patiente et se figea, sous le choc.

— Qu'est-ce que… Addie ?

— Grossesse extra-utérine, murmura-t-elle. Cliff, je suis… J'étais…

— Zut ! On ne savait pas… Je suis navré, ma belle.

Puis il se pencha pour enlacer Addie de ses grands bras et passa en mode professionnel.

— Ne t'inquiète pas, je vais bien surveiller le nouveau chirurgien. Allez, on entre en salle d'op. Et si tu veux retomber enceinte… Tu sais, Maryanne a fait deux fausses couches avant d'avoir Michael, et maintenant, on a quatre garçons.

Noah se dirigea vers les lavabos. Il se sentait exactement comme le jour du mariage manqué. Impuissant… De plus, il ne s'arrogeait pas le droit de la réconforter.

Mais alors, pourquoi lui semblait-il anormal que ce soit un autre qui la serre dans ses bras ?

— Bon, je m'occupe de ma partie, Noah, vous pouvez vous concentrer sur le reste, dit Cliff.

Enfin, il pouvait cesser de se soucier de tension sanguine et de la logistique destinée à garder une patiente hémorragique en vie pour se focaliser sur l'aspect technique de l'opération.

Sauf que séparer l'intime du professionnel, ce n'était pas si facile. Même Cliff, maintenant qu'Addie était endormie, affichait une mine soucieuse. Noah se dit qu'apparemment il n'était pas le seul à être inquiet.

Pourtant, pourquoi éprouvait-il de tels sentiments ? Car, en réalité, il n'avait entretenu qu'une relation de travail avec Gavin — il était son supérieur — comme avec Addie. Il avait été surpris que Gavin lui demande d'être son témoin de mariage. Jusqu'alors, ce dernier avait bien compartimenté sa vie entre son travail et les choses que personne n'avait à savoir. Après le fiasco du mariage, évidemment, les ragots étaient allés bon train.

Addie avait été assez secrète aussi, menant une vie tranquille et discrète, entre le travail et les soins qu'elle prodiguait à sa mère malade. Noah avait opéré avec elle parfois, mais il l'avait trouvée peu loquace, presque timide. Et toujours consciencieuse. Efficace.

Il avait déjà opéré des collègues, des gens qu'il connaissait beaucoup mieux, alors comment se faisait-il qu'il soit aussi ému aujourd'hui par la détresse d'Addie ?

Il devait pourtant mettre ses émotions de côté, la vie de sa patiente en dépendait.

La première partie de l'opération était sans complication : une incision, trouver la source des saignements, retirer l'embryon non viable.

— La salpingotomie est possible ? s'enquit Cliff.

Noah observa les dégâts et secoua la tête. Une intervention aussi minutieuse que l'extraction de l'embryon tout en conservant la trompe de Fallope nécessitait des compétences qu'il n'était pas certain de posséder. Or ils n'avaient plus le temps de la transférer à Sydney.

— Non. Les dégâts sont trop importants pour que la trompe soit préservée. Je vais devoir faire une salpingectomie complète. Le taux de fertilité ne s'en trouvera pas tellement dégradé, de toute façon, ajouta-t-il comme pour lui-même.

Derrière lui, Noah perçut un sanglot. Un bref coup d'œil lui apprit qu'il émanait de l'une des infirmières. Addie était donc tellement aimée ici ? Elle ne travaillait dans ce petit hôpital que depuis trois ans mais, apparemment, les gens l'appréciaient. Témoin la tension qu'il sentait monter autour de lui au fur et à mesure qu'il progressait dans l'opération.

— On ne savait même pas qu'elle était enceinte, chuchota Heidi, une infirmière d'une cinquantaine d'années, tandis que Noah retirait la trompe endommagée. Jamais on ne l'a vue avec un homme, elle ne prend jamais de vacances. Elle faisait des allers-retours à Sydney, mais rentrait toujours le soir. On pensait...

Elle s'interrompit puis déglutit.

— Comment est l'autre trompe ?

— Apparemment, il n'y a pas de problème, répondit Noah qui perçut une vague de soulagement derrière lui.

Addie allait se remettre et pourrait continuer à vivre normalement. Comme après son mariage raté. Après avoir subi la pire humiliation amoureuse qui soit.

En ce qui le concernait, il devait la considérer comme une patiente lambda. Sans impliquer de sentiments. Pas facile…

Cliff surveillait le réveil d'Addie, Heidi était penchée au-dessus d'elle, prête à la rassurer à l'instant où elle ouvrirait les yeux. Deux autres infirmières se tenaient en retrait, paraissant inquiètes et attristées.

Ces gens étaient sa famille, désormais. Étaient-ils tout ce qu'elle avait ? En tout cas, ils étaient là et lui ne représentait qu'un cauchemar de son passé. Sans compter qu'aujourd'hui il prenait part à son cauchemar du présent. Il s'écarta de la table d'opération, pris d'un léger vertige. Il ne pouvait rien faire de plus ici.

— Je vous la confie, dit-il au reste du personnel. Surveillez ses constantes, ne la lâchez pas des yeux. Je reviens d'ici une heure, mais je serai joignable à tout moment au téléphone.

— Oui, allez défaire vos bagages et vous installer, dit Cliff. Merci, mon vieux, vous n'imaginez pas à quel point nous sommes heureux de vous avoir eu ici.

Noah sortit sous la véranda et puis il se dirigea vers les falaises qui surplombaient la plage, songeant à Addie qui avait perdu son bébé.

Sophie.

Il était si nauséeux qu'il se crut sur le point de vomir. Comment avait-il pu penser oublier son chagrin grâce au travail ? Bon, il fallait vraiment qu'il passe à autre chose, songea-t-il en rebroussant chemin. Un pas devant l'autre, et cela prendrait le temps qu'il faudrait.

Après avoir vidé ses valises, il envisagea de faire une balade pour se détendre mais, avant, il devait passer voir Addie. Elle devait être réveillée maintenant. Un réveil sans doute pénible.

Non seulement elle avait perdu son bébé, mais elle savait que, désormais, ses chances de grossesse se trouvaient réduites. Pas impossibles, mais cela ajouterait un tracas au chagrin de la perte.

Les infirmières s'occuperaient bien d'elle, elles la connaissaient et tenaient à elle. Quant à lui… Il avait été présent le jour où elle avait été abandonnée par son fiancé et là encore au moment où elle avait perdu son bébé. Les risques étaient grands qu'elle ne veuille plus jamais le voir. En revanche, elle aurait sans doute des questions à lui poser, et il lui devait d'y répondre.

Il se rendit donc à l'hôpital et fut accueilli par une jeune infirmière qui eut l'air soulagé de le voir.

— Ah, docteur McPherson, on espérait que vous n'aviez pas quitté l'hôpital. On a un enfant de dix ans qui arrive : il est tombé en essayant d'atteindre un nid d'oiseaux, et son père pense qu'il s'est cassé la jambe. Il devrait être là d'ici vingt minutes. Je sais que vous n'étiez pas censé commencer avant lundi, mais...

Addie posa la tête sur son oreiller, les yeux fixés au plafond. Sans penser à rien.

Elle aurait dû se douter que cela ne fonctionnerait pas. Ces dernières semaines, elle s'était sentie ridiculement heureuse, accueillant avec joie les premières nausées matinales. Enfin, elle allait fonder une famille. Bon, une très petite famille — une mère et son enfant — mais une famille quand même. Ici, à l'hôpital, elle bénéficiait du soutien d'une communauté adorable qui l'avait accueillie à bras ouverts. Même l'infirmière intendante, connue pour son caractère grincheux, se montrait amicale.

Au cours de ses trois années ici, elle avait mis au monde un nombre incalculable de bébés, s'était fait de bons amis et elle savait pouvoir compter sur le personnel de l'hôpital.

Sauf qu'ils ne pouvaient pas l'aider, en l'occurrence. Portant machinalement les mains à ce qui avait été un début de ventre, elle sentit les larmes lui monter aux yeux. Non, elle n'allait pas pleurer. Jamais elle n'avait pleuré, même quand Gavin l'avait abandonnée, même quand sa mère était morte. Jamais.

— Je peux entrer ?

Un léger coup à la porte la tira de ses pensées.

Noah. Elle essuya ses larmes et s'efforça de recouvrer sa dignité. La colère qu'elle avait ressentie en se réveillant de l'anesthésie était retombée. Il n'y était pour rien si Gavin l'avait quittée ou si elle avait perdu son bébé.

Il était médecin, rien de plus.

— Bien sûr, répondit-elle. On m'a dit que tu avais fait du bon boulot.

— Addie, je suis désolé que tu aies perdu ton bébé.

Elle ne voulait pas de compassion. Surtout pas venant de lui.

— Je peux m'asseoir ?

— Je... Oui, évidemment.

Que répondre d'autre ? Il s'installa sur la chaise près du lit. L'espace d'un instant, elle crut qu'il allait lui prendre la main alors elle la cacha sous les couvertures. Et le vit grimacer.

— Je dois te parler en tant que médecin, reprit-il. Tu penses que tu es en mesure de m'écouter ?

— Oui, bien... bien sûr.

— Je n'ai pas beaucoup de bonnes nouvelles, mais il y en a quand même. Ton bébé... Tu savais que les risques étaient grands qu'il se développe dans la trompe de Fallope.

— Même si c'est bête, je m'imaginais que c'était une fille. Je l'aurais appelée Rose, comme ma grand-mère.

— Non, ce n'est pas bête du tout, répliqua-t-il gentiment. Rose... Elle était bien réelle, même si elle grandissait à un endroit où elle n'avait aucune chance de survie.

Elle n'en revenait pas qu'il la soutienne ainsi. Il avait même prononcé le prénom. Rose. Bizarrement, elle en ressentit un certain réconfort. Depuis quelques semaines, elle avait pris l'habitude de parler à son bébé et, oui, elle était persuadée que c'était une fille. Sans oser s'en ouvrir à quelqu'un.

— Addie, on doit parler des aspects pratiques, reprit Noah, plus sérieux.

Avant qu'elle ait eu le temps de réagir, il lui saisit la main. La sienne était chaude et forte. Rassurante.

— Nous pouvons garder l'embryon pour une cérémonie de funérailles, si tu le souhaites. Il faut l'envoyer en analyses, mais ensuite... On peut organiser quelque chose.

— Oui, oui, je le souhaite.

Quelque chose à quoi se raccrocher. Un endroit où pleurer son bébé, son rêve.

— Je ne te promets rien, mais je vais essayer de faire en sorte que ce soit possible, alors. En attendant, est-ce qu'on peut parler des résultats de l'opération ? Ou est-ce que tu préfères qu'on remette ça à plus tard ?

— Non, maintenant, murmura-t-elle. Dis-moi.

— J'ai dû retirer la trompe en entier, lui expliqua-t-il d'une voix douce mais professionnelle, exactement ce dont elle avait besoin. Elle était sectionnée, et même si j'avais réussi à la suturer, il existait de gros risques que des tissus embryonnaires microscopiques restent, ce qui aurait pu causer des problèmes à l'avenir. En revanche, l'autre trompe est parfaite. Parfaite, Addie…

— Mais ça n'assure pas…

— Non, ça ne signifie pas que, de façon sûre, tu retomberas enceinte, nous le savons tous les deux, termina-t-il à sa place. En revanche, une grossesse reste possible. Très possible. Donne-toi deux ou trois mois, le temps que ton corps se rétablisse, mais ensuite il n'y a pas de raison que tu n'essaies pas. Tu es obstétricienne, tu connais les chiffres mieux que moi, mais n'y pense pas trop pour l'instant. Repousse ça à plus tard et concentre-toi sur toi, sur tes besoins. Et repose-toi… Écoute ton corps, Addie. L'infirmière qui va venir va prendre le relais, mais si tu as besoin de moi, je reste joignable.

On frappa à la porte, et Henry passa la tête par l'entrebâillement. Il fallait qu'il soit vraiment inquiet pour abandonner sa partie de golf. Aussitôt, l'administrateur de l'hôpital vint la prendre dans ses bras.

— Je vous laisse, dit Noah. Mais pas plus de cinq minutes, Henry, elle doit se reposer.

— Il va falloir qu'elle se repose plusieurs mois, répliqua Henry, à la grande surprise d'Addie. Ça fait un moment qu'on le lui répète, mais elle n'a jamais pris plus qu'un long week-end. C'est Cliff qui m'a appelé, et je suis encore sous le choc. Oui, je sais qu'il est difficile de trouver du personnel de remplacement, ajouta-t-il comme pour prévenir ses arguments, mais vous n'avez pas le choix, Addie. Et puis, le Dr McPherson a montré qu'il était parfaitement capable d'assurer en attendant qu'on ait un remplaçant spécialiste en obstétrique. Vous, vous allez à Sydney ou n'importe où de votre choix, la Côte d'Or, la Grande Barrière de Corail, à votre guise, là où vous pourrez vous allonger au soleil pendant un mois ou deux, le temps que votre corps se remette.

— Un mois ou deux ! répéta-t-elle, horrifiée.

— Oui, plutôt deux, en fait. Si je calcule bien, l'hôpital vous doit neuf semaines de congé en retard, plus le congé maladie. Donc tout refus est exclu. Ma famille possède un appartement avec vue sur la Côte d'Or, si vous voulez. N'importe où sauf ici, vous êtes d'accord, docteur McPherson ?

— Oui, elle a besoin de repos, répondit Noah.

— Voilà, c'est décidé. Les infirmières sont en train d'organiser le planning, et Morvena contacte déjà des intérimaires. On n'a plus besoin de vous.

Que répondre à cela ?

3

Deux mois plus tard.

Deux mois de pause avaient changé beaucoup de choses dans la vie d'Addie, mais elle était contente de rentrer à Currawong Bay. Durant toute sa convalescence, le personnel de l'hôpital, les mamans qu'elle avait accouchées et même des gens de la ville avaient pris de ses nouvelles. Currawong Bay, c'était sa maison, désormais.

Il y avait un hic, cependant : Noah McPherson serait toujours à la résidence des médecins. Comme il avait été présent lors de deux moments terribles de sa vie, sa présence la rendait... vulnérable. Pourtant, il s'était montré gentil. Et professionnel. C'était d'ailleurs la voie que devait prendre leur relation désormais. Elle lui avait envoyé un mot poli pour s'excuser encore une fois pour la gifle et le remercier pour son intervention médicale.

Au cours des deux mois écoulés, elle s'était surprise à penser à lui à l'occasion. Son attitude compatissante au mariage, qu'elle avait si élégamment récompensée... Son talent et sa gentillesse quand elle avait perdu le bébé.

Le contact de sa main.

Non, ce n'était pas professionnel, ce détail. La nouvelle Addie était entièrement professionnelle.

Elle déverrouilla la porte de la maison des praticiens et poussa sa valise à roulettes écarlate dans l'entrée. Ce bagage faisait partie intégrante de son nouveau look, c'était sa déclaration au monde entier qu'elle allait de l'avant. À l'instar de sa robe d'été couleur arc-en-ciel, ceinturée à la taille. Et de ses cheveux, à présent blond cendré avec des mèches améthyste qu'elle avait laissés libres. Et de ses immenses boucles d'oreilles améthyste aussi, de son collier et de ses toutes nouvelles lunettes à la monture argentée avec une touche d'améthyste.

Elle jeta un coup d'œil à son reflet dans le miroir au-dessus de la console et eut le plaisir d'approuver le résultat.

Ce fut à ce moment-là qu'elle aperçut Noah, et son intention de rester complètement professionnelle s'envola par la fenêtre. Les souvenirs de ce fichu mariage... De son deuil... Noah avait signé pour six mois, il lui en restait donc quatre ici. Il était peut-être temps qu'elle se cherche un appartement à elle. La praticité et la proximité de l'hôpital l'avaient convaincue de rester ici, mais il existait d'autres choix.

— Addie...

Il portait un chino avec une chemisette, et un stéthoscope était accroché à sa poche. Il avait les traits tirés, comme si la journée avait été longue. Effectivement, elle se rappelait que le mardi était consacré aux opérations, autrement dit une rude journée pour un chirurgien. Car les plannings ne prenaient pas en compte les imprévus et autres urgences.

— Salut, dit-elle.

Oui, il paraissait fatigué. Et aussi... il était beau.

— Ravi que tu sois de retour.

— Merci. Je suis contente aussi.

— Tu as l'air... bien.

Au temps pour tout l'argent dépensé dans sa transformation. Enfin, à quoi s'était-elle attendue ? Pendant sa convalescence, elle avait repris contact avec des amis de Sydney. Et le nom de Noah... avait surgi au détour d'une conversation. Apparemment, son mariage s'était terminé dans le vitriol. Était-ce pour cette raison qu'il avait tourné le dos à une carrière prometteuse pour venir à Currawong Bay ? À cause du chagrin ?

Elle revit en pensée l'ex-femme de Noah, Rebecca, qui était sublime même si elle était en fauteuil roulant. Alors, par comparaison, Addie savait qu'elle n'était effectivement pas mieux que bien.

— Oui, je suis en forme, répondit-elle enfin.

— Je peux t'aider avec tes bagages ?

Retour sur un terrain solide. Parfait.

— Non, pas la peine, répliqua-t-elle, traversant la pièce en poussant sa super valise en direction de sa chambre.

Un peu trop fort, hélas. Le bagage fila sur le parquet ciré et alla buter contre la bibliothèque, faisant basculer un vase qui tomba sur le sol.

— Je ne l'ai jamais aimé, ce vase…, commenta-t-elle après un instant de silence.

— Je suis sûr qu'on peut trouver quelque chose de plus joli en salle d'op, répondit Noah.

Addie se surprit à rire puis elle prit une inspiration.

— J'ai un aveu à te faire. On va devoir se débarrasser de quelques autres trucs ici. Comme ça, par exemple, ajouta-t-elle avec une grimace en direction du tapis.

— Le tapis ? Pourquoi ?

— J'ai peur qu'il ne soit un peu… rogné.

— Euh… Ah ! murmura Noah après un silence étonné.

— J'aurais dû te demander ton avis, je sais, reprit-elle trop vite, bafouillant un peu. Je sais aussi que le bail précise qu'on ne peut pas avoir d'animaux, mais je me suis dit que si j'appelais l'hôpital pour demander, Morvena allait piquer une crise. Alors que si je les mettais devant le fait accompli… Ils n'ont trouvé personne pour me remplacer, j'espère ?

— Seulement un vacataire, répondit-il, les sourcils froncés. Ils n'essaient pas de te remplacer.

— Je doute qu'ils y parviennent, de toute façon, commenta-t-elle, satisfaite. L'avantage pour nous, dans des coins aussi reculés, c'est qu'ils sont bien contents de nous trouver, alors, du coup, ils font des compromis.

— Comme avec moi.

Bizarre, cette remarque car, en réalité, Noah était surqualifié pour son poste. Mais à bien y regarder elle crut le voir sourire. Oui, elle perçut une lueur amusée dans la profondeur de ses prunelles vertes, et elle ne put s'empêcher de sourire aussi.

— Bon, si tu veux bien, j'ai quelqu'un à te présenter. Tu es d'accord ?

Daisy était sans doute le chiot golden retriever le plus adorable que Noah ait jamais vu. Addie l'avait attachée sous la véranda, où ils la retrouvèrent entourée de gamelles, de joujoux et d'un panier pour chien. Et de résidents.

La véranda était l'endroit préféré des personnes âgées de la maison de retraite de l'hôpital. Elle surplombait la mer, tout en étant protégée du vent. Les grands fauteuils étaient donc souvent occupés par des vieilles personnes faisant leur sieste.

Pour l'instant, personne ne dormait. Un attroupement s'était formé autour de la petite boule de poils qui agitait la queue avec excitation et tirait sur sa laisse pour lécher les mains tendues vers elle.

La première pensée qui traversa Noah fut que Sophie adorerait Daisy, mais il la repoussa. Encore quatre mois à attendre.

Le groupe de résidents avait migré vers la partie privée de la véranda, et tout le monde s'extasiait. Bill Harrison, ancien fermier perclus d'arthrose, s'était même accroupi pour caresser la petite chienne.

— Quelle beauté ! s'exclama-t-il.

— Elle est mignonne, n'est-ce pas ?

Addie rayonnait quand elle s'agenouilla près de Bill. Aussitôt, Daisy entreprit de la lécher dans le cou, provoquant des gloussements en cascade.

— Je l'ai trouvée chez un éleveur de Sydney, expliqua-t-elle. Je me suis dit que vous pourriez tous m'aider à m'occuper d'elle.

— Nous ? intervint Ruby May Alderstone, institutrice à la retraite depuis longtemps, généralement recroquevillée par les rhumatismes.

Là, elle souriait et se penchait dans sa chaise roulante, la main tendue comme pour inviter Daisy à la rejoindre.

— Si vous le voulez bien, ajouta Addie.

Noah comprit alors pourquoi elle avait rapporté ce chiot.

Au fond, il ne connaissait pas vraiment Addie Blair. Ils avaient travaillé ensemble à quelques reprises à Sydney, quand elle était jeune obstétricienne et fiancée à l'un de ses collègues chirurgiens. Il l'avait trouvée timide et compétente. Et quelque peu ennuyeuse, car trop effacée. Un jugement accentué par le fait qu'elle était fiancée à Gavin.

Puis il l'avait vue à ce qui était censé être son mariage. Elle était superbe, ce jour-là. Mais bizarre, aussi. Comme si elle avait été habillée par des mains qui avaient transformé la véritable Addie en une sorte de caricature de poupée Barbie. Ensuite, elle l'avait giflé, et là, pour la première fois, il avait vu le feu couvant sous l'apparence introvertie.

Aujourd'hui, il constatait un changement en elle. Elle était revenue ragaillardie, pleine de fraîcheur et de dynamisme. Sa tenue n'avait rien à voir avec celle de l'Addie réservée qu'il avait connue. Ses vêtements, ses accessoires semblaient avoir été choisis avec soin. Bref, elle était magnifique et naturelle.

Pourtant, quand elle se tourna vers lui, Daisy dans les bras, il vit le chagrin encore présent dans son regard. Déguisé mais profond.

— Qu'est-ce que c'est que ça ?

Oh oh... Morvena Harris. L'infirmière en chef de l'hôpital. La soixantaine bien sonnée, elle ne parlait pas de retraite et gérait Currawong Bay avec une efficacité sans pitié. Le personnel la craignait mais la respectait.

Noah avait déjà eu maille à partir avec ses règles strictes au sujet des horaires de visites. Une jeune maman avait été opérée d'une appendicite et le seul moment où son mari fermier avait pu amener les enfants, c'était après la traite, soit tard le soir, au-delà donc des horaires officiels. Mais Morvena avait décrété que les enfants ne pouvaient aller voir leur mère, de crainte qu'ils ne fassent du bruit et ne dérangent les autres patients. Voyant la détresse de la petite famille, Noah était intervenu, et Morvena ne le lui avait toujours pas pardonné.

Pour ne rien arranger, Morvena était la belle-mère de Henry qui était dans ses petits souliers avec elle. D'où le pouvoir qu'elle avait à l'hôpital.

En cet instant, elle posait sur Daisy un regard noir. Puis elle se tourna vers Noah, qui n'eut pas le temps d'effacer son sourire. Grave erreur...

— Qui a fait entrer cet animal ici ?

— C'est moi, répondit Addie, adressant à Morvena un sourire

enjoué. Bonjour, Morvena, je vous présente Daisy. Elle va vivre avec moi.

— Ah non pas question ! Les chiens sont très allergènes. Vous connaissez les règles, docteur Blair.

— J'ai déjà contacté des jeunes mamans qui ont proposé d'organiser un planning de promenades. Daisy ne posera pas de problème, on pourra la garder dans la cour derrière la résidence des médecins.

— Elle ne peut pas vivre sur la propriété de l'hôpital, rétorqua Morvena. Un point, c'est tout.

— Dans ce cas, je vais me chercher un autre appartement, répliqua Addie en hochant la tête.

Noah se demanda combien de prises de bec elle avait eues avec Morvena. Quelques-unes, au vu du regard belliqueux que lui renvoyait l'infirmière. En ce qui concernait Addie, il imaginait qu'il se cachait autre chose que du défi derrière sa détermination : elle redoutait qu'on lui arrache encore autre chose. Une drôle de sensation l'envahit. Irréfutable et inattaquable. Jusqu'à présent il n'avait pas réussi à faire grand-chose pour Addie mais, là, il pouvait intervenir.

— Daisy ne doit pas être confinée dans la cour de la résidence des médecins, dit-il. C'est un chien de compagnie, et elle doit vivre ici, avec les patients.

Comme si elle avait compris que son tour était venu d'intervenir, Daisy s'approcha du fauteuil roulant de Ruby, tournicota autour et tomba maladroitement en essayant de se dresser sur ses pattes arrière. Le groupe de résidents s'esclaffa, et deux infirmières de passage s'arrêtèrent.

— Quel non-sens. Les chiens de compagnie doivent être éduqués, et celui-ci…

— Elle est manifestement née pour ça, l'interrompit Noah. Vous devez savoir comme moi, Morvena, que les chiens ont un effet positif sur la dépression et l'anxiété chez les résidents de longue durée des maisons de retraite. Cela améliore les interactions sociales, diminue l'isolement, etc.

— Si nous voulions un chien de compagnie, nous nous en serions procuré un, avec un propriétaire accrédité.

— Et vous l'auriez payé comment ?

Voilà, il avait volontairement mis le doigt sur la corde sensible de Morvena.

— Sans compter que la brochure de l'établissement est erronée, ajouta-t-il. Il y est noté que les résidents bénéficient d'activités le matin et l'après-midi. Or si c'est bien le cas pour le matin avec les excursions et les jeux de Lorna, qu'en est-il des après-midi, Morvena ? Vous savez, on pourrait nous accuser de publicité mensongère.

Un silence choqué accueillit ses propos. Tout le monde retenait son souffle, et Addie le dévisageait, les yeux écarquillés. Apparemment, pareil toupet était inédit sous le règne de Morvena.

— Ben oui, on pourrait..., lança Bert Nanbor, un vétéran du Vietnam qui, privé d'une jambe, avait réussi à vivre seul jusqu'à ce qu'un accident de ferme le prive de la seconde quelques années plus tard. Moi, je suis venu ici à cause de cette fichue brochure et, depuis, je passe mes après-midi à m'ennuyer ferme. Quant aux allergies..., ajouta-t-il avec un ricanement. On est dehors, il y a suffisamment d'air pour les dissiper. Et puis, de toute façon, y a quelqu'un qui a des allergies, ici ?

Un chœur lui répondit par la négative. Les infirmières, derrière, riaient sous cape.

— Et on vous aidera à la dresser, docteur, ajouta Bert à l'attention d'Addie. On vient presque tous de fermes, ici, on connaît les chiens.

Noah regarda l'expression d'Addie changer. Un sourire d'abord, puis un rire franc. Son visage était illuminé.

L'avait-il déjà vue ainsi ? Gavin lui avait raconté la mort de leurs pères respectifs qui travaillaient ensemble à la construction d'un pont qui s'était effondré. Gavin et Addie étaient bébés, à l'époque. Selon Gavin, ils avaient été élevés pratiquement ensemble, leurs mères unies par un chagrin commun. Et ils allaient se marier parce que la voie était toute tracée.

Noah avait perdu contact avec Addie après le mariage raté. Elle avait quitté l'hôpital sans faire de bruit, et lui était pris dans ses propres soucis.

En l'observant, maintenant, il se demandait s'il l'avait déjà vraiment regardée.

— Non, ce chien ne peut pas rester, répéta Morvena, intraitable. Ce sont les règles de l'hôpital.

L'expression heureuse d'Addie disparut, et Noah songea : *Non, personne n'effacera ce sourire. Pas si je peux l'empêcher.*

— Dans ce cas, changez le règlement, marmonna-t-il. Sinon, j'envoie une brochure à la Commission de la santé. Le Dr Blair propose que l'on utilise son chiot gratuitement pour compenser le manque d'activités l'après-midi. Soit on accepte, soit j'agis en conséquence.

— Vous n'oseriez pas...

— Et sinon quoi ? Vous allez me virer ? Henry va me virer ? Je ne suis là que pour quatre mois, il y a plein d'endroits où on m'accueillera volontiers, vous savez. De votre côté, si vous croulez sous les demandes d'embauche...

Pendant qu'ils parlaient, Daisy s'était approchée de la seule personne qui ne l'avait pas encore caressée : Morvena. Morvena qui portait des chaussures à lacets. Soigneusement noués. Daisy agita la queue, s'aplatit sur le sol et bondit.

Morvena hurla en levant le pied pour écarter Daisy, mais Noah fut plus rapide et il récupéra le chiot pour le ramener dans les bras d'Addie.

— Règle numéro 1, dit-il. Il nous faut un terrain de jeu fermé où seules entreront les personnes que cela ne dérange pas d'être léchées ou mordillées. Il faudra aussi qu'il soit accessible aux fauteuils roulants. Quelqu'un est doué pour la construction, ici ?

— Moi oui, avant, répondit Bert. Mais sans mes jambes...

— On a des tas d'outils adaptés aux personnes handicapées, mais personne ne s'en sert, intervint Morvena.

— Eh bien, quelle belle occasion pour les utiliser. Bert ? Bill ?

— Moi, j'adorais travailler le bois, intervint Ruby May. Ça fait des années que je n'ai pas tenu un marteau, mais je parie que j'y arriverai. Si les hommes font les choses qui nécessitent de la force, je serai contente de participer.

— Super..., commenta Noah, ravi. Transmettez-moi une liste de tout ce dont vous avez besoin, et je me propose de payer les frais.

— Vous travaillez le bois, Ruby May ? demanda Morvena. Pourquoi ne pas participer aux activités alors ?

— Le tricot, avec mon arthrite ? Le bingo ? Pff, vous participeriez, vous ?

— Alors, Morvena, on peut la garder ? demanda Bill.

Malgré elle, l'intendante esquissa un sourire. Elle s'avouait vaincue de bonne grâce, contre toute attente.

— Si quelqu'un est blessé, docteur Blair, vous en porterez la responsabilité.

— Nous la porterons ensemble, intervint Noah en adressant un sourire à Addie.

Et il surprit… Une larme ? Voilà qui en disait long sur sa fragilité. Elle n'était donc pas complètement remise. Ce constat lui occasionna un coup au cœur qui aurait pu s'apparenter à la compassion que l'on ressent pour un patient, mais c'était plus que cela.

De l'inquiétude pour une collègue ?

Plus que cela, aussi. Un besoin presque irrépressible de l'enlacer, de la serrer jusqu'à la disparition de cet air chagriné. Évidemment, il n'en était pas question.

— Addie, emmène Daisy pour lui montrer sa nouvelle maison, ajouta-t-il. Montre-lui ma chambre et dis-lui bien que si je la trouve sous ma couverture, j'annule tout. Bon, la liste… J'ai un peu de temps avant mes visites. S'il n'y a pas d'urgence, je peux filer à la droguerie du coin. Addie, tu peux garder le monstre sous contrôle d'ici là ?

— Pas de problème. Merci. Merci à tous.

— Tout particulièrement à Morvena, ajouta Noah avec un large sourire à l'attention de cette dernière, si bien qu'elle dut y répondre. Notre équipe médicale vient d'accueillir une nouvelle recrue.

Quand Morvena tourna les talons, un rire parcourut les rangs, mais qui se tut très vite. Les résidents avaient un projet et Noah les voyait tous impliqués dans sa mise en place.

Et Addie ? Elle souriait. Un sourire qui valait tout l'or du monde.

À 23 heures, il était épuisé, mais c'était de la bonne fatigue. Les rires et le plaisir des résidents qui l'avaient accompagné au magasin, l'excitation qui avait envahi la petite troupe, tout cela valait bien les efforts qu'il faisait. Il gagna la maison des médecins en traversant la véranda, un sourire toujours accroché aux lèvres. En ouvrant la porte, il découvrit une autre raison de se réjouir.

La cheminée était allumée, et Addie avait empilé des coussins sur le tapis pour s'y pelotonner avec la petite chienne. La lumière étant éteinte, son visage n'était éclairé que par les flammes.

Avec Daisy lovée dans le creux de son bras, elle avait l'air extrêmement paisible. Ni l'une ni l'autre ne bougea à son arrivée. Il resta un instant immobile à les observer, notant l'expression détendue d'Addie qui lui donnait un air si jeune et aussi… tellement vulnérable. Elle était belle.

Elle allait prendre froid si elle restait là et que le feu s'éteignait, songea-t-il, essayant de faire appel à des idées plus terre à terre. Après tout, elle était sa patiente. Et ne serait pas sa collègue avant lundi prochain, date à laquelle elle reprenait officiellement son poste.

Devait-il la réveiller ? La porter au lit ?

Il n'avait pas le cœur de la déranger. Alors il alla chercher une couverture bien moelleuse, en angora rose, et la déposa délicatement sur les deux endormies.

Addie cilla, ouvrit les yeux et le contempla. Sourit.

— Merci, chuchota-t-elle tandis qu'il la bordait.

Puis, comme dans un rêve, elle tendit la main pour lui caresser la joue, aussi douce qu'une plume.

— Tu es un homme bien, Noah McPherson. On te l'a déjà dit ?

Pas besoin de répondre, déjà elle refermait les paupières, souriant toujours. Alors il ressentit un besoin quasi irrépressible de se pencher pour l'embrasser. Juste pour lui souhaiter bonne nuit.

Mais il n'en fit rien. Jadis, son cœur avait été ouvert à la beauté, à la gentillesse, à l'amour. Aujourd'hui, il préférait reculer et se faire une promesse silencieuse : son cœur qu'il avait donné une fois était encore brisé, alors il n'était pas question de reprendre cette voie-là.

Quittant la pièce, il alla se coucher sans bruit.

4

Addie passa les jours suivants à se remettre à jour côté travail. L'hôpital avait réussi à trouver un vacataire pendant son absence, mais le suivi des patientes souffrant de problèmes récurrents s'était relâché. Entre les rappels de frottis, les rendez-vous gynécologiques et la surveillance des femmes enceintes, il y avait de quoi faire. Assise à son bureau, Addie s'était attaquée aux dossiers avec méthode.

Sa vie semblait reprendre un cours normal, à la différence que sa petite Daisy y participait. La chienne était pareille à un jouet à piles qui n'aurait pas de bouton *off*. Elle se réveillait à l'aube, courait partout, mâchonnait chaussettes, chaussures, pieds de chaises, orteils... Tout ce qui passait à sa portée.

Chaque matin, elle geignait devant la porte fermée de la chambre de Noah, en vain car, même si Addie la lui avait ouverte, ce dernier quittait la maison très tôt, pour courir ou faire du kayak. Le premier matin après son retour, elle l'avait aperçu sur la plage en sortant Daisy. Il courait comme un fou, à croire qu'il avait des démons à ses trousses.

Elle en savait tellement peu sur lui. Il avait été le patron de Gavin, d'ailleurs elle avait été surprise que ce dernier lui demande d'être son témoin car ils n'avaient pas semblé très proches. Enfin, Gavin était assez solitaire. Ou du moins le croyait-elle à l'époque. En fait, il avait tout un côté caché qu'elle ignorait.

Quant à Noah, même s'il ne portait plus son alliance, elle savait qu'il avait été marié à Rebecca, mais où était-elle désormais ? Les potins de l'hôpital n'auraient pas manqué de l'informer si elle était morte.

Quoi qu'il en soit, ce n'était pas ses affaires.

Une certaine routine s'installait. Tous les matins, Addie jouait avec le chiot dans le jardin, et quand Noah rentrait de son sport, Daisy était fatiguée. Il prenait donc son petit déjeuner à la table de la cuisine, la chienne pelotonnée sur ses genoux. Et tous les matins, Addie pensait... qu'il venait de courir, que sa peau était encore humide de la douche et qu'il était...

Mais elle se refusait ce genre de pensées.

Après le petit déjeuner, elle prenait Daisy dans ses bras et la portait jusqu'à son bureau où cette dernière dormait sagement jusqu'à l'heure de la promenade dans la véranda. Où les résidents construisaient un terrain de jeux pour la chienne. En attendant, on la tenait en laisse, mais tout le monde s'amusait.

Parfois, Noah venait entre deux opérations ou pendant ses pauses afin de s'assurer que tout se passait bien.

Malgré elle, Addie ne pouvait s'empêcher de se demander ce qu'il faisait là. Un remplacement de six mois ? Il pouvait travailler dans n'importe quelle ville d'Australie à un poste bien plus important.

Était-ce une fuite, comme pour elle, qui était venue se réfugier ici après la débâcle de son mariage avorté et la mort de sa mère ? Pour échapper à tout ce qui lui rappelait la douleur ?

Au fil des jours, elle se surprit à repenser beaucoup à cette époque d'avant son mariage. À Noah. À cette femme qui était son épouse alors. Rebecca était réceptionniste à mi-temps à l'hôpital Sydney Central, où Addie l'avait croisée, ainsi que dans les quelques soirées de pré-cérémonie organisées par Gavin. Elle lui avait fait l'effet d'une personne sûre d'elle, belle mais égoïste, ayant souvent recours à la manipulation pour obtenir ce qu'elle souhaitait, et Addie connaissait l'opinion qu'elle avait d'une femme médecin sans qualités physiques particulières. À ses yeux, mieux valait être femme de chirurgien.

Par ailleurs, étant donné son attitude, souvent hautaine et autoritaire, envers Noah, Addie ne voyait pas pourquoi le fait de mettre un terme à pareil mariage le rendrait triste. Mais c'était son opinion, personne ne savait vraiment ce qui se passait au sein d'un couple. Noah semblait avoir tout pour lui, et pourtant, en l'observant dans la véranda, qui jouait avec Daisy et aidait les vieux à monter un portail… Elle voyait des ombres.

Sans doute le vide qu'avait laissé Rebecca.

Elle essaya de reporter son attention sur ses dossiers, mais son regard dérivait régulièrement vers lui. Noah.

Selon Noah, Addie avait redonné vie à l'hôpital. Et ce n'était pas seulement grâce à son idée de ramener un chiot. Pendant qu'elle était absente, il avait bien senti qu'elle manquait aux gens, qu'ils éprouvaient pour elle une affection sincère. Maintenant, à la regarder évoluer dans l'hôpital, prendre le temps de discuter avec tous ceux qui en avaient envie même s'ils n'étaient pas ses patients, on aurait dit que les lieux avaient retrouvé quelque chose de précieux.

Le vendredi soir, il la croisa alors qu'elle sortait de la chambre d'Edith Oddie, une vieille dame qu'il avait opérée d'une occlusion œsophagique mais que le cancer était en train de tuer. Si Noah avait réussi à réparer l'obstruction, des métastases apparaissaient un peu partout. Ces derniers jours, elle était presque comateuse mais, alors qu'Addie émergeait de la chambre de cette dernière avec un monticule agité caché sous son immense gilet, il eut la surprise d'entendre un rire rauque en provenance de l'intérieur.

— Je plaide non coupable, votre honneur…, lança Addie en levant sur lui un sourire penaud.

— Ne portes-tu donc pas un chiot sous ce magnifique gilet ?

— Trois dollars à la friperie, dit-elle en tourbillonnant telle une enfant en robe de princesse. Tu aimes ?

— Très joli. Surtout ces trous de mites, à la dernière mode apparemment.

— Oui, j'ai décidé de changer de look.

— Je m'en suis rendu compte, effectivement.

Le visage d'Addie perdit son air amusé.

— Ah, c'est donc si évident ?

— Tout le monde en parle : le relooking d'Addie.

— Je devais agir pour retrouver ma joie de vivre, expliqua-t-elle, sur un ton qu'il trouva défensif. Un relooking et une Daisy, que faut-il de plus à une fille ?

Un bébé, songea-t-il. Même s'il ne le dit pas tout haut, le mot sembla rester suspendu entre eux.

— Ne prends pas cet air peiné, je vais bien, ajouta-t-elle.

Il sourit et repoussa un besoin très embarrassant de la toucher. De la prendre dans ses bras.

— Je suis contente d'avoir réussi à faire rire Edith avant... C'est pour bientôt, non ?

— Un jour ou deux, dit-il tristement.

— Brian va avoir le cœur brisé. Tu sais qu'ils sont mariés depuis cinquante ans ? Quand on pense que je n'ai même pas atteint un jour, moi.

Elle haussa les épaules en affichant un sourire probablement forcé. Autant répondre avec le même effort d'insouciance.

— Et moi, presque cinq ans jusqu'au divorce.

— Je suis désolée. Pour Rebecca et toi.

— Oh ! ne t'en fais pas, répliqua-t-il sans cacher son amertume. On n'aurait jamais dû...

Il s'interrompit, sidéré de s'ouvrir sur un sujet aussi personnel. Heureusement, Addie ne parut pas remarquer sa gêne. Du moins, elle n'en montra rien. Sa main libre vint lui effleurer la joue.

— En amour, on ne peut jamais dire jamais, dit-elle gentiment. Regarde, c'est comme Daisy et moi : le coup de foudre, ajouta-t-elle en rougissant.

— Comme Gavin et toi aussi ?

— Alors c'était quand j'avais deux ans, répliqua-t-elle, avec un sourire qui lui indiqua qu'elle s'était remise de l'épisode Gavin. Mon jugement n'était sans doute pas très fiable. D'après ma mère, il a offert de partager sa sucette avec moi et, hop, j'étais conquise.

— Un héros...

— Et pour Rebecca et toi ?

— Je conduisais une voiture de sport.

Il tenta d'adopter le ton de la plaisanterie, et malgré le vide de ses mots, Addie sourit.

— Sucette et voiture de sport, les deux mamelles d'une union réussie !

Ils prirent la direction de la résidence des médecins et, d'un geste complice, elle passa un bras dans le creux du sien. Son attitude surprit Noah, jusqu'à ce qu'il aperçoive Morvena qui approchait. À cet instant, il comprit que le contact entre Addie et lui permettait à cette dernière de cacher son volume suspect.

Par chance, Daisy ne s'agita pas, et ils croisèrent Morvena avec un « bonsoir » poli. Mais ensuite... Elle laissa son bras, et il ne retira pas le sien non plus. C'était... C'était...

— Je dois te demander un service, reprit Addie, interrompant le cours dangereux de ses pensées.

— Oui ? dit-il, prudent.

— Ne t'inquiète pas, je ne compte pas me décharger de mes patients pour partir en virée. Non. Tu avais parlé de ce que je souhaitais faire pour le bébé... et je t'en remercie car dans la plupart des hôpitaux...

Noah comprenait mieux son besoin de réconfort tactile, tout à coup.

— Oui, je t'avais promis que si c'était possible... Et ça l'est. D'où le mail que je me suis permis de t'envoyer pendant ta convalescence.

— Merci encore, répliqua-t-elle d'une voix un peu brisée. Tu as dit qu'on pouvait l'enterrer ou bien que tu pouvais organiser sa crémation, et c'est ce que j'ai accepté. M. Rowlins m'a apporté les cendres ce matin, dans une minuscule boîte ornée d'une rose. Je suppose que c'était aussi ton idée ? Je te rembourserai, bien sûr, mais sache que je te suis énormément reconnaissante.

— C'est normal, tu n'as pas à me payer.

— Si, si, reprit-elle fermement. Mais maintenant... Je me demandais... Noah, il y a un endroit où Currawong Bay forme une crique. Je m'y asseyais souvent pour lui parler quand j'ai découvert que j'étais enceinte. J'aimerais répandre ses cendres là-bas. Et j'ai pensé...

— Si je voulais t'accompagner ?

Pour des funérailles, se raccrocher à quelqu'un était compréhensible. Mais pourquoi lui ?

— Addie, tu n'as personne d'autre ?

— Tu étais là pour moi, répondit-elle simplement. Et tu as tout tenté. Alors oui, j'ai des amis, mais ils risquent… de pleurer, or je n'ai plus de larmes à verser, tu comprends ?

Oui, il comprenait qu'elle avait besoin de quelqu'un pour rendre le vide moins… vide. Sans avoir à partager ses émotions. Cela, il savait le faire.

— D'accord, répondit-il. Maintenant, si tu veux.

— Maintenant ?

— Le soleil ne se couchera pas avant une bonne heure, et j'ai terminé ma journée. Tu veux qu'on y aille ?

— Je pense, oui, dit-elle après une profonde inspiration. Oui, Noah. Tu peux m'attendre, le temps que j'aille demander à Heidi si elle peut s'occuper de Daisy pour la soirée ?

— OK, retrouvons-nous dans dix minutes dans la véranda.

— Très bien, c'est… gentil.

Currawong Bay, vaste étendue d'eau couleur saphir à marée haute, et magnifique rocaille parsemée de mini-piscines et de sable brillant quand la mer se retirait… Il suffisait de parcourir cent mètres à partir d'un parking pour trouver le calme dans les dunes. Avec pareil espace de plage, peu de gens s'aventuraient plus loin.

La journée étant superbe, beaucoup de gamins étaient là avec leurs parents, jouant dans les flaques, mangeant des *fish and chips* ou savourant simplement la beauté du paysage. À cinq minutes de marche, la plage était bien moins peuplée. Quelques promeneurs de chiens qui jetaient des bâtons dans les vagues, des pêcheurs qui posaient leurs lignes pour une nuit pleine d'espoir…

À quinze minutes du parking, il n'y avait plus personne. Noah était venu courir ici au cours des deux mois écoulés, pas certain qu'une telle débauche d'énergie l'aide vraiment à oublier son attente interminable, mais cela ne pouvait pas faire de mal. À présent, il connaissait le chemin par cœur et devinait déjà où Addie l'emmenait. La minuscule crique au bout du chemin.

À deux cents mètres de la plage, la paroi s'élevait à pic, et la mer s'écrasait contre des rochers arrondis par le ressac au cours des millénaires. Une cascade coulait le long de la falaise, haute d'environ cinquante mètres. À cette époque de l'année, le débit réduit formait un petit torrent continu. Des fougères s'accrochaient paresseusement au-dessus de l'eau, et une mousse douce recouvrait les roches.

— Tu connais les lieux, dit Addie alors qu'ils atteignaient le bord de l'eau.

— Ça fait partie de mon circuit de footing préféré.

— Ce qui explique que le sentier soit aussi praticable… J'y viens me baigner, ajouta-t-elle. Quand je peux.

— Moi aussi.

— Tout nu ? demanda-t-elle, tout sourires.

— Pourquoi pas ? Il n'y a jamais personne.

— Sauf que, maintenant, tu connais mon secret. Finies les baignades toute nue pendant les quatre mois à venir.

— Quatre mois ?

— C'est bien quand tu dois partir, non ?

— Exact.

Partir, c'était un moindre mal. Mais il refusait de penser au reste pour le moment.

— Cela dit, c'est dommage de se priver d'une baignade dans le plus simple appareil, ajouta-t-il. Et si on portait une clochette, comme les lépreux, histoire d'avertir l'autre qu'on approche ?

— Je ne suis pas sûre qu'on trouve encore des clochettes à lépreux.

— Je vais en commander pour la pharmacie de l'hôpital dès qu'on rentre.

— Tu imagines la réaction des bureaucrates de Canberra quand ils vont recevoir ce genre de requête ? Ils seraient capables de mettre tout de suite la baie en quarantaine.

Ils éclatèrent de rire.

— Bon, d'accord, oublions la lèpre, dit-il d'un air faussement sérieux. Voyons… Peut-être un cri de ralliement quand on atteint le dernier virage ?

Il baissa les yeux vers les mains d'Addie, et la boîte qu'elle serrait contre elle.

— Addie, tu veux que je te laisse ? Ou que je te tienne la main pendant que tu prononces quelques mots ? Que je reste là sans rien dire ? Que je m'éclipse un instant ?

— Non. Si tu pouvais juste… rester là. Noah, je n'aurais pas dû te le demander, mais…

— C'est un privilège d'être ici, l'interrompit-il.

Puis il se recula et s'assit sur un rocher à quelques mètres. Pour lui donner un peu d'espace tout en étant là en cas de besoin.

Le moment était venu. Ou pas. Addie baissa les yeux vers l'eau. Elle sentait le poids de la boîte dans ses mains qui n'était rien en comparaison du chagrin qui alourdissait son cœur.

Noah s'était éloigné un peu pour lui laisser de l'intimité. Elle avait cru vouloir cet instant, mais maintenant qu'elle y était… Noah ou pas, elle ne s'était jamais sentie aussi seule.

— Je ne suis pas sûre d'y arriver, chuchota-t-elle.

— Tu n'es pas obligée, répondit-il d'une voix si douce qu'elle eut l'impression d'un écho de son propre cœur. Addie, rien ne t'y oblige. Si tu ressens le besoin de conserver les cendres de ta fille auprès de toi, fais-le.

— J'ai besoin de la laisser partir.

— Dans ce cas, tu as tout le temps.

Fermant les yeux, elle laissa vagabonder ses pensées. Et elle s'entendit parler.

— Tu sais que mon père est mort quand j'avais deux ans ?

Elle ne savait pas si elle s'adressait à Noah ou à elle-même.

— Gavin me l'avait raconté.

— Et sais-tu à quel point ma mère est devenue dépendante ensuite ? Elle me répétait : « Si tu n'étais pas là, je me tuerais. Je veux rejoindre ton père. » Dire une chose pareille à un enfant… Chaque fois que je la décevais, elle disait : « Si je suis encore là, c'est à cause de toi. » Je l'aimais et je suis sûre qu'elle m'aimait, seulement… un enfant ne devrait pas subir ce genre de pressions.

— Non, murmura Noah.

Il ne lui posait pas de questions, et elle pouvait continuer à laisser errer ses pensées. Elle ne voyait plus ce qui l'entourait, juste le vide de son passé. Elle avait besoin d'en parler. Pourquoi ? Pourquoi devant lui ? Elle l'ignorait.

— Après le fiasco avec Gavin, après le chagrin de maman à

cause de notre mariage manqué, sa maladie, sa mort, je me suis fait une promesse : jamais je ne dépendrais de personne comme ça. Mieux, je ne laisserais personne dépendre de moi.

— Et puis ?

Sa question, si délicate, l'incita à continuer. Sans pression.

— J'ai quitté mon travail, ce dont tu es au courant. En fait, je pense que maman était plus déçue que moi. C'était comme si elle avait repoussé le cancer jusqu'au mariage et, quand ça a raté, son état s'est rapidement dégradé.

— Ne te sens pas obligée de me raconter.

— J'en ai envie. Bizarre, non ? Tu t'es trouvé à mes côtés lors des deux pires épreuves de ma vie, et, maintenant... J'ai l'impression de n'avoir plus de secrets.

Elle ne savait pas si elle parlait à Noah, mais d'une façon inexplicable, sa présence puissante, tel un roc derrière elle, la rassurait.

— Après la mort de maman, j'ai eu du mal à me retrouver. J'avais été si occupée, prise entre le travail et les soins que je lui prodiguais, et, soudain, plus rien. Un matin, je me suis réveillée en songeant que ce serait merveilleux d'aimer sans... dépendance...

— Les enfants sont plutôt dépendants, commenta-t-il.

— Oui, mais pas pour toujours. En tant que médecin, j'ai vu beaucoup de mamans avec des bébés ou des enfants plus ou moins jeunes, et je devine l'amour absolu. Mais il y a autre chose : les bons parents aiment leurs enfants, certes, mais, en même temps, ils les accompagnent dans leur propre vie, ils leur apprennent à devenir libres. C'est ce que je veux faire. Du moins, ce que je voulais faire.

Elle resserra son étreinte sur la petite boîte.

— Alors, tu as décidé d'avoir un bébé.

— Oui, murmura-t-elle. Mais comment ? L'idée de sortir avec un homme ne me plaisait pas. Après Gavin... Je le connaissais si bien. Tu recommencerais, toi ?

— Je suppose que non.

Elle perçut la sécheresse de sa voix et comprit. Rebecca.

— Pardon, je ne devrais pas...

— Ne t'excuse pas. Addie, il s'agit de toi, pour l'instant. Raconte-moi.

Elle se tourna pour le gratifier d'un regard reconnaissant avant de reporter son attention sur l'eau.

— Étant obstétricienne, j'ai des amis qui… Bref, j'ai pu passer en tête de liste pour bénéficier d'un don de sperme. Mais ça ne fonctionnait pas. À cause de l'endométriose, disaient-ils, ajouta-t-elle avec un haussement d'épaules. Donc j'ai pensé à prendre un poste ici, à la campagne, loin de tout, et on a décidé de continuer à essayer. Ensuite, je suis passée aux FIV. Cet entêtement m'a conduit à tellement de tentatives.

— Parce que tu voulais vraiment ce bébé.

— Oui. Et voilà ce qu'il en reste : un minuscule tas de cendres que je dois laisser partir maintenant. Je peux le faire. J'ai une vie à Currawong Bay, un travail que j'adore, une communauté qui a besoin de moi. Une adorable chienne, une vie où je ne dépends de personne et où, hormis du point de vue professionnel, nul ne dépend de moi. Je peux être heureuse.

— J'en suis certain. Alors, fais-le. Fais-le avec amour.

Après ces mots prononcés avec une immense douceur, Noah redevint silencieux, sentinelle muette derrière elle.

Un pigeon roucoulait dans les arbres au-dessus de sa tête… Comme une berceuse. L'eau venait remplir la mare à ses pieds, et un tapis de nénuphars dansaient dans le faible courant. C'était le bon endroit, le bon moment.

D'éparpiller ses rêves ?

Noah, même silencieux, faisait le lien entre son passé et son avenir. Elle était contente de lui avoir demandé de l'accompagner, finalement.

Elle décrocha l'attache de la boîte, si jolie qu'elle pourrait la garder comme un trésor. Noah y avait-il pensé ? Mais le moment n'était pas bien choisi pour penser à lui, même si elle restait consciente de sa présence. Solide. Rassurante.

Bizarrement, il semblait comprendre.

Elle souleva le petit sachet contenant les cendres et le tint longtemps. Pendant dix semaines, elle avait été follement heureuse : sa fille était bel et bien réelle.

Elle attendit que sa paume réchauffe le petit sachet puis elle versa les cendres qui s'envolèrent lentement et disparurent parmi les nénuphars. Une grenouille sauta, l'eau se plissa et retrouva son calme.

Puis plus rien.

Mais, soudain, Noah fut là, s'asseyant en silence à son côté. Épaule contre épaule. Elle n'avait pas envie d'étreinte ou d'émotions, mais le contact léger de son corps contre le sien était… nécessaire.

— Merci, Noah. On rentre à la maison ?

— C'est ici, ta maison ?

Elle songea à la plage, à l'hôpital, à ses collègues et aux résidents qui s'occupaient de Daisy, à ses patients. Même l'effrayante Morvena…

Elle se retourna vers l'eau. Les cendres avaient été absorbées par ce lieu paisible.

— Oui, c'est ici chez moi. Je le sais. Et toi, Noah, où est-ce chez toi ?

Une ombre passa sur son visage qu'elle ne comprit pas. Déjà, il se relevait et lui tendait la main pour l'aider, pour qu'elle ne glisse pas sur la mousse. Que cachait-il ?

— Qui sait ? répondit-il enfin. Pour encore quatre mois, c'est ici. Chez moi, c'est… où je suis.

5

Ce fut un peu dur de retourner à l'hôpital comme si de rien n'était, mais la médecine a le don de remplir les espaces même quand on ne le voudrait pas. Ainsi, Noah passa une heure à suturer la jambe d'un enfant de huit ans victime d'une vilaine morsure de chien. Puis une demi-heure à rassurer ses parents au bord de l'hystérie — non, il ne garderait pas de cicatrices permanentes. Suite à quoi il dut témoigner auprès de la police locale, rapport qui servirait à régler le cas de ce chien, laissé en liberté sur la plage où jouait l'enfant.

Enfin, il passa voir Edith Oddie qui déclinait très vite. Mais le chiot l'avait fait rire, lui assura son mari, les larmes aux yeux.

Le cœur lourd, Noah retourna à la résidence des médecins. Il revoyait la main d'Edith dans celle de son époux toujours aimant. Après tant d'années, tout cet amour. Certaines personnes y parvenaient.

Il se secoua. Non, pas d'implication émotionnelle. Il n'avait pas le temps pour cela. Quatre mois et il serait parti, quoi qu'il arrive. Il poussa la porte d'entrée, fort de cette décision...

Et l'oublia sur-le-champ. Addie avait allumé le feu et était assise devant, une Daisy endormie sur ses genoux.

— Mme Rowbotham, la femme de ménage, a laissé des lasagnes au four. Et puis du vin, si tu veux venir partager mon feu.

Noah hésita. La nuit qui tombait. Le feu. Une belle femme. Il n'était pas sûr de savoir gérer pareille intimité. Mais enfin, après tout, il était de repos à compter de ce soir, et ne serait appelé qu'en cas d'extrême urgence. Il pouvait bien boire un verre de vin. Alors, pourquoi hésitait-il ? C'était bête.

Il prépara donc son dîner puis alla s'installer dans le fauteuil près du feu aussi. Addie lui tendit un verre de vin avant de se rallonger devant la cheminée avec sa chienne.

— Merci, pour aujourd'hui.

— Pas besoin de me remercier, répliqua-t-il d'un ton brusque. C'était un privilège.

Il mangea en silence, rapporta son assiette à la cuisine et se demanda s'il valait mieux aller se coucher ou la rejoindre. Revenant près du feu, il contempla le fauteuil, les coussins au sol et puis, sans réfléchir, il s'assit par terre, à côté d'Addie.

Cette femme était sa collègue, il n'avait aucune envie de se rapprocher d'elle. Pas plus que d'une autre femme, d'ailleurs. Mais dans la journée, il y avait eu du chagrin et du courage, et il trouvait déplacé de finir la soirée par un « bonsoir » sec avant de l'abandonner à ses pensées.

À sa solitude ?

Il remplit à nouveau son verre et caressa les oreilles de la chienne, toujours sur les genoux d'Addie. On aurait presque cru une scène… Euh… Non, ne pas s'engager sur ce chemin. Cessant ses caresses, il se recula un peu. Il pourrait retourner dans le fauteuil, mais il venait juste de s'asseoir et elle risquait de penser…

Le silence n'était brisé que par le craquement des bûches. Et l'atmosphère semblait pleine de sérénité.

— Tu vas réessayer d'avoir un bébé ? s'entendit-il demander.

Il n'en revenait pas de poser cette question. Pourtant, Addie continuait à fixer les flammes, en caressant Daisy d'une main, son verre dans l'autre, et ne paraisssait pas choquée. Comme si, ce soir, les limites étaient repoussées. Oubliées ?

Le chagrin avait cet effet-là.

Noah revit le visage d'Addie quand elle avait laissé s'envoler les cendres, et il songea à sa propre fille. Qui n'avait pas été désirée mais l'était maintenant. Sophie.

Non, elle n'est pas ta fille.

— Je ne sais pas, répondit-elle enfin, et il se rendit compte qu'elle l'observait. Avec mon endométriose et les FIV... J'ai fait tellement d'allers-retours à Sydney, subi tellement d'échecs... Tout ça pour ça...

— Il n'y a pas de raisons que ça échoue encore.

— Tu n'en sais rien. Mon endométriose est toujours là, et il m'a fallu plus de deux ans la première fois, alors je ne suis pas sûre de pouvoir supporter ça à nouveau.

— Tu es une femme forte, Addie Blair.

— La force, ça ne fait pas tout. Et puis, je pense que c'est une illusion. Les gens te disent que tu es forte parce que tu ne t'effondres pas mais, ce qu'ils ignorent, c'est que tu t'effondres à l'intérieur.

— C'est ce que tu ressens en ce moment ?

— Que je suis remplie de quelque chose de brisé ? J'ai ressenti ça il y a deux mois. J'ai tenu bon, j'ai recollé, mais c'est comme de la porcelaine cassée. Qu'est-ce qu'on dit ? Que ce qui ne nous tue pas nous rend plus fort ? Je ne suis pas d'accord. Ça nous rend juste plus à même de recoller les morceaux. Les dégâts restent là.

— Et ça fait mal.

— Oui, ça fait mal, répéta-elle doucement. Donc, non, je ne pense pas que j'aurai le courage de recommencer. Je me contenterai de ce petit bout, ajouta-t-elle en se penchant pour enfouir le visage dans la fourrure de Daisy.

Puis elle releva la tête, et ses yeux plongèrent dans les siens. Et quelque chose changea.

— Maintenant, parle-moi de toi, Noah. Tu comprends mon chagrin comme personne. C'est peut-être pour ça que je t'ai demandé de m'accompagner, cet après-midi. Certes, je savais que tu ne m'abreuverais pas des platitudes habituelles, mais dès le diagnostic de la grossesse extra-utérine, j'ai vu ce chagrin se refléter en toi. Noah, ce ne sont peut-être pas mes affaires, mais si tu veux m'en parler...

Voulait-il lui en parler ? Il n'avait jamais rien dit à personne. Hormis cette explosion dans le bureau de son avocat, quand le chagrin et la colère étaient montés telle une éruption à l'annonce des dernières exigences de Rebecca. Et de son ultimatum.

— Je n'en parle pas, dit-il.

— Je comprends, tu es un homme. C'est tellement plus masculin de tout garder pour soi.

— Oui, contrairement à toi qui es allée raconter à tout le monde que tu faisais des FIV…

— Touchée…, dit-elle avec un sourire contrit, en lui prenant son verre pour le poser avec le sien sur le sol. Mais je t'en ai parlé, maintenant, et tu sais, ça aide. Ça fait du bien.

Depuis quand les discussions résolvaient-elles les problèmes ? Les menaces de Rebecca resteraient suspendues au-dessus de sa tête. Pourtant, Addie le contemplait d'un air doux, elle attendait. Avec… Confiance ?

Les flammes scintillaient sur son visage. La chaleur, le vin… Cette femme… Pouvait-il lui faire confiance ?

— Rebecca et moi… On ne faisait pas un super couple, dit-il.

Puis il n'ajouta rien pendant un long moment et Addie non plus. Elle lui laissait le temps. Alors le besoin de s'ouvrir devint presque irrépressible. Pourquoi ? En cinq longues années, il n'avait jamais rien dit. Ce soir, il avait l'impression que les choses avaient changé.

Alors il parla.

— Rebecca était… Bon, tu l'as rencontrée. Dans ses bons jours, elle est presque irrésistible.

— Ah oui ?

Il tourna la tête et, percevant la lueur amusée dans ses yeux, sourit à son tour.

— OK, c'est l'homme qui s'exprime, là. N'empêche… Depuis le début de l'école de médecine, j'avais la tête dans le guidon. Comme j'avais contracté de gros emprunts étudiants, je travaillais la nuit pour les rembourser. J'ai eu une relation ou deux, mais qui ont pâti de mon manque d'investissement très vite. Même après mon diplôme de chirurgien généraliste, je ne me suis pas calmé. Comme j'étais d'une ambition folle, je suis parti au Royaume-Uni pour poursuivre ma formation, puis j'ai postulé au Sydney Central. C'était un poste à responsabilités, et j'étais stressé. Le premier jour, j'ai rencontré Beck.

— Je n'ai jamais vu ses côtés charmants, commenta Addie, et il nota la sécheresse du ton.

Pas étonnant, Rebecca n'avait pas dû se fatiguer à exercer son charme sur Addie. Il devait lui expliquer.

— Elle peut être adorable, mais c'est tout en surface, reprit-il. À l'époque, j'étais toujours à fond dans le travail et j'ai eu l'impression d'émerger dans un autre monde en faisant sa connaissance car elle était pétillante, drôle et très, très belle. J'étais trop bête pour voir qu'elle n'était intéressée que par la sécurité financière et le prestige de ma profession. Avec le temps, je l'aurais compris, mais je n'en ai pas eu, du temps. On ne sortait ensemble que depuis quelques semaines quand elle a eu son accident.

Il s'interrompit. Ne devrait-il pas se taire à présent ?

— Tu veux m'expliquer ce qui s'est passé ? demanda Addie.

Se taire n'était plus une option, maintenant. Il ferma les yeux, envahi par le souvenir du cauchemar.

— On était sortis dîner avec de nouveaux collègues, et elle s'était comportée de manière charmante, mais dès qu'on est entrés dans la voiture, elle a changé. Disant que la soirée avait été ennuyeuse, qu'elle voulait aller en boîte de nuit pour s'amuser un peu. Il était 1 heure du matin et comme je devais prendre le travail à 8 heures, j'ai refusé et elle a piqué une crise. Et quand Beck faisait un caprice... Au bout du compte, elle a essayé de me gifler.

— Décidément, tu attires les coups, murmura Addie.

Il se surprit à sourire. La pression refluait.

— Bref, j'ai été distrait. Il pleuvait, la route était glissante. J'ai pris un virage trop vite et, quand j'ai heurté le trottoir, la voiture a basculé. Beck, qui n'avait pas attaché sa ceinture, a été éjectée.

— Oh ! Noah... Paraplégie ? Je ne sais pas très bien, personne n'a jamais rien dit.

— Rebecca non plus, répliqua-t-il en se rappelant le choc, le diagnostic, la bataille pour la convaincre d'aller en rééducation. Elle a eu la colonne brisée au niveau de la quatrième vertèbre, mais il s'agit d'une paraplégie incomplète, avec la persistance d'une sensibilité et d'une motricité volontaire. Sauf qu'elle s'était installée dans son rôle de victime. Je sais que ça paraît rude de le dire comme ça, pourtant c'est vrai. La rééducation a été difficile. Les physios lui demandaient de faire des mouvements douloureux, or elle n'est pas du genre à faire ce dont elle n'a pas envie. Un mois après l'accident, elle s'était inventé un rôle : la fiancée du médecin, brisée par la négligence et la stupidité de ce même médecin. Clouée sur son fauteuil, culpabilisante à vie, qui pouvait donc tout exiger.

— Oh ! Noah...

— Elle pouvait marcher, pourtant. Personne ne le sait, mais s'il y a quelque chose qu'elle veut, elle est capable de se lever pour l'attraper. Enfin, peu importe. Elle a souffert, et les chances qu'elle remarche sans boiter sont faibles, or une femme qui boîte, ça ne correspond pas à l'image que Beck désire donner. Elle adore son travail à temps partiel à l'hôpital de Sydney, être la belle réceptionniste dans son fauteuil roulant, trois demi-journées de ragots au vitriol, d'informations qu'elle peut utiliser contre qui lui chante. Le reste du temps, elle le passe en massages, salons de beauté, longs déjeuners etc. Et puis, il y a Sophie, sa fille.

Il s'interrompit en entendant la colère et l'amertume dans sa voix, ce qu'il avait tenté de contenir toutes ces années.

— Sophie ? s'étonna Addie. J'ignorais que Rebecca avait une enfant.

— Comme tout le monde, répondit-il d'un ton morne. Mais pendant le séjour de Rebecca à l'hôpital, je me suis retrouvé aux manettes. Elle s'est éloignée depuis longtemps de sa famille qui vit au Canada, donc comme elle n'a personne, l'hôpital a fini par me noter comme plus proche parent. Ils m'ont donné son téléphone, et pendant qu'elle était assommée par les antidouleurs, j'ai essayé de joindre des amis, de la famille et, un jour, j'ai reçu un appel des services d'aide à l'enfance. Ils m'ont appris qu'elle avait une fille de onze mois, Sophie.

— Elle ne t'en avait jamais parlé ?

— Elle l'avait tout simplement éliminée de sa vie. D'après ce que j'ai découvert, deux ans avant notre rencontre elle sortait avec un type bourré de fric mais sans scrupule. Elle a cru que tomber enceinte l'obligerait à l'épouser, ou du moins à lui fournir un soutien financier très important. Sauf que le père, qui avait encore moins de moralité que Rebecca elle-même, est parti à l'étranger quand il était trop tard pour interrompre la grossesse et, ensuite, Sophie est née avec le syndrome de Down.

— Oh non !

— Ne te fais pas trop de soucis pour Rebecca, dit-il avec rudesse, la colère l'emportant désormais. Les Rebecca de ce monde passent vite à autre chose. Elle voulait se débarrasser de la petite, mais l'adoption était rendue difficile parce qu'elle avait mis le nom du père sur le certificat de naissance et que personne ne parvenait pas à le joindre. Tout un tas de tracas que Rebecca refusait de s'infliger... Alors Sophie a été placée en famille d'accueil. C'est à ce moment-là que je suis apparu dans le paysage. Bref, les services sociaux m'annonçant que suite à un drame survenu dans la famille d'accueil, celle-ci ne pouvait pas la garder, je me suis senti responsable, et quand Rebecca a émergé, j'étais à son chevet, avec une adorable fillette dans mes bras. Elle m'avait déjà conquis sans le moindre effort. Puis quand les services sociaux sont venus, Rebecca s'est accrochée à moi en expliquant que tout allait bien, qu'on formait une famille et que j'allais l'épouser.

— Tu ne lui avais même pas fait de demande ?

— Pas besoin. Enfin, tu connais l'histoire : le riche médecin ayant brisé la vie d'une femme chargée de famille, totalement dépendante, il fallait donc assumer les conséquences de mes actes. En plus, ajouta-t-il avec un sourire, j'étais bel et bien tombé amoureux. Mais pas de Rebecca, de Sophie.

— Ta petite fille.

— Qui ne l'est pas. À l'instant où elle a quitté l'hôpital, Rebecca a exigé que Sophie retourne en famille d'accueil. Pour être honnête, ce n'était pas insensé. Beck avait déjà fort à faire avec sa rééducation, moi entre l'école de médecine et ses soins, j'étais endetté jusqu'au cou. Je devais donc reprendre le travail et trouver un appartement adapté pour Rebecca. Bref, je n'avais pas les moyens de payer une nounou. On est donc tombés d'accord pour une solution temporaire. Mais très vite, je me suis rendu compte que j'étais le seul à me soucier de la suite. Régulièrement, je ramenais Sophie à la maison, mais Beck s'en fichait, elle ne voulait rien avoir à faire avec elle. Je n'avais pas le droit de la mentionner, c'était comme si elle n'existait pas. Elle ne lui avait servi que pour me contraindre au mariage.

— Quel enfer...

— Exactement. J'aurais dû partir depuis longtemps, mais je continuais à me sentir responsable et puis, si je la quittais, je ne verrais plus Sophie.

Il se souvenait des jours où il allait la chercher au parc, sa petite main dans la sienne, ses sourires, son visage qui s'éclairait quand il lui tendait les bras.

— Et après, il s'est passé quoi ?

— On a vécu comme ça jusqu'à l'an dernier. Un mariage qui n'en était pas un… La nouvelle famille d'accueil de Sophie s'est avérée adorable. Je la voyais chaque fois que possible, mais pour le reste, je me noyais dans le travail. Et puis les parents d'accueil se sont faits trop vieux, ils ont décidé de laisser Sophie à la fin de l'année. Elle allait encore devoir changer de famille. J'ai vu rouge face à la réaction de Rebecca.

Il secoua la tête au souvenir de son « et alors ».

— Je lui ai annoncé que je demandais à adopter la petite, ajouta-t-il.

— Bien… Je crois…

— On a eu la dispute du siècle. Mais au bout du compte elle a accepté. Du moins, je l'ai cru. Elle m'a donné les coordonnées du père biologique de Sophie et a signé les formulaires permettant aux autorités de le contacter. Il a signé les dispenses, et tout semblait en bonne voie mais, non, en fait Rebecca gagnait juste du temps. Elle a refusé que je prenne Sophie à la maison tant que la demande officielle n'était pas validée. Sans autorité parentale, j'ai dû m'y plier. Alors je me suis replongé dans le travail en attendant. Pendant ce temps, Rebecca fomentait un autre plan.

— Un autre plan ? demanda Addie, mais il eut l'impression, au ton de sa voix, qu'elle avait deviné la suite.

— J'étais à une conférence à Denver quand elle me l'a dit. Par téléphone. Elle était soûle, hilare. Triomphante… Apparemment, elle avait rencontré quelqu'un, qu'elle décrit comme l'homme parfait, de vingt ans son aîné, riche à millions, et elle demandait le divorce.

— Oh ! Noah…

— En rentrant à la maison, je m'attendais à ce qu'elle ait déménagé, mais elle était là, sur le banc de la cuisine, à boire du vin. Elle revenait du salon de beauté, et elle voulait m'annoncer qu'elle demandait les deux tiers de mes biens, ce qu'elle méritait après ce que je lui avais fait. En plus, elle avait notifié notre séparation aux services d'aide à l'enfance, et l'adoption était annulée.

Jamais il ne s'était senti aussi écœuré, aussi impuissant. Des sensations qui remontaient à la surface aujourd'hui.

— Mais si tu voulais... Pourquoi t'en empêcher ?

Il dut se forcer à poursuivre tant sa gorge était serrée. Il était allé trop loin pour se taire maintenant.

— Elle transpirait la haine. Elle a prétendu que si j'adoptais cette « mutante », comme elle l'appelait, un jour, je reviendrais dans sa vie et dirais à tout le monde qu'elle était d'elle. J'ai promis de déménager, d'emmener Sophie vivre dans une autre ville, mais elle ne voulait rien entendre. Elle m'a menacé, si je tentais quoi que ce soit, d'utiliser son passeport canadien pour l'abandonner n'importe où sans me le dire.

Addie l'observait, paraissant sidérée. Pas étonnant, lui-même n'en revenait pas d'avoir partagé ce qu'il n'avait jamais révélé à personne. Il avait écarté le chagrin, remplacé par la colère, la rage. Maintenant, il se sentait à vif. Et sur le visage d'Addie il voyait se refléter les mêmes sentiments.

— Et voilà, conclut-il. Je suis parti et je ne l'ai pas revue depuis. Et Sophie non plus.

— Elle est où ? chuchota Addie. Elle est où maintenant ?

— Toujours avec ses parents d'accueil qui l'adorent. C'est un réconfort, même petit. Étant donné la confusion qui règne, ils ont accepté de la garder douze mois supplémentaires. Ils sont merveilleux, mais ils sont âgés, et Harold a des problèmes cardiaques, Sophie risque donc de leur être retirée à tout moment. Pendant cinq ans, j'ai joué avec elle, je l'ai aimée... Et maintenant, je n'ai plus le droit de m'approcher d'elle. Rebecca ne veut pas d'elle, mais elle refuse que je la voie et, légalement, je n'ai aucun droit. Les travailleurs sociaux ont l'air de mon côté, mais eux aussi sont pieds et poings liés. J'ai consulté des avocats, relancé une demande d'adoption. La cour prendra sa décision dans quatre mois, et je me battrai jusqu'au bout mais, en attendant, je ne peux pas l'approcher. C'est pourquoi je suis ici, mais je ne supporte pas d'être aussi proche et de ne pas pouvoir la voir.

— Je ne comprends toujours pas pourquoi elle t'interdit de la voir...

— Ce n'est pas logique, mais ça fait peut-être partie du châtiment qu'elle veut m'infliger pour la perte de ses jambes. Plus probablement, l'homme qui est dans sa vie actuellement n'est pas au courant de l'existence de Sophie, et même si je lui promets de ne rien dire, elle ne me croira pas. Les promesses, ça ne signifie rien, pour Rebecca. Je ne veux pas prendre le risque qu'elle l'emmène Dieu sait où, rien que par vengeance.

— Pauvre Noah...

Il haussa les épaules, résigné.

— Je vais rester ici jusqu'au jugement. Si je l'emporte, je retourne à Sydney. Sinon, je déposerai un appel ou au moins un droit de visite. Et si rien de tout ça ne marche, il y a un programme neurologique à Londres qui me tiendra occupé. Mais je suis désolé de t'avoir raconté tout ça.

— Noah, tu as le droit de t'ouvrir à une amie, murmura-t-elle et, avant qu'il ait le temps de l'imaginer, elle se pencha et lui prit le visage entre ses mains. Bien sûr que tu as le droit.

Le silence tomba. À côté d'eux, le feu craquait, et Daisy avait glissé sur le tapis. Soudain, Noah remarqua une minuscule ligne entre les yeux d'Addie. Elle s'inquiétait. Non, ce n'était pas juste qu'elle s'inquiète pour lui. C'était son chagrin à lui.

— Noah, non.

Elle se pencha encore, un tout petit peu. Juste assez. Et elle attira son visage vers elle et l'embrassa.

C'était censé être juste un bisou de réconfort.

Cela n'était pas censé être un baiser du tout.

Addie n'avait ni l'intention ni le désir d'embrasser qui que ce soit. Et surtout pas Noah, un collègue, un homme qui l'avait vue en des instants de grande vulnérabilité.

Un homme qu'elle avait utilisé pour sa force et qui n'avait pas besoin d'un baiser, même de réconfort.

Sauf que ce baiser, elle ne l'avait pas prévu. C'était une réaction instinctive, presque animale, à la douleur. Il s'était produit avant qu'elle prenne conscience de ce que faisait son corps. Sa bouche.

Et c'était arrivé. Quand sa bouche effleura celle de Noah, il leva les mains. Pour la repousser ? Non, il lui prit le visage aussi et l'effleurement devint…

Un baiser.

Et plus rien ne compta que cet instant.

Il n'y avait plus que Noah.

L'espace de cet instant d'aveuglement, tout changea. La seconde d'avant, ils étaient devant le feu, collègues, peut-être même amis, mais un homme et une femme qui ne se connaissaient pas très bien. Un homme et une femme qui avaient souffert et pris conscience de la douleur de l'autre.

Cependant, il n'y avait pas de chagrin, là. Pas dans ce cocon de chaleur, de feu de cheminée et de vin. Pas dans le contact de leurs bouches, ni dans la façon dont Noah avait posé les paumes sur ses joues.

Surtout pas dans la réaction de son corps à elle.

Elle avait envie… De lui ?

Impossible de le savoir, car elle était incapable de réfléchir. En tout cas, elle avait besoin de le toucher, qu'il la touche. De son corps à lui.

Et il ressentait la même chose, elle le savait aussi sûrement que la nuit suivait le jour. Son baiser s'approfondissait, et elle se sentait se noyer dedans.

Elle voulait plonger, prendre de lui ce dont elle avait besoin, lui donner ce dont il avait besoin aussi. La solitude, le chagrin, la tristesse des mois, non, des années écoulées, venaient de fondre. Il ne restait plus que Noah, sa bouche sur la sienne, ses mains agréables qui l'attiraient plus près.

— Addie… Addie, on ne devrait pas…

Sa voix était un chuchotement saccadé, rauque de désir.

— On a le droit, murmura-t-elle. Noah, là tout de suite, on a besoin l'un de l'autre.

Les mots n'avaient plus leur place, maintenant, car quelque chose de plus vaste, de plus grand qu'eux avait pris le relais. Le désir était monté à un point tel qu'il ne pouvait plus être nié.

Tout à coup, elle se sentit devenir une femme qu'elle ne connaissait pas. Elle n'était plus la fille responsable qui s'occupait de tout le monde. Là, en ce moment… au diable les conséquences.

Daisy bougea, et Noah interrompit leur étreinte pour contempler la jeune chienne. Avec un sourire… Tendre, aimant, tout ce dont Addie avait toujours rêvé.

Sauf qu'il s'adressait à l'animal couché près du feu. Pas à elle.

Puis il se leva et la souleva dans ses bras, elle, Addie, pour la serrer fort. Presque farouchement. Et le sourire était toujours là. Pour elle, cette fois ?

Ni l'un ni l'autre n'eut besoin de préciser ses intentions. Ils savaient.

— Tu es sûre ? murmura-t-il tout de même.

— Je suis sûre.

— Je n'ai pas… Merde, Addie, je n'ai même pas de préservatifs ! Je pourrais… La pharmacie de l'hôpital…

Et s'interrompre maintenant ? Pour filer à la pharmacie fermée à clés et voir s'ils y trouvaient ce dont ils avaient besoin ? Et tout ça pour quoi ? Si elle n'avait pas été autant immergée dans le désir, elle aurait pu en rire.

— Je te rappelle que j'ai une endométriose et un passif d'incapacité à la conception. Don de sperme : échec. FIV : échec. En plus, mes cycles n'ont pas encore repris. Oui, je sais que ça peut arriver quand même. Mais on doit pouvoir prendre le risque, non ?

— On ne devrait pas…

Mais elle l'entendit dans sa voix : lui aussi en avait envie, il en avait autant besoin qu'elle.

— Je sais. Mais nous sommes deux adultes consentants. Pour une fois dans notre vie, soyons irresponsables.

Il pouffa.

— D'accord. Ton lit ou le mien ?

Sa voix était rauque de désir.

— Pourquoi pas les deux ? répliqua-t-elle. L'un après l'autre…

6

Des geignements réveillèrent Addie aux petites heures du jour. Ils étaient dans le lit de Noah, elle collée en cuillère contre lui, comme dans un cocon, baignée dans un demi-sommeil et le plaisir. Et le bonheur ? En tout cas, cela y ressemblait.

Dehors, il faisait encore sombre, et la chienne gémissait au pied du lit. Noah pouffa en comprenant la source du problème puis il déposa dans son cou un baiser délicat et tendre.

— Le devoir m'appelle, murmura-t-il en se levant.

— Reviens-moi vite…

Elle n'en revenait pas que ces mots soient sortis de sa bouche.

— N'en doute jamais.

Elle perçut le sourire dans sa voix, un sourire qui la fit fondre. Puis il sortit, ayant pris Daisy dans ses bras au passage. Elle l'entendit ouvrir puis refermer le réfrigérateur tout en murmurant quelque chose à la chienne.

Puis il revint et se glissa sous les couvertures, nu comme un ver. Le contact de sa peau contre la sienne était à la fois extraordinairement érotique et merveilleux. Il l'attira contre lui.

— C'est réglé, lui murmura-t-il à l'oreille. Plus ou moins.

— Plus ou moins ?

— Il se peut qu'on ait quelques flaques à éponger plus tard, mais j'ai décidé que ça pouvait attendre. Tout peut attendre.

Sa bouche lui chatouillait agréablement l'oreille. Tandis que ses lèvres s'étiraient en un sourire, elle se tourna face à lui, plaquée à son torse, les bras passés autour de lui.

— Oui, nous avons des choses plus urgentes à faire…

Des choses qu'elle entreprit sur-le-champ. Avec diligence. Avec moult rires. Avec amour ?

Le matin arriva, car il arrivait toujours même quand on essayait de le repousser de toutes ses forces.

Le matin et, avec lui, la réalité.

Addie se réveilla, toujours enchâssée dans la chaleur et l'incroyable sensation de ne faire qu'un avec cet homme dont le corps était pelotonné contre elle. Comme si elle était sur une île, dans un sanctuaire, un endroit où le temps s'était arrêté. Il n'y avait qu'eux deux et elle se sentait… aimée ? Le mot s'était insinué dans son cœur, à l'aube.

Mais voilà, le matin était là, et Noah sentit le changement, elle en était sûre. Il percevait tout. Il fut éveillé à la seconde où elle bougea et posa sur elle des yeux inquiets.

— Addie…

— Qu'est-ce qu'on a fait ? chuchota-t-elle.

— On s'est comportés comme deux adolescents, le sexe en plus ? suggéra-t-il avec ce sourire qui la faisait fondre. Et maintenant, on se rappelle ce que nous disait le professeur de biologie.

— Qu'on ne couche jamais avec quelqu'un sans avoir effectué les tests idoines, acheva-t-elle, souriant malgré elle.

— Et qu'ensuite, on prend toutes les mesures, allant du latex au mur de brique, pour éviter toute grossesse.

Le sourire de Noah s'effaça peu à peu.

— Je ne me tracasserais pas trop, à ta place, dit-elle avec une touche d'amertume qu'elle ne parvint pas à masquer. Côté santé, je suis clean. Quant au risque de grossesse…

— Je suis clean aussi, mais, Addie…

Elle comprenait. Avec son passif, la trahison de Rebecca, pas étonnant qu'il soit soucieux. Vraiment, ils avaient été stupides et irresponsables.

— Il y a toujours la pilule du lendemain, par sécurité, ajouta-t-elle avec un soupir.

Il lui posa une main sur la taille et ce simple contact…

— Addie, c'était une nuit géniale. On pourrait peut-être…

— Non, non, Noah, ne te laisse pas envahir par la culpabilité. On était tous les deux vulnérables d'un point de vue émotionnel, en plus on avait bu du vin et on avait tous les deux besoin de ça. En tout cas, moi oui. Et j'ai adoré, ajouta-t-elle avec un soupir. Je dois admettre que je n'ai jamais eu d'aventure d'une nuit, mais je sais comment c'est. Pas d'engagement puis on passe à autre chose, et tu sais quoi ? C'était merveilleux. Fabuleux. Mais c'est terminé, et Daisy doit avoir faim.

— Tu veux vraiment qu'on fasse comme si rien ne s'était passé ?

— Hum… Je dois…

— J'ai donné à manger à Daisy à 3 heures du matin, elle peut attendre encore un peu.

— Noah ?

— Oui ?

Dis-le. Dis que tu ne veux pas.

Peut-être pouvait-elle attendre un peu, s'autoriser à être heureuse encore une fois ? Une dernière fois ?

Deux heures plus tard, le téléphone sonna. Un fermier local s'était blessé et arrivait pour une opération. Cliff était déjà en route pour l'anesthésie, et on attendait Noah. Après s'être douché, il vint lui déposer un bref baiser sur les lèvres.

— Désolé de te laisser avec les pipis à nettoyer, chérie.

Puis il disparut.

Et Addie resta seule avec sa confusion. Ses remords ?

La sérénité.

Oui, surtout une agréable sérénité. Malgré la tristesse que l'histoire de Noah lui avait inspirée, la nuit écoulée semblait avoir installé une sensation profonde en elle. Cette relation n'irait pas plus loin, elle le savait. Ni l'un ni l'autre ne le souhaitait. Mais ils avaient été là tous les deux au bon endroit et au bon moment pour se réconforter mutuellement.

N'ayant pas d'urgence pour sa part, elle s'accorda le temps d'émerger et de se doucher tranquillement. Son univers l'attendait, avec ses jeunes mamans et leurs bébés, les femmes avec leurs problèmes gynécologiques, le monde tel qu'elle le connaissait. Pourtant, son monde avait changé.

Pourquoi ?

Parce qu'elle se sentait… femme. Elle s'était sentie aimée.

Elle n'était pas amoureuse, aussi fou que cela paraisse, car, après tout, elle ne le connaissait pas beaucoup, cet homme.

Pourtant, ils avaient fait l'amour. Une expression qu'elle avait souvent entendue, notamment prononcée par des adolescentes tombées enceintes par hasard : « On n'a fait l'amour qu'une fois, docteur, je ne pensais pas... » Elle non plus n'avait pas réfléchi. Elle n'aurait jamais cru pouvoir être aussi irresponsable.

Mais cela dit, il avait fallu quatre FIV avant qu'elle tombe enceinte. Les risques étaient donc...

Ils n'étaient pas nuls. Elle avait proposé de prendre la pilule du lendemain, le bon sens voulait qu'elle couvre toute éventualité. Le moment était venu de se montrer sensé.

Elle s'habilla et prit son petit déjeuner avant de sortir Daisy sous la véranda. Les amis de la chienne n'étaient pas encore sortis, mais celle-ci s'amusa à courir de-ci de-là, mâchonnant le paillasson avec fougue, avant de revenir vers Addie, de repartir au galop, tombant à la renverse dans sa précipitation.

Quelle délicieuse matinée.

Pourtant, le voyage à la pharmacie attendait, Addie hésitait. Étant donné le peu de risques de tomber enceinte, est-ce que cela en valait la peine ? Ou alors, est-ce qu'au fond elle voulait tomber enceinte ? Non, c'était de la folie ne serait-ce que de l'envisager, après le chagrin trop récent qu'elle avait vécu. Pourtant, si par quelque miracle...

Machinalement, elle porta ses mains à son ventre. À quoi pensait-elle ? Que risquait-elle ? Non, décidément, cela ne tournait pas rond dans sa tête.

Le problème, c'était de ne pas savoir ce qu'elle risquait exactement. Un nouveau désastre ? Non, Noah lui-même qualifierait sa réaction d'exagérée.

Noah.

Enfin, elle savait ce qu'elle devait faire.

Ce samedi-là, il faisait un temps magnifique, et les locaux et les touristes en profitaient au maximum, d'où une matinée très chargée pour Noah.

Deux gamins qui s'étaient télescopés sur leur planche de surf : un nez cassé avec fracture de la pommette, une clavicule disloquée.

Un papa qui voulait montrer son nouveau cerf-volant chinois à ses enfants, sans imaginer la puissance de son jouet : cinq points de suture à la joue.

Il y avait eu aussi un trentenaire ramené de la plage qui, faisant du jet-ski ivre, avait heurté un banc de sable : trois côtes et un fémur cassés.

À la fin de l'après-midi, il était épuisé, mais il rentrait à la résidence des médecins avec un plaisir sans mélange, songeant déjà au repas qu'il allait partager avec Addie.

Hélas, elle n'était pas là. Daisy ne lui sauta pas dessus non plus quand il ouvrit la porte, et il ne vit pas son panier au coin de la cheminée. Aucun joujou ne traînait non plus.

La porte de la chambre d'Addie était ouverte, son lit débarrassé des draps, les couvertures soigneusement pliées, l'armoire vidée.

Son ventre se noua. Elle s'était enfuie ? À cause de lui ?

Elle avait paru heureuse, pourtant. Il aurait pu en jurer.

Les souvenirs de la nuit passée étaient partout autour de lui. D'accord, cela avait été une folie, spontanée et idiote et... merveilleuse. Il s'était senti comme... jamais.

Il n'aurait pas dû s'en aller. Il aurait dû rester, ce matin, et discuter.

Maintenant, elle était partie. Une réaction suscitée par la peur. Elle avait cru quoi ? Qu'il allait lui sauter dessus ? La forcer à quelque chose ? Dépasser les limites qu'ils avaient eux-mêmes fixées ?

Planté au milieu de la chambre vide, il avait la nausée.

Enfin, il fit demi-tour pour retourner au salon. Et découvrir un mot sur le manteau de la cheminée. Il le saisit d'une main tremblante.

Cher Noah,

Ou devrais-je dire « Noah chéri » après la nuit dernière ?

C'était vraiment génial, non ? Exactement ce dont j'avais envie et besoin et, oui, j'ai adoré. Mais bon, on s'est emballés ! On a fait l'amour comme deux adolescents incontrôlables. Je n'en reviens pas qu'on ait été aussi bêtes.

Pour être honnête, je ne regrette rien. Une nuit de sexe débridé, sans promesses de lendemain, une sorte de point de départ pour que chacun puisse passer à autre chose…

Car on a besoin d'avancer, Noah. Tous les deux. Et s'attacher l'un à l'autre ne nous aidera pas. Il te reste quatre mois avant de recevoir une réponse pour Sophie et prendre la décision qui s'imposera.

De mon côté, je dois retrouver mon rôle à l'hôpital et dans cette communauté. Or j'ai compris ce matin que je ne pourrai pas être concentrée sur ma tâche si je continue à partager une maison avec toi. Il s'est passé quelque chose la nuit dernière qui m'a fait perdre toute maîtrise de moi. Ce qu'on a partagé…

Bref, l'idée de recommencer m'effraie, je dois bien l'avouer, alors je prends les devants pour éviter ça.

J'ai loué un cottage. C'est un tout petit truc à deux rues de l'hôpital, trois minutes à pied, entièrement meublé. C'est confortable et avec une vue spectaculaire sur la baie. J'avais songé à le louer à mon arrivée ici, mais on m'a proposé la maison des médecins, alors… Les propriétaires sont ravis que je le prenne pour quatre mois, avec une option pour plus longtemps si je m'y plais. Et je soupçonne que j'aimerai.

Voilà, Daisy et moi y sommes installées. Quant à toi, Noah, tu as une résidence superbe où passer ces quatre mois.

On se croisera comme collègues et, je l'espère, aussi comme amis. Il faudra juste qu'on maîtrise nos mains et nos corps.

Ne t'inquiète pas pour moi, je suis bien plus heureuse aujourd'hui que je ne l'étais hier. Cette nuit avec toi a chassé les fantômes, alors merci.

En revanche, il y a un point dont je voudrais discuter avec toi, mais pas au téléphone. Tu accepterais de venir dîner d'un fish and chips à la maison ? Sans vin !

Si tu ne peux pas, aucun souci, je te verrai demain matin, car j'aimerais autant que ce soit fait rapidement.

Addie.

Il continua à fixer le papier un long moment. C'était un mot sensé, destiné à lui donner bonne conscience.

Si elle s'était ouverte à lui de ses intentions, il aurait proposé de partir lui-même, mais, apparemment elle avait déjà un lieu en tête.

Il balaya du regard la maison propre et vide. Il se sentait... perdu. Triste.

Non, le terme n'était pas adéquat. Une nuit de sexe ne tissait pas une relation.

Addie se montrait raisonnable, et il devait en faire autant.

Elle voulait lui parler.

Dîner chez elle. Sur le papier, c'était une bonne idée. Ils devaient devenir amis. Rien de plus. Elle avait fait en sorte que cela se passe facilement.

Si c'est tout ce que tu peux avoir... , chuchota une voix dans un coin de sa tête qu'il fit taire aussitôt.

Pourquoi voulait-elle lui parler ?

Il sortit son téléphone et trouva dans la liste fournie par l'hôpital le numéro d'Addie. Elle décrocha à la seconde sonnerie.

— Noah ? répondit-elle d'une voix hésitante. Salut...

Profonde inspiration. Il fallait garder les choses au stade qu'elle avait instauré : l'amitié.

— Alors, comment est la maison ? demanda-t-il.

— Super. On est bien installées, c'est entièrement meublé, et tu devrais voir la vue. Noah, il faut que je te parle...

— Je peux être dans une demi-heure devant chez toi. Et tu as raison, pas de vin, ajouta-t-il sur le ton de la plaisanterie. Même pas une bière. Tu as pris une décision raisonnable, Addie, je suis tout à fait d'accord. *Fish and chips* sur les marches et puis chacun rentre chez soi.

— Apporte le *fish and chips*, je fournis l'eau pétillante.

— OK, j'enfile ma chemise, mes chaussures et j'arrive.

Oui, décidément, il devait admettre que c'était elle qui avait raison. Plus de situation ambigüe entre eux. Juste de l'amitié.

7

Le cottage était simple, avec une chambre, une cuisine ouverte sur la pièce de vie et une salle de bains basique, le tout bâti pour loger un couple de personnes âgées qui venaient pêcher ici de temps à autre. Étant désormais trop vieux, ils ne pouvaient plus faire le trajet depuis Sydney, mais ils conservaient la maison dans l'espoir que leurs enfants très occupés aient un jour l'envie ou le temps de l'utiliser. Ils payaient des gens pour faire le ménage et l'entretien et n'aimaient pas l'idée de la louer pour de courtes périodes à des touristes.

Le cottage jouissait d'une magnifique cheminée et, à l'arrière de la demeure, d'une pelouse qui descendait presque jusqu'à la mer. Sans parler de la vue, à couper le souffle.

Addie était justement assise sur les marches et elle admirait les rayons du soleil couchant se reflétant sur l'océan.

Daisy, après avoir exploré et reniflé chaque coin et recoin de la maison, s'était endormie dans son panier. Et Addie attendait. Elle attendait Noah.

Son ami, se rappela-t-elle. Rien de plus.

Puis, tout à coup, il arriva, ouvrit le portail en souriant et elle pensa : *Il est là, le problème. Ce sourire...*

— Je comprends pourquoi tu as déménagé, dit-il en se tournant vers le magnifique spectacle.

— J'espère que tu comprends.

Elle se déplaça pour lui laisser la place de s'asseoir à côté d'elle et déposer son paquet odorant entre eux. Elle avait apporté des verres et de l'eau gazeuse, ainsi qu'une poignée de serviettes en papier.

— Voilà, le dîner est prêt, annonça-t-elle, satisfaite.

Ils mangèrent en silence, mais pas à cause d'une quelconque tension. Au contraire, même. Ce qui s'était passé entre eux aurait dû créer des attentes, des inquiétudes et, oui, une attirance physique, ce qui était peut-être le cas, d'ailleurs, pourtant ici, en cet instant, tout était dissipé. Il ne restait que cette paix, cette sérénité.

Quand ils se furent délectés du poisson et des frites, les meilleurs du monde selon Addie, Noah exhiba une boîte de glace. Elle était repue, mais la gourmandise l'emporta lorsqu'elle vit le chocolat comme elle l'aimait, noir et crémeux.

Elle se servit, consciente du regard de Noah sur elle et de la tension sexuelle qui n'avait pas disparu entre eux.

Une fois la glace terminée, elle annonça qu'elle allait préparer du thé.

— Avec tout ce que j'ai mangé, je vais me traîner plutôt que marcher jusqu'à la cuisine, commenta-t-elle.

Il se mit à rire, et elle aima ce son. Tout allait bien se passer. Ils commençaient à se comporter en amis. Il suffirait ensuite de se souhaiter bonne nuit et de rentrer.

Mais avant, il y avait un impératif.

Fallait-il vraiment qu'elle demande ? Oui. Pourtant, elle n'en avait pas envie. Son cœur lui hurlait de se taire, tandis que sa tête la sommait d'être raisonnable. La nuit dernière, son cœur avait gagné, il était temps que sa tête lui dicte sa conduite, à présent.

Le soleil était couché, et un croissant de lune montait au-dessus de l'horizon. Elle apercevait même l'étoile du berger.

— Noah, je ne t'ai pas demandé de venir uniquement pour le *fish and chips*.

— Tu sais, je l'avais deviné, répondit-il avec un sourire.

— Ce que je voulais te dire… Ce qui est arrivé entre nous, la nuit dernière… On a perdu le contrôle et, pour être honnête, ma réaction te concernant me terrifie. C'est pour ça que j'ai déménagé. Ni toi ni moi ne sommes partants pour une relation. Toi, tu dois te focaliser sur ta bataille pour récupérer Sophie et moi… je commence juste à me reconstruire.

— Je comprends. Je me suis senti mal toute la journée, mais maintenant que je vois cet endroit… je comprends.

— Ce n'est pas tout.

Comment se forcer à dire la suite ?

— Ah non ?

— Non. Ce matin… Je suis allée à la pharmacie pour acheter la pilule du lendemain. Je t'avais promis de la prendre. La promesse tient toujours si tu le souhaites. Mais je voulais te demander… si tu accepterais de reconsidérer…

Puis elle sortit le cachet de la poche de son jean pour le poser sur la marche entre eux.

Un silence s'ensuivit. Un très, très long silence qui s'étira entre eux assez longtemps pour que d'autres étoiles apparaissent dans le ciel. Ils étaient assis sur la marche du milieu, entourés par les reliefs de leur dîner. Et un petit emballage carré en aluminium.

Qu'avait-elle proposé à Noah ?

Une infime possibilité. Une vague chance très lointaine.

— Noah, j'ai conscience que ce n'est pas juste, reprit-elle avec effort. Après tout ce que tu as traversé avec Rebecca, la façon dont tu as été manipulé, tu n'as pas besoin que je fasse pareil. Je devrais prendre cette pilule et passer à autre chose, pourtant… Je n'y arrive pas. Pas sans… te poser la question.

— Tu veux être enceinte ?

— Oui.

— Tu plaisantes ? poursuivit-il, son ton passant du choc à l'incrédulité. Tu avais tout prévu ?

— Bien sûr que non ! Tu dois bien le savoir.

Un instant, elle crut qu'il allait se lever et partir. Son regard était indéchiffrable. Elle se rappela le jour où elle l'avait giflé, alors qu'elle était hors d'elle, à l'image de Noah maintenant. Mais ce soir, pas de gifle. Juste le silence, encore et encore, tandis qu'il réfléchissait.

Enfin, il hocha la tête. Son air incrédule disparut, comme si sa version des événements de la veille avait finalement été acceptée.

— Oui, je sais.

L'univers d'Addie reprit un peu de sa normalité.

— On avait tous les deux…

— … Le même besoin, termina-t-il à sa place d'un ton plus pondéré. Donc si la nuit dernière aboutit à une grossesse, tu l'accepteras ?

Addie se surprit à trembler. Elle devait se reprendre, s'expliquer.

— Après la grossesse extra-utérine, après tellement de tentatives de FIV, tant d'échecs, je croyais être passée à autre chose. Ma chienne, mon nouveau look, tout ça était censé marquer le début de ma nouvelle vie… C'est seulement ce matin, en regardant ce cachet, que j'ai pensé : qu'est-ce que je fais ? La possibilité que je sois enceinte est si infime que c'en est presque risible, mais anéantir cette infime chance… Je me suis dit : et si j'étais enceinte ? Et ça a été comme un rayon de lumière.

Il la dévisageait comme un potentiel avenir dont elle venait de multiplier par mille la complexité.

— Mais je serais le père, commenta-t-il d'une voix blanche.

— Oui.

Elle y avait réfléchi toute la journée. À présent, elle devait trouver le moyen d'exprimer correctement le résultat de ses réflexions. Sans émotion. Sans le regarder, donc.

— Noah, si j'étais… Eh bien, oui, ce serait ton bébé. C'est pourquoi ce doit aussi être ta décision, si je le garde ou pas. Que les possibilités soient infimes ou pas, la décision doit se prendre conjointement.

Il semblait tout juste comprendre ce qu'elle lui disait.

— Quoi ? Mais Addie, je ne peux te forcer à rien. C'est ton corps.

— Certes, pourtant, si tu me demandes de prendre la pilule, je la prendrai, et sans regret. Il se peut que je retente des FIV, ou bien le don de sperme, et cela n'aura rien à voir avec toi. En revanche, là, cette toute petite chance… C'est ta décision. Quoi qu'il en soit, j'espère qu'on restera collègues, amis même. Tout ce que je ferai en prenant ce cachet, c'est empêcher qu'arrive quelque chose qui a très peu de chances d'arriver de toute façon.

— Et si tu ne prends pas cette pilule et que tu es effectivement enceinte ?

Sa voix semblait venir de loin, très loin.

— Dans ce cas, tu devras décider de ton implication.

Elle avait réfléchi à tout pendant qu'elle faisait ses bagages puis installait son nouveau lit, et pendant qu'elle l'attendait ici, sur la marche.

— Si je suis enceinte... tu auras des droits. Non, tu pourras, avec plaisir, être un vrai papa. Prendre part à sa vie autant que tu le voudras. Noah, je comprends que Sophie est ta priorité et je le respecte, mais on pourra toujours s'organiser au fur et à mesure. De toute façon, je ne suis pas Rebecca, et jamais je n'utiliserai un enfant pour te manipuler ou te contrôler.

— Tu as pensé à tout.

— Je n'ai fait que ça toute la journée, répliqua-t-elle, penaude. Ça tourbillonnait dans ma tête, je t'assure. Il y a autre chose que je veux te dire : Noah, on a fait l'amour une fois, mais je n'ai ni l'intention ni l'envie de développer une relation au-delà de la coparentalité, si c'est la décision qui l'emporte. Car si tu ne le souhaites pas, ça me va aussi. J'avais tout organisé dans ma tête quand j'étais enceinte la dernière fois et je pense que je ferai une mère célibataire correcte. Comme j'ai toute une communauté pour me soutenir, je ne t'en voudrai pas si tu ne veux avoir aucun contact. Ni si tu me demandes de prendre cette pilule maintenant. Si c'est ce que tu souhaites...

En même temps qu'elle parlait, ses tremblements empiraient. Malgré la douceur de la soirée, le repas copieux, elle n'arrivait pas à se calmer.

Soudain, il posa une main sur la sienne, ses doigts chauds et forts étreignant les siens, lui adressant un message à elle seule.

— Tu adorerais être enceinte.

— Oui. Mais je n'ai pas le droit...

— Si tu avais un bébé... Je ne pourrais pas m'en aller. Addie, quelle que soit la manière dont cet enfant aura été conçu, je prendrai soin de toi. De vous deux.

— Comme tu as été obligé de t'occuper de Rebecca ?

D'où sortait cette question idiote ?

— Non, je...

— Tu vois, c'est justement ce que je ne veux pas.

Était-il en train de lui proposer ce qu'il venait justement de fuir ? Ce qu'on lui avait imposé toutes ces années ? Tout à coup, un nouvel afflux d'émotions remontait à la surface. Elle lui retira sa main, comme si la sienne la brûlait.

— Noah, tu pourrais t'occuper de ton bébé autant que tu le voudrais, mais pas de moi.

Elle devrait trouver son attitude noble. Pourtant, elle était en colère malgré elle.

— Je n'ai pas besoin qu'on s'occupe de moi, ajouta-t-elle. Merci, Noah, mais je ne veux pas de ça.

Puis elle se ressaisit. La dernière chose dont il avait besoin, c'était de sa colère. Totalement injustifiée, au demeurant. Mais la journée avait été difficile, elle était épuisée et à cran. Et quelque chose chez cet homme menaçait son précieux contrôle d'elle-même. Lui faisait-il peur ?

C'était la situation qui l'effrayait. Elle devait se reprendre. Expliquer sa réaction presque viscérale à son offre de soutien. La vérité. Oui, cette soirée semblait l'exiger.

— Je tiens à ce que tu comprennes bien, Noah, reprit-elle. Toute ma vie, je me suis occupée des autres. Dès la mort de mon père, ça a été : « Prends-moi dans tes bras, Addie. », « Sans toi, je ne pourrais pas vivre. », « Travaille dur, Addie, étudie, ton père était intelligent et tu es tout ce qui me reste de lui. » Et puis, il y a eu Gavin : « Addie, épouse Gavin... Tu réaliseras mes rêves les plus chers. Tu ne peux pas ramener ton père, mais si tu avais ses petits-enfants... Je pourrais mourir heureuse. » Je pense que tu comprends de quoi je parle, Noah. J'imagine la culpabilité que Rebecca a fait peser sur toi parce que j'ai subi la même. Et voilà que tu me proposes de recommencer, de t'occuper de moi et d'un potentiel bébé parce que ton honneur te dicte cette conduite. Je ne veux ni n'ai besoin que tu m'aides. Tu dois prendre une décision, mais mes besoins n'entrent pas en ligne de compte.

Sa tirade fut suivie d'un nouveau silence.

Émergeant de sa sieste, Daisy vint réclamer des caresses. Voyant que personne ne réagissait, elle vola une frite dans la boîte et l'emporta dans son panier. Ni Addie ni Noah ne s'en rendirent compte.

Le silence, encore.

Le petit emballage d'aluminium stagnait là.

— Tu ne penses pas que tu réagis un peu trop vivement ? dit

enfin Noah et, bizarrement, elle entendit une trace d'amusement dans sa voix.

Bien sûr que si, mais pas question de reculer.

— Tout ce que je dis, c'est que je me suis lancée dans un processus de FIV avec mon plan bien en place, mon avenir de mère célibataire organisé. Alors maintenant... Si quoi que ce soit devait arriver, je t'interdis de m'envisager comme une obligation. Tu as des projets aussi, Noah. Si tu n'obtiens pas la garde de Sophie, si au bout du compte tu n'as même pas le droit de la voir, il sera peut-être temps que tu vives ta vie de célibataire libre d'attaches. Tu le mérites bien. Alors si tu veux que je prenne ce cachet, je le prends, ici, maintenant, sous tes yeux. Ou demain matin si tu as besoin de temps pour réfléchir. Tu... On a une fenêtre de quarante-huit heures pour se décider.

Puis elle en eut assez. Il était trop proche. Et elle trop à fleur de peau.

— Oui, s'il te plaît, penses-y cette nuit, et sache que quelle que soit ta réponse, il n'y aura aucun regret, ajouta-t-elle d'une voix rauque. Aucun reproche. On passera tous les deux à autre chose. Pour l'instant, allons nous coucher, je suis fatiguée.

Mais Daisy en décida autrement. Enhardie par son larcin précédent, elle voulut revenir se servir. Un peu trop vite, hélas, et elle dévala les marches sur le ventre, atterrissant sur le sol les quatre fers en l'air. Une frite, délogée au passage, lui retomba sur le nez.

C'était si comique qu'ils éclatèrent de rire tous les deux, malgré le solennel de la situation et de la conversation. Les émotions les plus vives s'apaisèrent alors qu'ils nettoyaient le désordre.

Une fois la tâche accomplie, le visage de Noah avait recouvré son calme. Sa maîtrise.

— Nous envisageons une situation qui, selon toute probabilité, n'arrivera pas, conclut-il. Alors restons calmes.

— OK.

Elle ne trouva rien d'autre à répondre.

— Je dois retourner à l'hôpital.

— Je... Oui. Merci pour le repas.

— Merci pour ton hospitalité.

Ils restèrent plantés là, immobiles et silencieux. Addie avait pris Daisy dans ses bras et la tenait presque comme s'il s'agissait d'un bouclier.

Pourquoi ?

De quoi avait-elle peur ?

De ses propres sentiments.

Le sujet de la grossesse mis à part, à présent elle se sentait mieux. Soulagée. Et aussi... Elle avait envie de ressentir à nouveau ce qu'elle avait ressenti la nuit dernière.

Raison pour laquelle elle avait déménagé ici.

— Bonne nuit, Noah, dit-elle. Et surtout, surtout, ne te prends pas trop la tête. Ce n'est rien. Tiens-moi juste au courant.

— Non, ce n'est pas rien, répliqua-t-il, sans qu'elle réussisse à déchiffrer le ton de sa voix ou son expression.

— Je ne serai pas enceinte.

— Même si tu ne l'es pas, n'empêche que ce n'est pas rien.

Il lui posa la paume de sa main sur la joue, un geste de... Quoi ? Elle l'ignorait. Tout ce qu'elle savait, c'était que son contact provoqua un frisson dans tout son corps. Elle dut reculer d'un pas.

— Ce n'est pas rien et tu le sais, insista-t-il gentiment. Et tu sais quoi ? Une partie de moi accueillerait cette grossesse avec joie. Mais prenons les choses à mesure qu'elles se présentent.

Les yeux rivés aux siens, il sourit. Ce sourire hypnotique qui faisait battre le cœur d'Addie d'une façon qu'elle n'avait jamais expérimentée auparavant.

— En attendant, je ne sais pas pour toi, mais j'ai très peu dormi la nuit dernière, reprit-il. Alors, tâchons de faire mieux cette nuit.

Puis il gratta Daisy derrière une oreille tout en adressant un nouveau sourire à Addie. Sourire qui, comme d'habitude, lui alla droit au cœur et au corps.

Puis il prit le cachet emballé et le fourra dans sa poche.

— J'emporte ça avec moi, dit-il. La pharmacie peut en avoir besoin, si ce n'est pas notre cas.

Noah rentra chez lui en prenant le chemin longeant la falaise, les mains enfoncées dans ses poches.

Ses pensées étaient restées dans le petit cottage qu'il venait de quitter. Il avait laissé sa voiture à l'hôpital car le vendeur de *fish and chips* était à cinq minutes à pied du cottage d'Addie. De plus, il avait besoin de marcher. Et encore plus maintenant.

Il prit l'itinéraire par le promontoire, soit trente minutes de promenade, mais elle ne suffirait pas à lui éclaircir les idées.

Qu'est-ce qui venait de se passer ?

Plus précisément, tout avait commencé la veille, quand il avait emmené Addie dans son lit. Et qu'elle l'avait amené dans le sien. Du point de vue physique, leur union avait été incroyable, signant la fin d'années de frustration, de colère, de besoin.

Et voilà qu'il se retrouvait dans le même schéma. À se soucier d'elle… Addie n'était probablement pas enceinte, mais si elle l'était, elle prendrait sa décision. Et lui la sienne.

Elle… Ils voulaient un bébé.

Il s'immobilisa et s'abîma dans la contemplation de la vaste étendue noire de l'océan. La lune projetait une lueur argentée sur les vagues, pourtant l'eau semblait sombre, vide, menaçante.

— Mon bébé… Addie…, s'entendit-il crier.

Il avait suivi des cours de statistiques, une fois, afin d'aider aux recherches qu'il entreprenait. Les chiffres, il les connaissait et les comprenait. Et ils disaient qu'il était là, dehors, à parler tout seul d'une chose qui n'arriverait jamais.

Et puis, si cela arrivait quand même…

Eh bien, dans ce cas, il gérerait la situation.

Sauf qu'Addie avait déjà affirmé qu'elle n'aurait pas besoin de lui. Allait-il encore une fois se retrouver mis de côté dans la vie d'un enfant ?

Elle avait juré que non et, sans trop savoir pourquoi, il la croyait.

Alors, la question restait la même : avait-il envie qu'elle tombe enceinte ? Sa vie n'était-elle pas déjà assez compliquée ? Si. Mais, du coup, pourquoi avoir emporté le cachet avec lui ?

— Parce qu'elle veut un bébé, répondit-il tout haut. Et toi ? Essaies-tu de remplacer Sophie ?

Cette pensée lui vrilla les entrailles, et il sut que ce n'était pas vrai. Sophie était irremplaçable et le serait toujours.

— Imbécile, arrête de dramatiser une chose qui ne se produira pas. Inutile de t'inquiéter pour rien.

Il reprit son chemin, tout en songeant que non, il ne s'agissait pas d'une inquiétude, en fait.

Cela ressemblait plus à...

Un espoir ?

8

Dix jours plus tard...

On dit que les dieux se rient de ceux qui jouent avec le destin.

Le destin disait qu'elle ne pouvait pas être enceinte.

Dans ce cas, il devait y avoir quelqu'un, là-haut, qui rigolait bien.

Addie sortit sur les marches à l'arrière de sa maison, devenues son endroit préféré au monde, et s'assit.

Voyant Daisy se ruer sur elle, elle posa le test en plastique à l'écart, comme s'il risquait de se casser. Prenant sa petite chienne dans ses bras, elle l'étreignit.

Et se mit à trembler.

Ce chemin, elle l'avait déjà emprunté, et tout s'était terminé dans les larmes. Mais l'espoir était chose tenace et, en l'occurrence, il reposait à côté d'elle sous la forme de deux lignes bleues parallèles dans une fenêtre de plastique.

Elle était enceinte, et tout ce qu'elle éprouvait, c'était une immense terreur.

Instinctivement, elle porta les mains à son ventre.

Son bébé.

S'il vous plaît.

Elle allait devoir informer Noah. La décision avait été la sienne aussi. C'était son bébé.

Mais... Mais... Il n'y avait pas d'urgence à le lui dire, aucune raison de le lui dire déjà car elle était bien placée pour connaître les risques de fausse couche. La plupart arrivaient avant même que la mère se sache enceinte. S'il rencontrait le moindre problème, le corps de la femme était programmé pour se débarrasser d'une grossesse non viable et se préparer à recommencer le cycle.

Non, pas cette fois. Faites qu'il n'y ait pas de problème.

Si, elle devait en parler à Noah.

Pour lui dire quoi ? Qu'elle était enceinte de même pas deux semaines ? Non, elle attendrait de voir.

Sauf qu'elle ne pouvait pas, évidemment. Il avait le droit de savoir.

Elle devenait folle. Hystérique. Ce bébé, elle le voulait tellement et, d'une certaine façon, elle avait entraîné Noah dans cette galère. Noah et son sens des obligations, Noah et son amitié. Ou bien était-ce davantage ?

Non, elle n'allait pas y penser. Il y avait trop de choses qu'elle ne comprenait pas chez cet homme, au point que cela l'effrayait presque. Elle ne se contrôlait plus, en sa présence.

Tellement d'émotions.

Son esprit était pris dans un tourbillon qui lui donnait presque la nausée. Elle devrait être heureuse, mais il y avait tant d'inconnues. Tellement de peurs.

Et Noah.

Quelle route suivre à partir de là ?

Faire comme si tout était normal ? Attendre ? La décision semblait impossible à prendre. Alors, quand son téléphone sonna, elle en fut presque soulagée.

Ce qu'il lui fallait, le temps de se reprendre, c'était le travail. Une naissance sans complications majeures, mais assez complexe à gérer pour lui occuper l'esprit. La détourner de ce qu'elle osait à peine espérer. Elle avait trop de futures mamans à terme. Avec un peu de chance, c'était l'une d'elles qui réclamait son attention.

— Addie ?

Noah. Au son de sa voix, elle devina que ce n'était pas un appel de courtoisie. Elle perçut l'urgence, dans ces deux syllabes.

La médecine. Son univers. Déjà, elle enfilait ses chaussures et franchissait la porte.

— J'écoute.

— Accident de voiture. Voiture contre camion. Ils nous amènent Briana et Tom Danvers. Briana souffre de blessures multiples et, d'après Morvena, elle est l'une de tes patientes. Dernier trimestre de grossesse, d'après l'urgentiste.

Effectivement, Addie la connaissait. Elle l'avait vue deux jours plus tôt pour sa visite prénatale, pleine d'entrain et de confiance, l'image même d'une grossesse tout à fait normale.

— Elle est à trente-quatre semaines, dit-elle en attrapant ses clés de voiture.

— Ils parlaient de détresse fœtale, au début, parce qu'ils n'avaient pas de pouls mais, maintenant, ils l'entendent. C'était peut-être une erreur de jugement, due à l'inexpérience ou au stress, mais dans tous les cas on a besoin de toi ici.

— Bien sûr. Où est l'ambulance ? Je peux les retrouver sur la route ?

Inutile de lui préciser que le risque majeur, lors d'un accident de voiture, c'était la rupture placentaire. Si le placenta se séparait complètement de l'utérus, la mort du bébé était inévitable. Mais s'ils avaient un pouls, ce n'était pas le problème, et le scénario le plus probable était donc soit la rupture partielle, soit une entaille, et si l'apport en oxygène était interrompu un temps trop long, voire de manière intermittente… Bref, elle devait les rejoindre au plus vite.

— Ils seront là dans cinq minutes.

— Je suis en route. D'autres blessures ?

— Tom a des lacérations, une commotion et une suspicion de fracture de clavicule. Briana a un poignet cassé et des blessures à la poitrine. Des difficultés à respirer. Suspicion de côtes cassées. À cause de sa grossesse, ils n'ont rien pu lui administrer.

— Ils peuvent lui donner de la morphine si nécessaire. L'antalgique passe dans le sang, mais c'est mieux que de la laisser souffrir. La priorité, c'est la stabilisation des voies aériennes, mais ils le savent déjà. J'arrive dans trois minutes, voire moins.

Morvena était peut-être tyrannique, dogmatique, peut-être sans pitié, mais les médecins savaient pouvoir compter sur elle et, en cas de crise, elle rameutait les troupes sans problème. Addie arriva à l'hôpital avant l'ambulance, en même temps que deux véhicules : ceux de Cliff, l'anesthésiste, et de Rob Holloway, le plus jeune des généralistes locaux.

Ce qui faisait quatre praticiens en tout : Clive et Rob pour s'occuper de Tom, Noah et elle pour Briana, étant entendu que Cliff passerait de l'un à l'autre selon les besoins. Si la blessure au cerveau de Tom était sévère, il faudrait lui assigner Noah et Clive, tandis que Rob irait avec elle.

Elle se dirigea directement vers la salle de trauma et vit que Noah y était déjà. Ils ne prirent pas la peine de se saluer. Pas le temps, avec ce qui les attendait.

— On prend Briana, annonça-t-il. Les urgentistes disent qu'elle est essoufflée et qu'ils sentent des côtes cassées. Il y a aussi un problème de circulation bloquée au niveau du bras, sans compter les soucis avec le fœtus. Je me prépare pour une thoracotomie, en cas de besoin. Nos priorités sont l'évaluation de son état, sa respiration, son bébé et son poignet.

La spécialité d'Addie, c'étaient les bébés. Les accoucher. Vite. Noah étant le chirurgien généraliste, c'était à lui de prendre les décisions. Elle hocha donc la tête. Ils pourraient toujours changer d'avis après l'examen approfondi mais, au moins, ils avaient un plan d'attaque.

Morvena se tenait à l'écart, le téléphone à la main, attendant les ordres.

— Il me faut tout le matériel pour un prématuré, annonça Addie. Dont un incubateur. Voyez si vous pouvez faire venir un autre généraliste en cas de besoin et appelez l'unité néonatale de Sydney. On pourra toujours les renvoyer s'ils ne sont pas utiles.

— Déjà fait, répliqua Morvena.

— Qu'ils ajoutent un médecin à l'équipe, intervint Noah. Un spécialiste en traumatologie en plus d'un pédiatre. Si on doit évacuer un prématuré et une mère en détresse respiratoire, en plus de Tom et ses blessures à la tête, il nous faut le soutien médical maximum.

— Si on a un tube de thoracotomie, on peut les évacuer par hélico ? demanda timidement Addie.

Comme ce n'était pas sa spécialité, elle posa la question, et Noah opina brièvement de la tête.

— Oui, pas de problème, dit-il. Du moment que le tube est inséré et qu'ils volent à basse altitude. Morvena...

— C'est bon, j'appelle des infirmières en renfort.

Addie se dirigea vers les lavabos.

Deux minutes plus tard, le hurlement des sirènes résonnait dans le silence de la vallée. C'était parti.

L'évaluation des ambulanciers sur l'état de Brianna qu'ils déchargèrent en premier avait été exacte. Il suffisait d'un regard pour comprendre qu'elle allait mal : elle respirait vite, sa poitrine se soulevait avec peine, et ses yeux étaient écarquillés par la panique. Noah, déjà en tenue, gants compris, regardait Addie qui repoussait la couverture de survie dont on avait enveloppé la patiente pour lui tenir chaud puis lui enlevait délicatement la minerve installée par les urgentistes en cas de fracture du cou. Après examen, il fut évident que la trachée avait été déplacée sur le côté.

Pneumothorax sous tension.

Les urgentistes avaient déjà découpé son T-shirt et un examen léger de sa poitrine suggérait une possible fracture des côtes. Ainsi qu'un poumon percé d'où le collapsus de l'organe.

Sans compter son poignet : la main de la patiente était blême, froide, et ne montrait pas de pouls.

Mais le problème respiratoire devait passer en premier.

Addie saisit la main valide de Briana et prit une fraction de seconde pour rassurer la patiente effrayée, un contact humain qui lui indiquait que, désormais, c'étaient eux qui allaient se battre pour elle.

— Tout va bien se passer, Briana. Vous êtes en sécurité. Essayez de vous détendre pendant qu'on s'efforce de faciliter votre respiration.

La voix de Noah, profonde, calme, posée, prit le relais. Ils étaient tous les deux dans le champ de vision de Briana, pourtant le regard de cette dernière se focalisa sur Noah.

— Briana, vous rencontrez des difficultés à respirer parce que vous avez de l'air dans la poitrine. Apparemment, vous avec une côte cassée qui perfore votre poumon. Ça fait peur dit comme ça, mais c'est facile à soigner. Nous allons commencer par passer un tube dans votre poitrine afin d'évacuer l'air.

— Tom..., murmura Briana dans un halètement forcené.

— Il va bien. Il a quelques coupures, des hématomes et une clavicule cassée, mais nous pensons qu'il se remettra bien. Les Drs Holloway et Brooks s'occupent de lui, mais ils ne l'amèneront pas ici : il saigne un peu et Morvena, notre infirmière chef, un vrai dragon, n'aime pas que l'on salisse sa jolie salle de trauma.

— Mon bébé..., hoqueta Briana.

— Oui, on va s'occuper d'elle aussi, répondit calmement Noah. Enfin, est-ce elle ? Lui ? On sait ?

— Elle.

— Bien, dit-il en souriant. Les ambulanciers ont vérifié le pouls de votre bébé, qui est fort et régulier. Notre priorité est donc de nous occuper de vos problèmes respiratoires. Vous avez aussi un poignet cassé, que nous devrons gérer, mais ça viendra ensuite. Je suis sur le point d'insérer une aiguille qui vous débarrassera de l'air en trop dans votre poumon. Ensuite, on file à la radio et on s'occupe du poignet qui doit vous faire un mal de chien. Ça vous va comme ça, Briana ?

Il avait les yeux rivés sur sa patiente, et Addie perçut clairement l'instant où la panique reflua, remplacée par la confiance.

Cette femme faisait confiance à Noah sans hésitation. Pourtant, il n'avait rien minimisé et lui avait dit l'exacte vérité.

— Bon, on va devoir vous déshabiller un peu, ajouta-t-il en adressant à Briana l'un de ses sourires enjôleurs. C'est assez gênant, je sais, mais besoin fait loi, ici. Addie doit pouvoir écouter votre bébé, et moi, j'ai besoin d'un accès complet à votre poitrine. Désolé, mais ce très joli T-shirt va finir en lambeaux. Pareil pour le jean...

— Ce sont... mes habits de jardinage, murmura Briana. On rentrait à la maison... après avoir aidé maman... à étaler du fumier au pied de ses rosiers.

— Eh bien, je suis désolé pour vos vêtements spécial caca, mais nous les pleurerons plus tard. D'abord, on vous soigne.

Pendant que Noah œuvrait, Addie jouait son rôle : installation du moniteur fœtal afin de vérifier l'état du bébé. Et elle n'aimait pas ce qu'elle découvrait.

Les urgentistes avaient mentionné leur incapacité à trouver un pouls au bébé à la première tentative. Mais étant donné les conditions d'examen, avec la détresse de la mère, leur propre stress sans doute, ils avaient pu le rater. La deuxième fois, ils l'avaient trouvé, mais il était irrégulier. Addie préleva du sang afin de croiser les résultats, par précaution, et installa un moniteur du rythme cardiaque du fœtus. À l'étude du cardiotocographe, elle ne fut pas rassurée : le rythme du cœur du bébé présentait des chutes inquiétantes.

Briana avait reçu un choc grave, et le placenta avait dû être malmené à l'intérieur de l'abdomen. Elle présentait aussi des saignements vaginaux. Pas énormes, mais assez pour susciter l'inquiétude.

Si la rupture placentaire n'était que partielle, elle pouvait devenir totale à tout instant. Ou bien les dommages actuels pouvaient suffire à causer la mort du fœtus.

La grossesse en était à trente-quatre semaines, donc le bébé était totalement viable. Laisser le fœtus *in situ*, en revanche, impliquait des risques énormes. Bref : il fallait donner naissance à ce bébé maintenant.

Elle leva les yeux vers Noah, et leurs regards se croisèrent une fraction de seconde. Pas plus, mais il avait lu son message.

Il travaillait rapidement lui-même, avec habileté et précision, à établir une voie respiratoire sécurisée.

On administra d'abord un anesthésiant local puis des antibiotiques prophylactiques afin de prévenir toute complication, comme une pneumonie, plus tard. Enfin, le tube fut inséré avec précaution et Addie put entendre l'évacuation de l'air, ce qui soulagea instantanément le poumon compressé.

Les inspirations courtes et précipitées de Briana s'apaisèrent.

La panique s'atténua.

Puis Cliff apparut, arborant son air nonchalant de médecin en visite. Lui aussi était doué, songea Addie, qui remerciait sa bonne étoile d'être aussi bien entourée. D'autant que sa présence annonçait deux nouvelles rassurantes : non seulement ils étaient désormais trois praticiens, mais, en plus, Tom devait être hors de danger.

— Bonjour à tous..., lança-t-il à la cantonade avant d'adresser un sourire à la patiente. Madame Danvers, votre mari et vous m'avez privé de la fin du match de foot de mon fils de douze ans. Son équipe a gagné quarante-sept à trois et mon Luca a marqué sept buts. Je dois y retourner pour fêter ça avec lui. En attendant, je suis passé voir votre Tom : il est un peu cabossé et ecchymosé, il a mal à une épaule, mais ça va. Je lui ai donné un bon petit truc pour qu'ils puissent le recoudre sans le faire souffrir et le Dr Holloway a pris la suite. À votre tour, désormais. Qu'est-ce que je peux faire pour me rendre utile, chers collègues ?

— On passe à la radio.

Noah, qui ajustait le tube de thoracotomie, avait répondu à Cliff avant de s'adresser de nouveau à Briana.

— Briana, votre poignet est cassé, et nous devons le remettre en place. Le Dr Blair doit aussi effectuer des examens sur votre bébé. Nous prévoyons une radio, peut-être un ultrason de votre bébé, avant de prendre une décision.

Il hésita, mais tellement brièvement que Briana ne put le remarquer, au contraire d'Addie. Une hésitation qui signifiait qu'il avait noté l'inquiétude de cette dernière.

— Briana, nous allons devoir vous anesthésier afin de traiter votre poignet, lui expliqua-t-il. Le sang n'irrigue plus vos doigts, ce qui pourrait avoir pour résultat une raideur permanente. Mais surtout, reprit-il avec un regard à l'attention d'Addie, l'invitant à le corriger s'il faisait erreur, nous allons examiner très soigneusement le bébé. Votre petite fille a été sacrément secouée, et si elle naît aujourd'hui, à trente-quatre semaines de grossesse, elle sera tout juste considérée comme prématurée. Dans l'idéal, elle choisirait sans doute de rester au chaud quelques semaines supplémentaires, mais elle est complètement formée et, comme elle a reçu un choc, nous souhaitons la voir pour nous assurer qu'elle va bien. Le Dr Blair pense que le plus prudent reste la césarienne, seriez-vous d'accord avec cette intervention ?

— Vous... allez me prendre mon bébé...

La voix de Briana vacilla, et Addie se pencha vers elle pour essuyer une larme sur sa joue.

— Non, Briana, nous ne prenons pas votre bébé, seulement, je suis un peu inquiète car vous avez un hématome au niveau du ventre, ce qui implique que vous avez reçu un coup. J'entends le pouls de votre bébé, donc elle va bien, en revanche, j'ignore si vous avez une hémorragie interne. Pour le moment, vous, votre bébé et Tom allez bien et nous ferons tout pour que les choses restent en l'état, quitte à faire naître votre petite fille un peu en avance. Faites-nous confiance, d'accord, Briana ?

La patiente regarda toutes les personnes présentes, s'attardant plus longuement sur Noah. Qu'y avait-il chez cet homme pour que, d'instinct, elle lui accorde sa confiance ? Addie la vit se détendre.

— OK, murmura-t-elle enfin. Faites ce qu'il faudra.

À partir de ce feu vert, tout s'enchaîna très vite. La radio montra une fracture fragmentée du poignet. Le pouls était intermittent, heureusement, car en cas d'absence totale de pouls, la main serait perdue : les urgentistes avaient bien fait leur travail en stabilisant la fracture, contenant le membre de leur mieux, ce qui avait permis une infime circulation du sang.

Cependant, il fallait agir vite. La patiente allait avoir besoin d'une chirurgie orthopédique à Sydney afin de veiller à ce que la main retrouve toutes ses fonctionnalités, mais ils devaient réduire la fracture auparavant.

Pendant ce temps-là, les informations qu'accumulait Addie étaient de plus en plus inquiétantes. Les saignements vaginaux étaient faibles mais constants, quant aux battements de cœur du bébé...

Elle se pencha et embrassa Briana sur la joue. Un geste pas du tout professionnel, mais elle était son médecin depuis plus de deux ans et elle avait vu la joie des futurs parents à l'annonce de la grossesse. Comment rester froidement détachée dans ces conditions ?

Puis elle fit signe à Cliff de préparer l'anesthésie.

— Allez, on prend les rênes, Briana, lui murmura-t-elle, les yeux dans les yeux. Quand vous vous réveillerez, vous aurez votre bébé.

— Promis ?

Il y avait des risques, mais qui était-elle pour affoler cette future maman maintenant ?

— Promis, répondit-elle.

Au même moment, elle sentit un effleurement contre son bras. Noah. Ce geste non plus n'était pas très professionnel, mais elle l'acceptait volontiers.

— On vous le promet tous, dit-il d'un ton grave.

— Tom...

— Il est encore en train de tout salir dans mon service d'urgences, intervint Morvena. Mais à la minute où il sera propre on l'amènera rencontrer sa fille. Je vous promets ça aussi.

Tous souriaient à la jeune femme.

— Bon, prête à nous dire au revoir ? demanda Cliff.

— Oui, s'il vous plaît, chuchota Briana. Je veux… mon bébé.

La salle d'opération était bondée. Pendant qu'Addie travaillait à l'accouchement du bébé, Noah stabilisait le tube de thoracotomie. Il n'hésitait pas à s'en référer à elle, ce qu'elle considérait comme un talent en soi, tant les querelles d'ego semblaient inhérentes au poste de chirurgien. Pas étonnant, au fond, pour ces gens qui tenaient des vies entre leurs mains chaque jour, alors sans confiance en eux, ils n'étaient rien. Noah possédait l'équilibre parfait entre l'autorité et la capacité à déléguer.

Ils avaient installé un écran pour séparer les deux espaces d'intervention, comme si Briana était réveillée et ne voulait pas assister à l'incision. En réalité, ce procédé permettait de mieux circonscrire les opérations, tout en diminuant les risques de contamination. Pourtant, Noah n'entreprendrait pas la réduction de la fracture du poignet avant que le bébé ne soit sorti et la plaie refermée. En attendant, il faisait de son mieux pour maintenir la circulation vers la main, sans jamais donner à penser à Addie qu'elle devait accélérer le mouvement. Il savait qu'elle avait compris l'urgence et ne lui mettait pas de pression supplémentaire inutile.

Les autres intervenants s'activaient. Cliff surveillait la respiration, une tâche malaisée chez une patiente telle que Briana. Rob, le généraliste qui s'était occupé de Tom, était apparu au début de l'opération.

— Tom va bien, leur annonça-t-il. Il est inquiet, mais tiré d'affaire. On l'a placé en observation, et j'y retournerai si nécessaire, mais je me suis dit que vous auriez peut-être besoin de bras pour le bébé.

Morvena aussi était là. Ainsi qu'Heidi.

L'incubateur était chaud, le matériel de réanimation pédiatrique prêt.

Une inspiration se fit entendre. Retenue. Jusqu'au premier cri, un peu faible… et puis plus fort. Presque indigné.

Une minuscule petite fille, fragile mais déjà toute rose, venait d'arriver au monde.

Tandis qu'Addie se tournait pour la tendre à Rob — sa priorité était désormais Briana car le danger d'hémorragie restait prégnant —, elle capta le regard de Noah. Rien qu'un instant. Un bref coup d'œil, l'ombre d'une expression.

De l'intérêt ?

Plus que cela. De l'implication. Une totale empathie.

Malgré la complexité de cette opération, malgré la concentration nécessaire, il surveillait la salle tout entière. Devinait-il ce que chacun d'eux pensait ?

Difficile. Addie savait à peine ce qu'elle pensait elle-même. Cependant, en tendant aux bras expérimentés de Rob le petit être tout neuf, elle ressentit comme une hésitation à lâcher la petite fille.

Rob la plaça sur le lit déjà chaud avant d'aspirer les voies respiratoires supérieures.

— Je ne vois aucun problème, commenta-t-il après un rapide examen, notamment en quête de dégâts causés par l'impact. Elle est parfaite, cette jolie demoiselle.

L'espace de ce bref instant, Addie sentit sa maîtrise lui échapper.

Parfaite.

— L'hélico est en route avec l'équipe de néonat, Rob, dit Noah, sans quitter Addie des yeux.

Elle comprit.

Il savait.

Mais son trouble avait disparu, maintenant. Elle s'était retournée vers la table d'opération et prenait sans trembler les instruments dont elle avait besoin que Morvena lui tendait.

Briana saignait. Les dommages causés à l'utérus à l'endroit de la rupture placentaire étaient visibles. Ils avaient eu de la chance…

Elle était déjà au travail à nouveau, et faisait tout son possible pour s'assurer que Briana soit capable de mener à bien une grossesse si elle souhaitait d'autres enfants dans le futur.

Pendant tout ce temps, elle ressentait presque physiquement un bébé qui grandissait en elle.

Le bébé de Noah.

L'hélicoptère redécolla une heure plus tard avec, à son bord, un Tom vaseux mais conscient, une Briana encore plus vaseuse mais consciente aussi, et une minuscule nouveau-née nommée Alicia Adeline.

— Ne prenez aucune décision tant que l'effet des médicaments n'est pas complètement dissipé, leur avait conseillé Addie quand ils lui avaient annoncé leur choix du second prénom.

Briana lui avait adressé un sourire faible en lui prenant la main.

— Vous êtes la dernière personne que j'aie vue avant de m'endormir et, à mon réveil, mon bébé était là, chuchota-t-elle. J'aimerais utiliser aussi celui de Noah, mais ça devra attendre le prochain.

— Et il y aura une prochaine fois..., dit ce dernier, posté près d'Addie dans la véranda de l'hôpital, les yeux rivés sur l'appareil qui décollait. Non seulement tu as sauvé ce bébé, mais j'ai vu la manière dont tu as recousu l'utérus et je mets au défi un second fœtus de déchirer cette œuvre d'art. Tu es sacrément douée, docteur Blair.

— Je te retourne le compliment, docteur McPherson.

Elle avait assisté au travail d'orfèvre qu'il avait fait sur le poignet de Briana. Surtout, elle avait vu la façon dont il avait apaisé la panique de la patiente, de même que celle de Tom quand, avec terreur, celui-ci avait découvert tout le matériel qui entourait sa femme.

Maintenant, ils étaient en route pour Sydney où ils seraient entre les meilleures mains possible. Certes, la toute petite Alicia était prématurée, et Briana aurait besoin d'une autre opération, mais tous les voyants étaient au vert pour la poursuite d'une vie heureuse.

À cet instant, Addie s'autorisa enfin à se détendre. Elle ferma les yeux, et les émotions de la journée reculèrent d'un pas.

Elle était dans la véranda, les rayons chauds du soleil de ce magnifique après-midi lui caressant le visage, le son du ressac dans les oreilles, les conversations tranquilles des résidents âgés en fond sonore.

Le frôlement de la main de Noah. Et puis son bras autour de sa taille.

— Tu es enceinte, dit-il.

Ce n'était pas une question.

9

Elle n'ouvrit pas les yeux.

C'était juste une extension de ses émotions, songea-t-elle. Dieu était dans son paradis, et tout allait bien dans son monde à elle.

Elle était enceinte.

— Oui, dit-elle dans un souffle. D'à peu près deux minutes ! Il est donc beaucoup trop tôt pour…

Beaucoup trop tôt pour être sûre de quoi que ce soit. Trop tôt pour savoir si cette grossesse était viable. Trop tôt pour savoir si elle était extra-utérine.

Trop tôt enfin pour dire s'il s'agissait d'autre chose que d'un espoir fou.

Cela, Noah le savait aussi.

Il ne répondit rien, ne fit aucun commentaire, aucune phrase stéréotypée. Longtemps, ils restèrent là, sans rien dire ni rien faire d'autre que de contempler le paysage. Sa main n'était pas possessive, c'était juste un contact dans le creux de son dos.

Une chaleur.

Une force ?

Elle devait s'écarter, lui montrer qu'elle n'en avait pas besoin. Qu'elle n'avait pas besoin de lui. Elle le ferait dans un instant mais, pour le moment, elle s'autorisait à absorber ses ondes, son contact, comme partie intrinsèque du bonheur du moment.

Ils venaient de sauver une jeune vie.

Il existait une possibilité de vie entre eux.

Émanant d'eux.

Cependant, il y avait aussi les aspects pratiques. Cliff et Rob étaient à l'intérieur, occupés à tout débarrasser. Ils devaient remplir les rapports d'intervention, renseigner les dossiers. Ils avaient mis sous pli de brefs rapports confiés à l'hélicoptère, mais ils devaient encore envoyer un fax détaillé à l'hôpital Sydney Central et qui, avec un peu de chance, arriverait avant l'hélicoptère.

Ensuite, ils devaient retourner aux plaies et bosses habituelles d'un samedi après-midi.

Le monde pouvait bien attendre un peu.

Alors qu'Addie esquissait un mouvement pour s'éloigner, Noah resserra son étreinte.

— Tu n'es pas seule, Addie. Ce voyage, il est partagé.

Elle cilla. À quoi s'était-elle attendue ?

Voulait-il faire main basse sur son bébé ? Peut-être pas, mais la façon dont il l'avait exprimé…

— Je peux me débrouiller, répliqua-t-elle avec effort. Je… Même s'il s'avère… qu'il n'est pas viable…

Elle prit une profonde inspiration.

— Tu sais, il y a une forte probabilité pour que ça aboutisse à une fausse couche. Ou que je fasse une autre grossesse extra-utérine.

— Oui, et il y a aussi une chance pour que ce ne soit pas le cas.

— Je refuse de m'autoriser à penser comme ça, pour l'instant. Peut-être d'ici quelques semaines…

— À ce moment-là, on saura s'il pousse au bon endroit, dit-il avec un sourire. Une échographie, c'est excitant, non ? Même si c'est encore trop tôt pour déterminer si on va avoir un garçon ou une fille.

Si on va avoir…

On.

— Ce sera aussi trop tôt pour savoir quoi que ce soit d'autre, hormis si la grossesse est *in utero* ou dans les trompes de Fallope, répondit-elle. À cinq semaines, une grossesse n'est rien qu'une… vague idée.

Une vague idée. Qui essayait-elle de convaincre, là ?

Son bébé.

Il avait dit « on ».

— Tu n'es pas obligé… Noah, si tu veux… Ça peut n'avoir rien du tout à voir avec toi. Je n'ai jamais…

— En tout cas, il est bel et bien là et il est de nous.

— Tu n'en voulais pas...

— J'ai dit ça ?

Son regard croisa le sien, franc et assuré. Mais aussi avec une trace d'autre chose. D'implacable.

— Addie, tu sais pertinemment que ni toi ni moi n'avions prévu ça. Que ni l'un ni l'autre n'a pensé une seconde aux conséquences. Mais voilà, c'est arrivé, et tu es pleine d'espoir. Et tu sais quoi ? Moi aussi.

— Mais je ne veux pas...

— « Je » ? Pardon, Addie, mais tu es coincée avec moi. Tu m'as fait des promesses, la nuit où tu n'as pas pris la pilule du lendemain. Je te les rappellerai si besoin. Pas question que je n'aie été qu'un donneur de sperme qui va sortir de ta vie aussi vite qu'il y est entré. Pareil pour la vie de notre enfant.

— Sauf que tu vas retourner à Sydney. Tu dois t'occuper de Sophie. Et si tu la perds... Tu as évoqué l'Angleterre.

— Il se peut que ça doive changer, dit-il en haussant les épaules. D'ailleurs, ça n'arrivera peut-être jamais. Même si je n'ai plus le droit de l'approcher... Si je dois m'éloigner d'elle... Et maintenant, il y a toi...

— Noah, tu ne peux pas m'intégrer à cette équation. Tout d'abord, parce que c'est beaucoup trop tôt. C'est de la folie. Et, ensuite, je n'ai pas besoin de toi. Je n'aurai pas besoin de toi...

— Qu'est-ce que tu entends par là ?

Elle était tellement à bout de nerfs qu'elle lui répondit aussitôt :

— Noah, je ne peux pas. Je te l'ai dit, toute ma vie, ma mère a eu besoin de moi pour tout. Ses besoins ont gouverné ma vie. J'ai failli épouser Gavin à cause de ça. J'étais un paillasson. Le besoin n'est la base de rien. Alors je te le répète : je n'aurai pas besoin de toi.

Il restait à la dévisager, l'air songeur. Voire... gentil. Oui, il était bienveillant. Et elle pourrait si facilement se laisser aller... au besoin.

Non.

— C'est pour ça que tu avais opté pour le don de sperme ? demanda-t-il. C'est pour ça que tu ne t'es lancée dans aucune autre relation ? Parce que tu as peur de devenir dépendante ?

— Et qu'on dépende de moi, ajouta-t-elle, ponctuant sa réponse d'un sourire coupable. Je suis désolée, Noah, si je te parais insensée. Mais moi, je me comprends.

— Ce bébé, il va avoir besoin de toi, pourtant.

— Je saurai lui apprendre l'indépendance.

— C'est ta priorité ? L'indépendance ?

— Je n'ai pas le choix, Noah.

Elle perçut l'instant où il comprit qu'elle luttait contre la panique, contre la perte de contrôle.

Elle vit aussi l'instant où il décida de reculer.

— OK, oublions ça, dit-il avec douceur. Il est trop tôt. On doit attendre. Attendre au moins la date des cinq semaines, qu'on soit assurés que le bébé est bien *in utero*. Ensuite, on attendra les trois mois pour la première échographie digne de ce nom qui nous indiquera si notre bébé a bien tout ce qu'il faut là où il faut. Et, enfin, on attendra une quarantaine de semaines avant de l'accueillir.

Notre bébé.

— Tout peut arriver, commenta-t-elle avec une infinie tristesse. Tu ne peux pas prévoir…

— Je ne prévois rien, Addie. Je ne peux qu'espérer, tout comme toi. Mais quoi qu'il arrive…

Il soupira, puis esquissa un sourire qui disait qu'il se trouvait en territoire inconnu, tout comme elle. Il leva une main pour lui caresser la joue d'un doigt léger comme une plume, peut-être pour la rassurer ou peut-être… plus ?

— Quoi qu'il arrive, tu n'es pas seule, Addie. Ne sois pas aussi paniquée, chérie. Je ne suis pas en train d'essayer de prendre le contrôle, de t'enfermer pendant que tu serviras d'incubateur à mon enfant. Les décisions majeures, c'est toi qui les prendras. En revanche, je suis là. Tu auras besoin…

— Je n'aurai pas « besoin ».

La colère revenait. À moins que ce soit la peur ? Les émotions, en tout cas, menaçaient de la submerger.

— Ne me mets pas dans le même sac que Rebecca, Noah. Je t'interdis de changer ta vie parce que quelqu'un a besoin de toi. En tout cas, pas moi.

— Peut-être que notre bébé, si.

— Eh bien, alors c'est… C'est un contrat entre toi et ce bébé. C'est à toi d'y réfléchir pour l'avenir. Maintenant, je dois me ressaisir car j'ai des rapports d'intervention à rédiger et toi aussi. On doit retourner au boulot.

— Sans pour autant oublier ce qui est en train de se passer.

— Dans une certaine mesure, oui. Car je ne peux pas m'autoriser à espérer trop.

— Je pense que c'est une cause perdue, commenta-t-il avec ce sourire, celui qui lui faisait tant d'effet qu'il en était dangereux pour son pauvre cœur. Parce qu'on espère tous les deux de tout notre cœur. Addie… Tu n'envisagerais pas de revenir à la résidence des médecins ?

— Pourquoi ferais-je ça ?

— Si la grossesse est extra-utérine…

— Dans ce cas, il est largement trop tôt pour que ça commence à causer des soucis. Noah, laisse-moi de l'espace. Je refuse que tu passes les prochaines quarante semaines les yeux rivés à mon ventre, à attendre que ça explose d'une minute à l'autre.

— Ce ne sera pas le cas. En revanche, je tiens à te montrer mon soutien.

— Arrête ça, marmonna-t-elle avec une brusquerie qui la surprit elle-même. Ou alors… Montre-le un peu, mais pas trop, et soucie-toi du bébé uniquement, pas de moi. Pour l'instant, on doit juste patienter et aller de l'avant.

— Mais pas ensemble ?

— Il n'y a pas de « ensemble ».

À ces mots, elle vit s'allumer dans les prunelles de Noah une lueur exprimant la même colère que celle qu'elle éprouvait. À moins que ce ne soit de la frustration ? Peut-être un mélange des deux ?

— Addie, on est liés, que tu le veuilles ou non. C'est mon bébé que tu portes.

Soudain, il s'interrompit, peut-être en entendant sa propre phrase et l'effet qu'elle pouvait avoir.

— Enfin, c'est le nôtre, se corrigea-t-il d'un ton plus doux, mais avec la même fermeté. Le tien et le mien. Et je serai impliqué. Or pour que ça se produise, il doit forcément y avoir une relation entre nous quelle que soit la forme qu'elle prenne.

— Très bien, répliqua-t-elle d'une voix qu'elle-même entendait tremblante de peur. Je voulais juste dire, pas une relation homme-femme, pas une relation basée sur le besoin, la dépendance. Je ne m'engagerai pas sur cette voie à nouveau, et tu ne devrais pas le faire non plus.

La fin de l'après-midi et la soirée furent chargées, et Noah en était ravi.

Thomas Emmanuel, sept ans, s'était fracturé le bras en tombant à rollers. Une fracture incomplète qui aurait dû être facile à traiter, si ce n'était l'hystérie de la mère de Thomas, anxieuse, et son père qui menaçait de poursuivre tout le monde en justice, en particulier le maire qui avait fait planter des sapins dans le parc dont la résine au sol avait causé la chute de son fils. Quand Noah examina Thomas, celui-ci avait été contaminé par les émotions de ses parents, si bien qu'il vomissait de peur et de douleur, au point qu'il parvenait tout juste à l'approcher.

Il fallut une bonne dose de patience, du temps, et enfin de l'autorité pour calmer les choses.

— Si vous ne pouvez pas vous montrer calmes, si vous ne me laissez pas travailler sans intervenir, alors je devrai évacuer Thomas à Sydney afin qu'il soit soigné par une équipe pédiatrique. C'est vraiment ce que vous souhaitez ?

Non, évidemment. Ils firent un effort pour se ressaisir, mais Noah dut passer du temps avec l'enfant, l'intéresser à ce qui se passait, lui parler des décorations qu'ils pourraient mettre sur son plâtre, avant de pouvoir traiter le bras sans avoir recours à un anesthésiant.

Enfin, Thomas repartit avec ses parents, portant son bras en écharpe tel un trophée. Il arborait déjà sa première décoration : un autocollant de moto que Noah conservait pour ce genre d'occasions, et l'enfant lui avait demandé où il pouvait en trouver d'autres pareils.

Tous les patients ayant été vu par lui ou ses collègues, il fut enfin libre de rentrer à la maison.

La maison des médecins.

Qui était vide.

Il l'avait partagée avec Addie pendant moins d'une semaine, y avait vécu presque deux mois seul avant. Alors pourquoi lui paraissait-elle aussi vide, ce soir ?

Il mangea le ragoût que Mme Rowbotham lui avait préparé, puis sortit une bière du réfrigérateur et alla s'asseoir dans la véranda. Certains services de l'hôpital étaient encore allumés, des gens bougeaient derrière les rideaux.

Abandonnant sa bière, il descendit sur la plage.

Il en avait assez, des gens. À l'exception de Sophie. Addie avait raison en affirmant que la dernière chose dont il avait besoin, c'était d'une personne dépendante de lui.

Pourtant...

Pas question de la quitter.

Pourquoi ? Parce qu'il voulait ce bébé ?

Oui, oui, c'était sans doute pour cette raison. Quelque chose semblait être mort en lui le jour où Rebecca lui avait annoncé qu'il ne pouvait plus voir Sophie. La nouvelle de la grossesse d'Addie lui avait fait l'effet d'une électrocution, et, maintenant, il l'envisageait comme le plus extraordinaire des cadeaux.

Et ce n'était pas seulement à cause du bébé. Pas du tout, même. Ce qu'il ressentait pour Addie...

Seulement, il devait progresser avec précaution. Une femme qu'il connaissait à peine, avec qui il n'avait partagé qu'une nuit, était enceinte. Elle avait pris sa décision. Il ne lui devait rien.

Sauf qu'en fait, si. Elle était vulnérable.

Et puis c'était Addie.

D'où il se tenait, sur la plage, il apercevait les lumières de son cottage. Était-elle encore éveillée ?

Bon, cela ne le regardait en rien.

Pour l'instant, il devait assimiler le choc de cette journée. Trop d'émotions. Ni elle ni lui n'avaient besoin de cet emballement. Non, il devait rester calme, posé. Raisonnable.

Si cette grossesse aboutissait à une naissance, quoiqu'il arrive avec Sophie, il ne pourrait plus partir à Londres. Il le savait.

Cela dit, même si la grossesse n'aboutissait pas, réussirait-il à quitter Addie ? Comment la laisser seule avec sa douleur ?

La lumière s'éteignit dans le petit cottage sur la falaise. Elle était partie se coucher.

Sans doute avait-elle peur. Outre le territoire inconnu que représentait cette grossesse, il l'avait menacée, il l'avait vu à sa réaction, à son langage corporel. Elle n'avait pas besoin de lui. Ou plutôt, elle ne voulait pas avoir besoin de lui.

Amis... Oui, il pouvait peut-être.

Par où commencer ?

Il marcha encore un moment, en pleine réflexion. C'était important. Il devait faire les choses bien, sans faux pas.

10

Le dimanche, Addie fut réveillée par Daisy qui se déchaînait devant la porte. Puis elle entendit des pas dans la véranda, et on frappa.

Repoussant un peu les rideaux, elle vit Noah planté là, dehors. Vêtu d'un jean et d'un T-shirt, il souriait, sans doute à cause du bruit qu'il percevait à l'intérieur.

Noah. Ici...

Un coup d'œil à sa montre lui arracha un hoquet : 10 heures ! Elle avait dormi comme une souche.

L'un des premiers signes de la grossesse, c'était la fatigue. Machinalement, elle porta une main à son ventre. Elle était enceinte. Elle était toujours enceinte !

Et le père de son bébé se tenait devant sa porte.

Inutile de faire semblant qu'elle n'était pas à la maison quand Daisy faisait des allers-retours tout en aboyant avec excitation entre la porte et sa chambre. Après avoir enfilé des tongs et chaussé ses lunettes, Addie jeta un coup d'œil dans le miroir, histoire de s'assurer que son pyjama était à peu près présentable. Elle avait besoin de se coiffer et d'une bonne dose de maquillage car ses cheveux étaient en bataille, et ses yeux semblaient lui manger le visage.

Mais elle n'avait pas le temps car Noah attendait. Quand elle ouvrit la porte, Daisy se rua dans les bras de leur visiteur.

— Bonjour, docteur Blair, dit-il en souriant.

— Bonjour... On est dimanche, les gens ont bien le droit de faire la grasse matinée, ajouta-t-elle, légèrement sur la défensive en le voyant, si beau et détendu, alors qu'elle se sentait ridicule en pyjama.

— Hormis en cas d'urgence médicale.

— Il y a une urgence ?

Pourtant, rien dans son attitude ne l'indiquait.

— Plus ou moins, répondit-il. J'ai décidé que tu risquais d'être carencée en vitamines D, il est donc de mon ressort, en tant que ton chirurgien conseil, de remédier à cette situation.

— Depuis quand es-tu mon chirurgien conseil ?

— Je suis chirurgien ou pas ?

— Je... Ben oui.

— Et est-ce que tu me consultes pour avis médical ?

— Bien sûr, mais...

— Voilà, je suis donc ton chirurgien conseil, conclut-il avec un sourire plus large encore. Et Mme Rowbotham, ta femme de ménage conseil, est de mon avis. Il n'y a rien à l'hôpital que Rob ne puisse assumer. Certes, on doit rester à portée de bip, mais ça, c'est facile à arranger... Bon, Daisy a passé une journée un peu ennuyeuse, hier, et nos résidents conseil...

— Nos résidents conseil ?

— Oui, nous effectuons une consultation sur un large panel, à Currawong Bay, répliqua-t-il, l'air content de lui. Et les résidents de la maison d'accueil pour personnes âgées sont d'accord. Le diagnostic est unanime : risque de baisse du taux de vitamine D pour toi et neurasthénie aggravée pour Daisy. La prescription est simple, et mon sac à dos est par conséquent rempli des plus délicieuses créations de Mme Rowbotham, de serviettes de plage, d'écran solaire, de palmes et de masques de plongée. Au cas où tu ne l'aurais pas encore remarqué, le soleil est radieux, et notre tâche nous attend.

Addie avait du mal à comprendre où il voulait en venir. Surtout à cause de ce maudit sourire qui lui faisait perdre des neurones en quantité astronomique.

— Notre tâche ?

— Agate, répondit-il.

Elle cilla.

— Agate ? Qu'est-ce...

— Le Morning Bluff. Tu dois connaître.

Effectivement, elle connaissait, s'étant renseignée quand elle avait emménagé à Currawong Bay. C'était une portion de côte à deux ou trois kilomètres au sud de la ville, où les falaises s'élevaient à pic, au point que la plage était presque inaccessible. Toutefois, un escalier pentu, étroit et creusé dans la roche y descendait. Une fois au pied, il fallait patauger jusqu'à la crique où, selon la légende, on pouvait trouver des nodules d'agate si on avait de la chance.

— Tu sais qu'on peut y trouver de l'agate ? s'enquit-il.

— J'en ai entendu parler, oui, dit-elle. Ou du moins des gemmes.

— C'est vrai que, pour l'agate, c'est plus compliqué. Les rochers ont été arpentés par des siècles de fouineurs.

Addie était complètement déconcertée. Noah la regardait, tout sourires, et elle était encore en pyjama…

— Mais je crois ce que disent les gens d'ici… Oh ! Addie, j'ai plongé dans les parages…

— Plongé…

— Bien sûr, répliqua-t-il sur un ton presque penaud. Les formations rocheuses sont un paradis pour les plongeurs.

— Malgré toutes ces marches, tu transportes ton matériel ?

— Dans une vie antérieure, j'étais bouquetin… En plus, une fois que tu es en bas, c'est magique. Si tu nages au-delà du promontoire, les rochers immergés sont juste… sublimes.

Il se tut soudain, comme frappé par une inquiétude.

— Tu sais nager ?

— Oui, répondit-elle d'un ton prudent.

— Alors, c'est décidé. On n'est jamais à plus de quelques mètres d'une zone où on a pied et, aujourd'hui, il y a une mer d'huile. Et les agates… C'est l'or noir, Addie.

— L'or noir ?

— OK, ce ne sont que des pierres semi-précieuses, mais elles sont magnifiques. J'en ai vu il y a quelques jours. Il n'y en a pas partout, mais si tu fouilles tout au fond de la crique, tu trouves des pierres minuscules d'un noir brillant. Certaines ont des lignes blanches, d'autres ont des strates de couleurs différentes des dessins très compliqués. Ces pierres, généralement vertes, bleues ou ambre, sont issues de terres volcaniques. Les noires sont rares et, toi, tu en as presque devant ta porte.

Elle était toujours sonnée, mais l'enthousiasme de Noah devenait contagieux.

— Tu en as trouvé ?

— Oui.

— Mais tu ne les as pas ramassées ?

Il écarta les bras.

— Pour quoi faire ? Je n'avais pas de raison d'en emporter. Mais ce matin…

Son expression changea, et il redevint sérieux.

— Addie, aujourd'hui, c'est une journée spéciale, reprit-il d'une voix douce. On est le lendemain du jour où tu as découvert que tu étais enceinte. Il te faut un événement marquant à te rappeler, ce week-end. Alors j'ai pensé… que si on trouvait quelques gemmes, on pourrait peut-être en utiliser pour te faire une bague. Et puis aussi un bracelet ou une gourmette pour… pour… ce bébé qui arrive.

Elle contemplait son visage : il souriait de nouveau, mais derrière le sourire, elle perçut les doutes. La peur ?

Peur qu'elle refuse ? Qu'elle rentre et lui claque la porte au nez ? Qu'elle l'écarte de sa grossesse ? De ce bébé ?

Qu'elle lui refuse de partager, comme il en avait déjà fait l'expérience avec Sophie ?

Pour le coup, c'était son besoin à lui, pas le sien à elle. Donc pas de problème.

De l'agate noire… Elle en avait vu, polie et luisante, ou bien des pierres incrustées de cœurs blancs. S'ils réussissaient à en trouver…

— Qu'est-ce que tu en penses, Addie ?

— On pourra toujours retourner à l'hôpital en cas d'urgence ?

— Rob et Cliff nous remplacent, mais oui, on pourra. On va prendre la voiture.

— Mais toutes ces marches…

— Je peux te porter si nécessaire, et tout en yodlant même. Je te l'ai dit, je suis un bouquetin.

— Et ça yodle, les bouquetins ?

Elle éclata de rire avant de se taire. Noah resta silencieux, lui laissant le temps de formuler sa réponse, comme s'il comprenait que la décision ne concernait pas que les pierres précieuses.

Il n'y avait pas que les agates ou une journée ensemble à la plage. Ils devaient développer une relation, quelle qu'elle soit, effectivement. Du moment qu'elle n'impliquait pas une forme de dépendance.

— Je pense..., commença-t-elle en esquissant un sourire, que Daisy adorerait. Et je pense aussi : quelle chance que j'aie acheté un nouveau maillot de bain !

Noah se décrivait comme un bouquetin, mais Daisy n'avait rien à lui envier, se riant d'une centaine de marches abruptes. La chienne dévalait, puis remontait, redescendait, comme pour les inviter à avancer plus vite.

Si Noah portait un sac, il refusait de lâcher Addie. Il avait lu quelque part qu'un homme devait précéder une dame dans un escalier afin de la rattraper si elle tombait. Logique. Pourtant, Addie était passée devant. Elle semblait sûre d'elle, et puis s'il avait été devant, il n'aurait pas eu le plaisir d'admirer ses courbes en mouvement, ses jambes magnifiques dévoilées par son adorable petit short, sa façon de se pencher pour caresser Daisy, la manière dont tout son corps exprimait son bonheur d'être là.

Il repensa au jour où elle était revenue, avec son nouveau look et son chiot, prête à embrasser le monde. Cette grossesse, si elle tournait mal, risquait de l'anéantir.

Mais bon, aujourd'hui, rien de mal ne surviendrait. *S'il vous plaît.*

Ils atteignirent la base de l'escalier. Ici, on comprenait pourquoi cet endroit était désert : outre les marches, un amas de rochers, sans sable, vous accueillait. Pour atteindre la crique, il fallait contourner, à moitié dans l'eau, un promontoire rocheux. Chose qu'Addie savait, manifestement. Elle ôta ses sandales, son T-shirt et son short, puis elle entra dans l'eau.

Il avait eu le temps de l'apercevoir en bikini. Tout à fait en accord avec la nouvelle Addie : mini, osé, rouge vif à pois blancs. Rayonnante, elle leva les bras, comme pour étreindre le soleil.

Noah dut s'arrêter — quel homme n'aurait pas réagi pareillement ? —, le souffle coupé.

— Allez, lanterne, la mer nous attend..., lança-t-elle.

Alors il rassembla à peu près ses esprits et descendit les ultimes marches.

— Crème solaire, grommela-t-il, cette remarque terre à terre devant masquer son émotion.

— Déjà fait, répondit-elle. Je suis une femme prévoyante. Ou du moins, en général, ajouta-t-elle avec un sourire taquin. À un dérapage notable près.

La grossesse.

— C'était vraiment un dérapage ? demanda-t-il sans réfléchir.

Le sourire d'Addie s'effaça.

— Tu penses toujours que j'avais tout prévu ? dit-elle sur un ton sec qui ne lui ressemblait pas. Tu sais, il faut être deux, donc, c'est autant ta faute que la mienne. Mais je ne pense pas ça, en fait. Ce n'était la faute de personne car qui dit faute, dit conséquences négatives, or en l'occurrence, elles sont positives. Je n'ai même pas de nausées matinales.

— C'est sans doute encore un peu tôt.

— Ne joue pas les rabat-joie. Bon, on va porter Daisy jusqu'à la crique, ensuite, on enfile le matériel de plongée et on se retrouve au fond...

Puis elle souleva la chienne dans ses bras et avança parmi les rochers. Elle avait lâché une de ses sandales qu'il ramassa, avant de la suivre, médusé.

Quand il la rejoignit de l'autre côté, elle avait déjà posé Daisy et ses vêtements sur le sable et ajusté une paire de lunettes puis s'était élancée dans l'eau. À l'approche d'une plus grosse vague, elle plongea, et Noah fut rassuré : elle devait nager depuis sa plus tendre enfance.

Daisy la suivit, tentant de la rejoindre, mais il y avait tellement de tentations ! Des mouettes à pourchasser, des algues à renifler... Elle préféra faire demi-tour.

Le visage caressé par le soleil, Noah contemplait la crique déserte, la mer tel un paradis de saphir. Et Addie qui agitait la main dans sa direction.

— Eh bien, qu'est-ce que tu attends, lambin ?

Il devait d'abord recouvrer son souffle. Il resta immobile quelques minutes, juste pour le plaisir des yeux, tandis qu'elle se mettait à nager lentement à travers la baie.

Et puis... Après tout, non, rien ne le retenait.

Addie était bonne nageuse. Il y avait une piscine municipale près de sa maison d'enfance où elle passait ses vacances d'été, et l'eau ne lui posait donc pas de problèmes. À Noah, non plus, apparemment. Il plongea dans les vagues et disparut d'une ondulation fluide, tel un phoque partant chasser. Quand il remonta à la surface, il était loin, souriant.

Oh ! ce sourire...

— On fait une course, histoire de s'échauffer ? demanda-t-il.

Addie dut reprendre son souffle avant de pouvoir lui répondre.

— Je ne suis pas assez bête pour te défier à la course, cher ami. J'exige donc un handicap, disons dix fois pour toi et sept pour moi, d'ici jusqu'au côté de la crique.

— Tu plaisantes ? Je t'ai vue nager.

— OK, alors huit. Prêt, feu, partez !

L'eau était cristalline, le fond sablonneux et elle... comme en transe. Pendant un moment, elle crut qu'il allait la battre : il avait parcouru trois longueurs pendant qu'elle arrivait péniblement à deux. Mais il ralentit. Non parce qu'il était épuisé, mais pour nager à côté d'elle, au même rythme, mais ses brasses puissantes et fluides ne trompaient pas : il aurait pu nager deux fois plus vite sans effort.

Chaque fois qu'elle tranchait la surface de l'eau de la main, il l'imitait. Son corps n'était pas assez proche pour le toucher, mais suffisamment pour qu'elle sente le roulis de sa vague, qu'elle soit consciente de sa présence à son côté.

Dire qu'elle était fascinée aurait été un euphémisme. Céder à cet homme n'avait pas été un instant de folie. Il y avait quelque chose en lui qui agissait sur elle comme une irrésistible attraction.

Presque comme s'il faisait partie d'elle.

D'accord, c'était une pensée dingue et qui n'aidait pas, étant donné les résolutions qu'elle avait prises la veille.

Mais bon, elle pouvait bien fantasmer. Non, elle ne devait pas, surtout pas elle. Mieux valait se concentrer sur la nage et arrêter les bêtises.

Seulement, sa présence était trop prégnante.

Elle s'arrêta, et Noah fit de même pour voir ce qui se passait.

— Un problème ?

— Non, je voulais voir où était Daisy, dit-elle en faisant mine de fouiller la rive du regard.

Pas de souci, la chienne pourchassait les oiseaux qui semblaient bien s'amuser à la rendre folle.

— C'est ça... En fait, tu avais besoin d'une pause, dit-il, moqueur.

— Bien sûr... Comme si j'avais une chance de gagner même en trichant, répliqua-t-elle. Je pourrais doubler ton handicap que je perdrais quand même.

— Tu ne perdrais pas, Addie. Je n'ai encore jamais rencontré personne avec un mental de gagnant comme toi.

Elle prit une mine faussement écœurée.

— Tu sors ça d'où ? Du manuel du parfait flagorneur ? Au cas où tu aurais oublié, tu m'as déjà mise dans ton lit.

— Je ne t'ai pas juste mise dans mon lit, Addie, répliqua-t-il d'un air redevenu sérieux. Tu le sais. Et je ne suis pas en train de te jouer la scène de la séduction.

— On le dirait, pourtant.

— Tu penses que j'essaie de te séduire ?

— C'est peut-être l'inverse. Et... ça m'effraie.

— Il n'y a pas de raison.

Quand il s'approcha pour lui caresser la joue, elle esquissa un mouvement de recul. Pourquoi ? Elle aimait qu'il la touche.

Cependant, elle éprouvait bel et bien de la peur. Pourquoi ? *Parce qu'il le fait pour les mauvaises raisons*, songea-t-elle. *Il pense que tu as besoin de lui.*

Elle ne serait pas cette femme. Secouant la tête, elle lui écarta la main.

— Elles sont où, ces agates ? demanda-t-elle, plus brusquement qu'elle l'aurait souhaité.

— La course est annulée ?

Il l'observait, tel un requin observe sa proie.

Oh ! mais arrête un peu ! C'est un homme bien, qui fait ce qu'il faut sans intentions cachées.

Alors, certes, il y avait bien un peu d'attirance physique qui leur avait fait perdre les pédales, ce qui n'était pas sans conséquence, mais cela ne signifiait pas que la relation devait continuer. Il fallait juste qu'elle cesse de se laisser dicter sa conduite par ses hormones désorientées.

Il fallait dire, à sa décharge, qu'elle n'avait jamais rien ressenti de tel avec Gavin. Elle frissonna.

— Tu as froid ? s'inquiéta aussitôt Noah.

— Non, je repensais juste à des choses que je devrais avoir oubliées. Oui, la course est annulée, ajouta-t-elle. C'est ridicule de faire la course avec toi. Montre-moi plutôt où sont les agates.

Le ton était presque furieux, mais Noah ne parut pas s'en offusquer, se contentant de la contempler. Elle n'aimait pas qu'il la regarde ainsi. Ou bien elle aimait, mais cela la perturbait beaucoup trop.

— Il faut contourner ces rochers, là, sur le côté, en nageant. Il y a un rebord où les agates s'agrègent à peu près à deux mètres de fond.

— Je peux plonger à cette profondeur, répliqua-t-elle avant s'élancer.

Trouver l'agate parfaite s'avéra laborieux. Parce que Noah était difficile et que les pierres étaient nombreuses. Il plongea et passa un moment à les choisir avant d'en remonter quelques-unes, les plus belles, afin de les inspecter. Addie, qui n'était pas douée en apnée, en ramassa une poignée qu'elle rapporta à la surface pour les poser sur un rocher afin de les examiner tandis que Noah replongeait.

C'était déconcertant, comme situation, elle accrochée au rocher, triant des gemmes pendant que Noah était sous l'eau. Plus que déconcertant, en fait, c'était agréable. Très, très agréable.

Le soleil lui chauffait le visage, l'eau était fraîche et agréable. Daisy avait découvert qu'elle pouvait la rejoindre en franchissant les blocs de roche, du coup Addie se retrouvait avec une aide précieuse.

Les pierres nécessitaient un examen attentif, d'autant que Noah en rapporta d'autres avant de se hisser sur le rocher à son tour. Il se trouvait juste au-dessus d'Addie toujours dans l'eau, accrochée à la roche d'une main et triant de l'autre.

Il portait un boxer de bain, ce qui laissait tout loisir d'admirer son corps mince, musclé et bronzé tout brillant de gouttelettes.

— Alors ? s'enquit-il. On a quoi ?

— Je pense... qu'il y en a de belles. On pourrait effectuer un tri plus affiné sur la plage.

— Faisons-le ici. Il ne nous en faut qu'une ou deux. Le reste, on le remettra à l'eau, comme ça, un autre couple pourra trouver son bonheur aussi.

Couple...

Elle ne répondit pas, préférant se concentrer sur les gemmes. Après un moment de silence, un moment au cours duquel le mot couple sembla suspendu au-dessus de leurs têtes, Noah l'imita.

Les pierres qu'il sélectionnait, de la taille d'un petit pois, étaient d'un noir profond avec des paillettes blanches. Elles avaient été polies par des années de flux et de reflux, brillantes étant mouillées, mais perdant déjà leur scintillement dès qu'elles séchaient.

— Elles feront un effet magnifique, une fois montées, commenta-t-il en ramassant une petite pierre qu'il tendit vers la lumière. Regarde la profondeur du noir et la pureté du blanc. Mais là, il forme une ligne, presque comme une division. Moi, je cherche un cœur blanc.

Un cœur ? Pourquoi tout lui échappait aujourd'hui ?

— Tu veux les monter ? demanda-t-elle pour écarter l'autre partie de sa réflexion.

— Mon grand-père, qui était joaillier, collectionnait les pierres précieuses. Je me souviens de l'émerveillement que c'était de les voir transformées. Puisque je ne vais pas partir à Londres... Je pourrai m'acheter le matériel.

Il abandonna la pierre pour en prendre une autre.

— Mais... Si tu n'obtiens pas la garde de Sophie, tu devras aller à Londres.

— Pourquoi ?

— Parce que c'est ce que tu as prévu.

— Non. J'avais prévu de partir. De changer de vie. Or c'est déjà arrivé.

— Noah, je refuse d'être responsable de...

— Tu n'es responsable de rien, Addie. Je suis un grand garçon et je prends mes propres décisions. Je reste en Australie, et j'achète du matériel de joaillerie.

Il hésita en la regardant, et elle nota une soudaine incertitude. De la vulnérabilité, peut-être.

— Peut-être même que je vais tomber amoureux, ajouta-t-il, si bas qu'elle crut avoir mal entendu.

Les mots restèrent en suspens.

Tomber amoureux ?

— Non, dit-elle platement.

C'était comme s'il y avait un bouclier, quelque part, qu'elle devait mettre en place. Il était lourd, difficile à soulever, mais elle y parvint.

— Pourquoi pas ? Ça arrive à d'autres.

— Tu ne dirais pas ça si je n'étais pas enceinte. Si tu ne pensais pas que j'ai besoin de toi.

— Tu n'arrives pas à imaginer que je puisse le dire malgré le fait que tu sois enceinte ?

Il saisit une mèche de ses cheveux mouillés et la lui coinça derrière l'oreille.

— Tu es adorable, Addie.

— Daisy est adorable.

Elle avait du mal à respirer normalement.

— Aussi, oui, mais je ne la choisirais pas comme épouse.

Épouse.

Les souvenirs affluèrent tel un tsunami, les mois, non les années, de préparatifs du mariage du siècle, la joie de sa mère, le trajet interminable dans la voiture qui la conduisait à l'église. Et ensuite... Le chagrin de sa mère. Celui de la mère de Gavin. Les gens qui ne savaient pas quoi dire. Et elle, se sentant ridicule dans sa fichue robe de tulle blanc, plantée sous le soleil avec son bouquet tombé à ses pieds. Elle avait haï Gavin de chaque fibre de son être, cet homme qu'une minute plus tôt elle pensait son meilleur ami...

L'homme qui l'avait accusée d'avoir besoin de lui.

— Tu penses vraiment que c'est ce que je souhaiterais ? chuchota-t-elle, sidérée. Me marier ?

— Euh... Peut-être pas, admit-il, penaud. Tu peux oublier ce que je viens de dire ? C'était stupide, et ça nous fait peur à tous les deux. On n'est pas obligés de se marier. Pas avant longtemps, très longtemps. En revanche, pour ce qui est de l'amour... Addie, on pourrait peut-être accepter que ça, c'est possible. Je sais que c'est trop tôt, mais...

— On a tous les deux déjà essayé, l'interrompit-elle d'une voix dure. Et pour tous les deux, ça a été un désastre. L'amour, ça implique des attaches qui brisent le cœur quand elles se cassent, et je n'ai pas besoin de ça.

— On parle de dépendance, là, ou d'amour ?

— Les deux fonctionnent pareil. Je ne peux pas prendre ce risque...

— Je ne te demande pas de prendre de risque, répliqua-t-il sur un ton proche de l'exaspération. Je te demande d'abaisser tes barrières, car elles ne servent à rien, sinon à faire du mal. Je demande à te découvrir, apprendre à te connaître. Je voudrais savoir ce qui te fait rire, pleurer. Je veux apprendre ce que tu aimes manger sur tes tartines, te voir comme je t'ai vue ce matin, pas maquillée, naturelle. J'ai vu tellement d'Addie différentes...

— Oui, celle en robe blanche...

— Et la stakhanoviste, et la patiente effrayée, la folle de Daisy... et celle qui était allongée dans mes bras. Et puis ce matin, l'Addie aux cheveux en bataille, superbe, et maintenant, dégoulinante, si belle, l'Addie qui ne veut pas sortir de l'eau pour s'asseoir à côté de moi parce qu'elle a peur.

— Je n'ai pas peur.

— Menteuse.

— OK, j'ai peur !

Ce fut un cri, si inattendu que Daisy s'immobilisa dans sa poursuite d'une mouette et revint au galop pour voir ce qui se passait.

Arrivée près d'eux, elle les observa tour à tour et fourra le nez sous le bras de Noah, en signe d'allégeance, peut-être !

— Traîtresse..., marmonna Addie.

Rassemblant ses forces, elle se hissa hors de l'eau. Comme Noah lui tendait une main, elle lui retourna un regard noir.

Est-ce qu'il avait souri ? Il n'avait pas intérêt.

— On assez de gemmes, décréta-t-elle, tentant de conserver un semblant de dignité. Il est temps de rentrer à la maison.

— Mme Rowbotham nous a préparé un pique-nique. Il est dans le sac.

— Je n'en veux pas.

— Addie ?

— Oui ?

Elle se redressa, trempée, sur le rocher voisin de celui de Noah.

— Tu ne crois pas que tu donnes un tout petit peu dans le mélodrame ? Non ? On n'a pas finalisé notre choix de pierres et, ce déjeuner, il faut bien le manger.

— Oui, bon, d'accord, marmonna-t-elle. Mais je t'avertis : plus de mots en « A ».

— Amour, tu veux dire ?

— Noah !

Il se moquait bel et bien d'elle, le monstre.

— D'accord, d'accord, dit-il en levant les mains dans un geste de reddition. Pas de mot en « A ». Et pas non plus de mot encore plus effrayant, celui en « D » comme dépendance. Toute discussion sur notre relation future est reportée, mais on est quand même des collègues et puis Daisy a besoin qu'on soit amis. Enfin, il faudra peut-être qu'un jour on soit parents ensemble. Alors, commençons d'ores et déjà à établir des rapports civilisés. Déjeuner, tri de gemmes et, peut-être, une petite sieste au soleil avant de rentrer.

— D'accord, dit-elle à contrecœur.

Puis, parce qu'elle en avait assez de faire la tête et que la journée était splendide, elle ajouta :

— Pardon. Tu m'as fichu la frousse, mais ça va mieux.

— Excuses acceptées.

Il ramassa les pierres. Il était grand. Il était encore mouillé. Il était…

Non. Il fallait établir de nouvelles limites. Déjeuner, tri, mais pas de sieste.

À compter de maintenant, ce serait ainsi.

Noah contemplait la mer, assis sur le sable à côté d'Addie, endormie sur sa serviette.

Qu'avait-il dit ? Le mot en « A ».

Non, mais à quoi pensait-il ?

Il soupçonnait Addie de s'imaginer qu'il avait dit cela afin de s'assurer l'accès à un enfant qui, enfin, était le sien. Une pensée qui se tenait. Elle savait qu'il aimait Sophie et qu'il risquait de la perdre. Elle avait deviné aussi qu'il l'aimerait, ce bébé.

Mais ce qu'il ressentait pour elle, c'était différent. Très différent.

Peut-être ne le percevait-elle pas car, presque chaque fois qu'il l'avait vue, elle était en état de vulnérabilité extrême, mais n'était-ce pas là, une fois le vernis tombé, qu'on voyait le mieux la personne ? La vraie personne. La gifle au mariage. Son courage et sa peur face à une grossesse extra-utérine. Sa défiance et son changement quand elle était revenue, avec son chiot et son nouveau look…

Et son bikini rouge à pois blancs. Maintenant, elle avait noué un sarong rouge par-dessus, mais les pois blancs restaient visibles sous le tissu transparent. Ses boucles humides s'étalaient sur la serviette qui lui tenait aussi lieu d'oreiller, et elle serrait ses lunettes dans une main. Ces lunettes, elles lui servaient presque de bouclier.

Elle pouvait se réveiller d'une seconde à l'autre, plus méfiante que jamais.

Elle se méfiait de lui ?

Ou de l'amour ? Ou de la dépendance ?

Avait-elle raison ? Avait-il parlé en l'air ?

Peut-être, pourtant, avec elle, c'était ce qu'il ressentait. Elle était vulnérable, elle avait besoin de lui, quoi qu'elle affirme, mais elle était aussi combative, douée et forte. Et drôle.

La quitter maintenant était impensable.

Si ce bébé tenait bon, elle le laisserait le voir. Il le savait, mais il ne pensait pas au bébé. Il contemplait une femme endormie.

Sa femme ? Une part de lui, en tout cas.

Cette sensation était si profonde, si primale, qu'elle lui coupa presque le souffle.

Après Rebecca… La perspective d'une autre relation avait semblé inenvisageable. Pourtant, il ne savait comment, mais c'était évident, Addie avait touché des points sensibles qu'il ignorait posséder.

Alors, comment la convaincre d'essayer de développer un peu plus qu'une belle amitié ?

Hélas, ce n'était pas quelque chose dont on pouvait convaincre une personne. Cela existait… Ou pas. Si elle ne le ressentait pas, eh bien tant pis. Loin de lui l'idée de vouloir à toute force imposer ce genre de sentiments.

Mieux valait donc prendre du recul. De toute façon, il lui faisait peur. Il allait devenir son ami, n'exercer aucune pression. Comme maintenant. *Allez, retourne nager un peu, au lieu de rester là, à l'observer tel un voyeur.*

Mais il voulait rester là. À côté d'elle. Veiller sur sa femme ?

Non, mais c'était n'importe quoi. Il avait de ces idées…

Il se leva donc et se dirigea vers l'eau, malgré le gémissement de reproche d'une Daisy endormie contre ses jambes. Comme pour lui signifier que sa place était là, avec elles.

En tout cas, si ce n'était pas le cas, il ignorait où elle était, sa place.

Addie refusait qu'il la soutienne, elle n'aurait pas besoin de lui, apparemment, et cette idée l'attristait. Pire, elle l'angoissait. Le désolait.

Il arriva au bord de l'eau, y entra puis avança jusqu'aux premières vagues et plongea. Pour rester sous l'eau très, très, très longtemps.

11

La grossesse n'était pas extra-utérine. Le fœtus se développait bien *in utero*, comme l'avaient indiqué les tests sanguins, et ce que confirma l'échographie des cinq semaines. Addie l'annonça à Noah à la fin d'une longue journée d'opérations et elle regarda son visage s'illuminer. Mais elle recula quand il s'approcha pour l'étreindre puis rentra à son cottage.

Dont elle referma la porte.

En toute honnêteté, elle était trop effrayée pour se comporter autrement. L'idée qu'il tombe amoureux… qu'elle tombe amoureuse… était tout bonnement terrifiante. Tout ce contrôle qu'elle avait si soigneusement cultivé semblait menacé, à l'instar d'un château de cartes dans une tempête de vent.

À mesure que les semaines s'écoulaient, ils s'installèrent dans une routine un peu maladroite. Amis ? Collègues ? Vis-à-vis de l'extérieur, tout incitait à le penser, et c'était peut-être la vérité, car Noah respectait les limites qu'elle avait instaurées. Ils travaillaient ensemble, se retrouvaient dans la salle de repos du personnel et discutaient de leurs patients communs, de Daisy, de choses banales. Parfois, il l'accompagnait promener la petite chienne, et il se montrait amical, chaleureux. Normal.

Pourtant, dans un coin de sa tête elle ne pouvait s'empêcher de le soupçonner d'escamoter quelque chose.

L'expression qu'il avait utilisée sur la plage — tomber amoureux — lui restait en tête. Elle se réveillait la nuit en y pensant. Y pensait encore quand elle le voyait sur la plage lancer un frisbee à Daisy.

L'amour ?

C'était une folie. Comment pouvait-on tomber amoureux si vite ? Non, ce qu'il ressentait avait tout à voir avec le bébé. Sans doute croyait-il qu'elle avait besoin de lui, et son code de l'honneur faisait le reste. Cela ne pouvait pas être autre chose.

Elle savait qu'elle ferait mieux de murer ses émotions, seulement au fil des semaines, une nouvelle couche venait s'ajouter.

La date du jugement en appel pour la garde de Sophie approchait. De temps en temps, elle le voyait dans la véranda, qui prenait de longs appels téléphoniques, et son visage était toujours morose.

Cela ne la regardait en rien, alors pourquoi était-elle triste pour lui ? Parce qu'ils étaient amis, elle voulait partager sa peine, et c'était bien naturel, arguait-elle *in petto*, sauf que les émotions qu'il suscitait chez elle la poussaient à prendre le large.

Tomber amoureux.

Impossible.

Elle vivait chaque jour l'un après l'autre, en tâchant d'oublier sa présence déstabilisante. Et de se focaliser sur son travail et sa grossesse.

Son bébé.

Leur bébé.

Comment organiser une garde partagée ? En tant que père de son bébé, il ferait partie de sa vie… Pour toujours ?

Oui, mais juste en tant que père de son bébé.

Elle aurait bien le temps de s'en soucier le moment venu. Même si la grossesse se passait normalement, elle osait toujours à peine s'autoriser à espérer.

Elle se débrouillerait, comme elle l'avait toujours fait.

Elle n'avait pas besoin de Noah.

Quatorze semaines.

Non qu'il les compte. Enfin, pas vraiment. C'était la grossesse d'Addie, et il devait rester en retrait.

Ceci dit, il tenait à faire partie de la vie de cet enfant, et il connaissait suffisamment Addie désormais pour ne pas craindre d'être tenu à l'écart. Restait le problème de faire partie de sa vie à elle.

Car elle l'avait écarté. C'était son droit le plus strict, pourtant…

Quatorze semaines.

Et encore deux semaines jusqu'au jugement des affaires familiales pour Sophie. Il allait devenir dingue.

Si quoi que ce soit arrivait au bébé d'Addie, si quoi que ce soit arrivait à Addie, s'il perdait le procès comme ses avocats le lui prédisaient, s'il perdait le droit de voir Sophie...

Et puis, un matin, il reçut un coup de fil.

Il répondit et n'en revint pas de ce qu'on lui annonçait. Après avoir raccroché, il s'abîma dans la contemplation de la mer, sans la voir, tandis que son univers changeait. Au bout d'un moment, tout se cala de nouveau.

Bizarrement, une seule et unique réaction lui vint.

Hélas, la médecine devait passer en priorité, mais c'était gérable car il ne lui restait plus que deux patients à voir avant de pouvoir aller retrouver Addie.

À quatorze semaines, elle s'était finalement astreinte à l'échographie que passaient la plupart des femmes enceintes à douze semaines. Jusque-là, elle avait eu trop peur pour le faire. L'échographie des trois mois montrait les bras, les jambes, un petit visage. Ou pas... Elle avait l'impression de tenter le destin en faisant cette échographie.

Au stade des quatorze semaines, cependant, elle ne pouvait plus repousser l'épreuve fatidique. Hélas, son rendez-vous dut être décalé car le radiologue qui venait à Currawong Bay une fois par semaine avait du retard.

Addie se rendit dans la salle de repos, se prépara un thé et, la tête entre les mains, elle ferma les yeux.

— Docteur Blair !

Elle se réveilla pour découvrir Morvena plantée devant elle, paraissant surprise. Son thé posé sur la table refroidissait. Oui, elle s'était profondément endormie, et il lui fallut un instant pour rassembler ses esprits.

— Quoi ? Oh ! pardon, je me suis octroyé une petite sieste entre deux patientes pour rattraper mon sommeil en retard.

Un coup d'œil à sa montre la rassura. Il lui restait dix minutes avant son rendez-vous en radiologie.

Mais Morvena continuait à la dévisager, et Addie comprit que l'infirmière en chef était en train de réfléchir.

Oh oh…

— On n'a pas eu de naissance hier soir, pas d'appels nocturnes, dit Morvena qui tenait les plannings de l'hôpital de main de maître. Pourquoi auriez-vous besoin de rattraper du sommeil en retard ?

— Je… J'ai mal dormi la nuit dernière.

— Les lumières de votre cottage étaient pourtant éteintes. Toute la nuit.

Y avait-il quelque chose que cette femme ignorait ? Décrétant que la remarque ne méritait pas de réponse, Addie se leva pour porter sa tasse dans l'évier et la laver. Avec Morvena dans son dos.

Elle savait, réponse ou pas, que l'inévitable arrivait.

— Vous êtes à nouveau enceinte, c'est ça ?

Allez-vous-en, voilà ce qu'Addie brûlait de lui rétorquer. *Ça ne regarde personne que moi, c'est mon bébé et celui de personne d'autre.*

Ayant reposé sa tasse propre sur l'égouttoir, elle mit les mains sur son ventre. Refusant de se tourner. Son bébé, elle voulait le garder pour elle. Comme son espoir.

— Il est du Dr McPherson, ajouta Morvena.

Et ce n'était pas une question.

Addie en eut le souffle coupé. Elle compta jusqu'à dix, non qu'elle ait besoin de contrôler ce qu'elle s'apprêtait à dire, mais elle ne savait pas quoi répondre.

— Laissez tomber, Morvena, marmonna-t-elle. Le Dr McPherson doit partir dans deux semaines. Il n'a pas besoin que vous lanciez une rumeur maintenant.

— Je ne lance aucune rumeur, docteur Blair…, rétorqua-t-elle. Je constate juste un fait. Il est triste comme la mort, et vous vous endormez à tout bout de champ à l'hôpital. Donc je vais perdre un excellent chirurgien et j'ai une obstétricienne incapable de garder les yeux ouverts. Si ce ne sont pas mes affaires, je ne sais pas ce qui l'est.

— J'en suis à quatorze semaines et je devrais bientôt cesser d'être aussi fatiguée.

Et zut, pourquoi avait-elle donné cette information ? Elle aurait dû nier. Morvena l'avait déjà interrogée lors de sa grossesse extra-utérine et elle avait admis avoir suivi un traitement FIV. Elle aurait pu sous-entendre qu'il s'agissait du même processus.

Trop tard. Morvena plissa les paupières, et Addie la voyait effectuer des calculs arithmétiques.

— Quatorze semaines... Donc, j'ai raison. Et vous avez déménagé de la résidence des médecins parce que...

— Parce que c'était une erreur. Parce que ni lui ni moi ne souhaitons...

— Eh bien, c'est n'importe quoi ! la coupa Morvena avec son autorité habituelle. Vous le voulez tous les deux... Vous, vous prenez un chien — qui soit dit en passant perturbe toute l'organisation de l'hôpital — alors que ce dont vous avez envie, c'est d'un foyer avec des enfants. Tout comme lui.

— Morvena, je ne... Il ne...

— Pas de ça avec moi. J'ai bien vu comment vous le regardez. Et comment il vous regarde.

— Il a déjà assez à faire. Savez-vous que...

Elle s'interrompit, affolée : non, le jugement du tribunal, ce n'était pas une information à soumettre à toutes les oreilles.

— Avec sa petite fille ? Bien sûr que je suis au courant. Et pas parce que j'écoute aux portes, précisa-t-elle d'un ton brusque. Il passe des coups de fil au fond de la véranda, or mon bureau se trouve juste de l'autre côté. Je ne suis pas stupide. Je sais pourquoi il est si triste. Et je sais aussi pourquoi il vous regarde comme il le fait.

— Morvena, ça suffit.

Addie ne savait pas si elle devait rire ou pleurer. Elle opta pour un coup d'œil à sa montre.

— Je dois être en radiologie dans cinq minutes.

— Pour votre rendez-vous. J'ai vu.

— Vous n'avez pas le droit...

— J'ai tout à fait le droit. Ça fait partie de mon travail, de vérifier les rendez-vous de Frieda. Si personne n'est inscrit, c'est moi qui lui demande de ne pas venir. En voyant votre nom sur sa liste, j'ai redouté qu'il ne s'agisse d'un problème grave. Et puis, j'ai réfléchi un peu.

— Morvena…

Soudain, étonnamment, le tyran s'adoucit.

— Ne vous tracassez pas, mon petit. Je ne compte pas le crier sur les toits. Allez passer votre échographie des quatorze semaines. Noah vous accompagne ?

— Je… Non.

— Vous ne lui avez pas dit que vous aviez rendez-vous ?

— Ça ne le concerne pas.

— Et pourquoi donc, mon Dieu ?

— Parce que c'est impossible.

Sa voix mourut presque dans un geignement et, tout à coup, ce fut comme si une digue cédait.

— Morvena, et si je tombais amoureuse de lui ? Je refuse de le laisser prendre soin de moi au prétexte que j'ai besoin de lui. Pas question… Nous avons tous les deux été dans des relations de ce genre, et ça me fiche une frousse folle.

Eh bien…

Qu'avait-elle dit ?

Et à qui ? Parce que, soudain… il n'y avait plus uniquement Morvena.

Alors que la panique refluait tandis qu'elle fixait l'infirmière en chef, elle perçut une ombre derrière elle. Qui occupait tout l'encadrement de la porte.

Noah.

Qu'avait-il entendu ? Où était la machine à remonter le temps quand on en avait besoin ?

— Vous savez quoi ? reprit Morvena d'un ton tout ce qu'il y avait de plus normal. Je viens de me rappeler qu'on m'a signalé la présence d'un chiot dans l'aile pédiatrique, ajouta-t-elle, s'offrant le luxe de sourire. Si vous voulez bien m'excuser, je vais aller m'en occuper car j'ai des règles à faire respecter. Docteur McPherson, je pense qu'une tâche compliquée vous attend ici. Quiconque avouer à une personne aussi renfrognée que moi qu'elle est peut-être amoureuse… Bref, je crois que cette femme est amoureuse de vous, même si elle refuse de l'admettre. J'ai été bête moi aussi, jadis, et ça m'a donné un mari aimant et deux enfants tout aussi bêtes que leur mère en son temps. Parfois, la folie, c'est ce qu'il y a de plus sensé. Bon, je vous laisse.

Encore une fois, elle eut l'effronterie de pouffer, un son quasiment jamais entendu venant d'elle, puis elle tourna les talons.

Depuis combien de temps était-il là ? se demanda Addie.

— Je... Je dois y aller aussi, dit-elle.

— Passer ton échographie.

— Tu es planté là depuis combien de temps ?

— Assez longtemps. Le son porte dans les couloirs, et Morvena a une voix sonore.

— Je...

— Addie, tu voudrais que je vienne ?

Pas de pression.

Et à la fois toute la pression du monde.

S'il avait dit : « Je veux venir », elle aurait su répondre. Mais est-ce qu'elle le souhaitait ?

— Je n'ai pas besoin...

— Laissons cette histoire de besoin de côté, la coupa-t-il, d'une voix soudain rauque d'émotion. Concentrons-nous plutôt sur ce que nous voulons. Addie, tu es sur le point de passer une échographie importante, celle des quatorze semaines. Elle va te dire s'il y a des problèmes que tu devras affronter, que nous devrons affronter. Plus probablement, elle nous dira qu'on a un bébé normal et en bonne santé, qui s'est installé là pour les deux trimestres à venir. J'aimerais bien être présent. Non, je veux y être. Pas de besoin qui tienne, juste l'envie. Mais tu as raison, nous avons tous les deux été embarqués dans des directions qui ne relevaient pas de nos choix, et je ne t'imposerai pas ça, non. Alors est-ce que tu me fais confiance ou pas ? Le temps est venu de le dire. Qu'est-ce que tu veux ?

Que voulait-elle ?

Elle voulait son bébé. Cela, c'était une vérité immuable. Elle avait toujours les mains sur son ventre, comme pour protéger cette vérité de potentielles menaces extérieures.

Noah en était-il une ?

Étrangement, elle avait fait de lui une menace, pourtant, il se tenait devant elle maintenant et, en le regardant dans les yeux, elle vit...

Noah.

Un collègue.

Un ami.

Un homme bien.

Un homme qui l'avait tenue dans ses bras et avait fait disparaître le monde extérieur.

Un homme qui aimerait son bébé autant qu'elle l'aimerait. Cela, elle le savait.

Un homme qui pourrait l'aimer ?

Mais il était trop tôt pour y penser. La panique était toujours là, qui pointait sa vilaine tête dans son cœur. Se laisser aller…

Mais non, elle n'avait pas besoin de céder. Pas complètement. Tout ce qu'il lui demandait, c'était de lui dire ce qu'elle voulait maintenant.

Souhaitait-elle qu'il l'accompagne à l'échographie ?

Celle des cinq semaines n'avait rien montré, à l'exception de la position du fœtus. Son bébé n'était alors pas plus gros qu'un pépin de pomme — on lui avait donné un tableau qui montrait aux femmes enceintes les équivalences des tailles des bébés par rapport aux fruits.

Sur cette échographie, le bébé serait de la taille d'un citron. Ou d'une pêche. Oui, plutôt une pêche. Elle aimait bien cette image.

Elle allait voir son bébé. À quatorze semaines, le bébé sucerait son pouce ou il agiterait les orteils. Il serait bien réel. Si tout allait bien…

Si quelque chose clochait, en revanche, le supporterait-elle ? Déjà, la peur était présente.

Voulait-elle Noah à son côté ?

La réponse lui parvint, claire comme de l'eau de roche : oui.

Et plus encore.

Elle ne le voulait pas parce qu'elle avait besoin de soutien. Non, elle le voulait parce qu'elle savait qu'il désirait ce bébé lui aussi. Autant qu'elle. Ce bébé symbolisait l'amour pour Noah aussi.

L'amour.

Un concept avec lequel elle continuait à avoir du mal, mais qui était bel et bien présent, quelque part dans cette salle de repos impersonnelle, avec son réfrigérateur bruyant et ses fauteuils inconfortables, ses tasses sales.

L'amour.

Noah attendait. Calmement. Quoi qu'elle réponde, il n'insisterait pas.

Alors, voulait-elle de lui pendant l'échographie ? Voulait-elle lui faire partager ça ?

— Oui, s'il te plaît, chuchota-t-elle, avant de répéter, plus fort : Oui, Noah, s'il te plaît, j'adorerais que tu viennes.

Normal. Un mot bien étrange que l'on associe souvent à « banal » ou « ennuyeux ». Rien à voir avec ce qu'Addie ressentait, allongée sur la table d'examen tandis que Frieda promenait la sonde sur son ventre.

Normal était un mot fabuleux.

Frieda leur expliquait ce qu'elle voyait au fur et à mesure qu'ils découvraient les images, et elle était manifestement ravie de les voir émerveillés.

— Je compte les vertèbres. Toutes sont en place, sans aucune exception. Magnifiquement normales. La circonférence du crâne : dans la moyenne normale. Génial... Tête baissée, superbe posture, même s'il lui reste beaucoup de temps pour s'agiter. À présent, le sexe... Vous savez qu'à quatorze semaines, c'est difficile. J'ai vu beaucoup d'échographies et je pourrais hasarder un pronostic, mais...

— Non.

Ils avaient parlé en même temps. Addie leva les yeux vers Noah qui baissa les siens sur elle, puis ils les tournèrent simultanément vers l'écran. La main de Noah se glissa soudain dans la sienne et la serra. Fort.

Elle observa les mouvements à peine perceptibles sur l'écran. Son bébé — leur bébé — essayait de donner des coups de pied, et Addie sentit un sourire aussi large que celui du chat du Cheshire dans *Alice au pays des merveilles* étirer ses lèvres. Comment ne pas sourire de toutes ses dents quand on éprouvait une joie pareille ?

Normal.

Qu'est-ce qu'il y avait de normal dans la perfection d'un bébé ?

Qu'est-ce qu'il y avait de normal dans le fait de tenir la main d'un homme ? Le père de son bébé.

Noah.

De partager sa joie avec lui.

— Je vais noter les résultats, mais tout est merveilleux, conclut Frieda.

Addie songea que merveilleux était un mot encore plus magnifique que normal.

— Vous souhaitez une impression de l'image ? Ou bien je peux vous copier le dossier et vous l'envoyer.

— Oui, répondirent-ils encore d'une même voix.

Noah pouffa et Addie aussi tandis que Frieda essuyait le lubrifiant de son ventre. L'échographie était terminée.

Le moment était-il venu de relâcher la main de Noah ?

Non. Et là aussi ce fut une décision mutuelle et réciproque. Noah affermit l'étreinte de ses doigts sur les siens.

Il l'aida à s'asseoir puis il l'enlaça si bien que Frieda dut passer par-dessus lui.

— J'adore les histoires qui se finissent bien, commenta-t-elle. Ou plutôt qui commencent bien. Bienvenue dans votre deuxième trimestre, docteur Blair, docteur McPherson et monsieur ou mademoiselle bébé.

Un autre détail fort agréable.

Tous les parents ressentaient peut-être la même chose. Peut-être était-ce normal ?

Normal.

Elle commençait à l'aimer, ce mot. Si seulement le contact de la main de Noah dans la sienne pouvait être normal aussi...

Mais il était trop tôt, songea-t-elle, une trace de peur montrant l'ombre de sa vilaine tête. Alors elle ne dit rien. Toutefois, alors qu'elle se rhabillait, puis que Noah rouvrait la porte vers le monde extérieur et lui reprenait la main, elle pensa...

Que normal, cela pouvait être carrément génial.

Hélas, le monde extérieur attendait.

Alors qu'elle flottait dans une bulle d'euphorie, elle sentit Noah se raidir à l'instant où ils émergèrent de la salle d'examen.

Le service radiologie avait deux entrées, une porte qui ouvrait sur l'intérieur de l'hôpital et une autre pour les patients qui ressortaient, donnant sous la véranda. Ils avaient abouti dans la véranda — pourquoi pas, après tout ? Le soleil brillait sur une mer d'huile qui scintillait jusqu'à l'horizon. Et le monde extérieur attendait.

Mais outre le monde il y avait autre chose qui attendait.

Une voiture venait de se garer sur le parking du personnel, une berline blanche avec des plaques d'immatriculation gouvernementales. Une femme d'âge moyen vêtue d'un tailleur élégant émergeait du siège conducteur.

Elle ouvrit la portière arrière et aida une enfant à descendre. Une petite fille en salopette bleue et baskets rouge vif. Elle avait des cheveux d'un noir de jais, attachés en deux couettes à l'aide de rubans à carreaux rouges. Son visage était large, ses grands yeux ronds un peu méfiants.

Même depuis la véranda, Addie devina...

Sophie.

Elle le sut avant même que Noah ne lâche sa main pour s'avancer à grandes enjambées puis bientôt courir jusqu'au parking où il souleva la fillette dans ses bras.

Addie le sut même avant que la petite ne s'accroche au cou de Noah, qu'elle noue ses petits bras autour de lui, qu'elle enfouisse le visage dans le creux de son épaule.

— Papa !

Quelque chose de très ressemblant à un sanglot échappa à Noah. Il avait le visage dans les cheveux de la fillette, la tenait comme si elle était le trésor le plus précieux du monde.

L'amour. Le mot flottait tout autour d'eux.

Cette enfant n'était pas celle de Noah, du moins pas d'un point de vue biologique. C'était la fille de Rebecca, dont on lui accordait la garde.

Non, on ne la lui accordait pas, il l'avait demandée, exigée même.

Parce qu'elle avait besoin de lui ?

Non. Rien n'indiquait une quelconque forme d'obligation dans l'expression de Noah. Il n'y avait que de la joie pure.

Il pivota, la fillette dans ses bras, et sourit à Addie. Alors elle vit le scintillement des larmes sur ses joues.

Elle ne savait toujours pas de façon certaine ce qui était en train de se passer. La voiture arborait le logo des services de l'aide sociale à l'enfance. La femme — une travailleuse sociale ? — se tenait en retrait, souriante, mais elle tenait un bloc à pince.

— Sophie, je te présente mon amie, Addie, annonça Noah à la fillette.

Celle-ci lui adressa un long regard curieux avant de fourrer à nouveau son visage dans l'épaule de Noah. Il lui déposa un baiser sur le sommet du crâne avant de se tourner vers la femme postée près de la voiture.

— Merci, dit-il avec une ferveur qui pouvait donner à réfléchir.

— Je vous laisse, intervint Addie, de plus en plus incertaine quant au bien-fondé de sa présence. J'ai... J'ai des patients à voir.

— Attends..., lança Noah. Addie, c'est important. Reste un moment, s'il te plaît. Tu veux venir faire la connaissance de Sophie ?

Alors elle autorisa ses jambes à la porter jusqu'au bas des marches, jusqu'à Noah qui étreignait la fillette, tandis que la femme en tailleur rayonnait derrière eux.

— Addie, je te présente ma Sophie.

La petite gardait le visage caché contre son cou mais, lui, il souriait. Puis il reporta son attention vers la femme au bloc à pince.

— Et voici Diane, l'assistante sociale qui s'occupe de Sophie. Preneuse de risques et faiseuse de miracles...

— Waouh..., murmura Addie à qui la femme tendit une main qu'elle saisit. Ça en fait, des compliments.

— Elle les mérite et même plus, dit Noah. Elle m'a gagné ma Sophie.

— Je ne comprends pas.

Il y avait des tas de choses qu'elle ne comprenait pas et elle aurait été bien en peine de les lister.

— Le père d'accueil de Sophie a eu une crise cardiaque, la semaine dernière.

Noah enlaçait toujours Sophie, parlant par-dessus sa tête, assez doucement pour ne pas l'effrayer.

— Sa mère d'accueil est à son chevet depuis, et il n'y a pas de famille d'accueil provisoire disponible en ce moment. Comme je n'ai pas le droit de la voir, Sophie a dû être recueillie dans une structure de groupe, mais elle n'a pas supporté et restait prostrée. En tant que son assistante sociale, Diane avait dû prendre ces dispositions, mais elle détestait la voir ainsi perturbée. Par ailleurs, elle savait que j'étais ici, que j'aimais Sophie, que les papiers de l'adoption étaient remplis, et le jugement imminent.

— C'était une situation totalement insatisfaisante, intervint l'assistante sociale d'un ton sec, tenant son bloc à pince fermement, comme pour garder un aspect professionnel à la conversation. Noah s'est comporté en père chaque fois qu'il en a eu la possibilité pendant cinq ans, et nous savons qu'il veut la garde. Il répond à toutes les exigences en matière d'aptitude, et pourtant, la mère de Sophie conserve ses droits. Ça frustrait tout le monde, alors quand la crise s'est produite...

— Je ne veux même pas imaginer..., commença Noah, mais sa voix se brisa.

— Ça n'a duré qu'une semaine, heureusement, mais oui, c'était devenu intenable, reprit Diane. Sophie dépérissait, dans le centre, elle ne communiquait plus, ne mangeait plus, passait son temps à pleurer, et rien n'y faisait. On est pas mal débordés, dans le service, mais enfin je... On a pris le temps de parcourir son dossier depuis la naissance. J'ai intégré ce service il y a dix-huit mois seulement, donc beaucoup de choses étaient nouvelles pour moi, mais je me suis rendu compte qu'il existait des incohérences entre les déclarations de Rebecca quant à sa capacité à s'occuper de la petite et sa façon de se comporter dans la vie. J'ai effectué... une enquête subtile et discrète qui a mis au jour le problème de communication de Rebecca. Mais la question se posait néanmoins : pourquoi ne pas ramener simplement l'enfant à sa mère ?

— Parce que Rebecca la hait, par exemple ? ironisa Noah à voix basse, tout en ébouriffant les cheveux de la petite pour l'empêcher d'entendre.

— Ce qu'elle n'a jamais admis, rétorqua Diane. Elle justifiait le besoin de mettre sa fille en pension à cause de l'étendue de son handicap, dont je pense avoir prouvé qu'il est bien moindre que ce qu'elle affirme. Notre travail, à partir de là, a été de prendre une décision immédiate visant à sortir Sophie d'une situation de désarroi évident. Une fois les faits établis, nous avons réuni un conseil d'urgence afin de déterminer si Sophie pouvait être rendue à sa mère car il n'a jamais été stipulé que Rebecca avait maltraité sa fille. Nous avons décidé qu'elle serait placée sous surveillance constante et que nous nous réservions la possibilité de la lui retirer à tout instant. Nous avons donc contacté Rebecca en lui annonçant que nous lui amenions la petite sur-le-champ.

— J'imagine comment elle a réagi..., commenta Noah d'une voix triste.

Diane esquissa un sourire pincé.

— Le bien-être de l'enfant passe avant tout, et nous n'avions pas le choix. Nous savions que Rebecca vivait avec un nouveau compagnon sur qui nous avions effectué des recherches avant l'affaire. Rien n'indiquait qu'il ne soit pas recevable mais, en fait, il n'était pas au courant de l'existence de Sophie. La réaction de Rebecca, quand nous l'avons interrogée, a d'abord été la fureur, puis le déni, et enfin la panique. Apparemment, l'existence de cette enfant était incompatible avec cette nouvelle relation.

— Bien entendu..., dit Noah en serrant Sophie plus fort contre lui.

— J'admets que nous étions soucieux, poursuivit l'assistante sociale. Nous étions prêts à abandonner, mais nous avons tenu assez longtemps pour que Rebecca, prise de panique, cherche une autre issue.

Elle esquissa une grimace un peu honteuse, infime faille dans une apparence par ailleurs de marbre.

— Et ça a marché. Comme je... Comme on l'avait espéré. Rebecca cherchait désespérément un moyen de se sortir de l'impasse, et une personne s'est avérée la seule alternative immédiatement jouable : vous, Noah... Bon, ça n'a pas été entièrement professionnel de notre part mais, à la fin du coup de fil, il n'y avait plus aucune objection quant à une adoption. Les papiers ont été signés le lendemain matin, pendant que son compagnon était au golf. La seule stipulation est que vous gardiez le silence au sujet de la parentèle de Sophie, Noah. La petite recevra cette information de notre part quand elle en aura besoin. Bien sûr, il reste des formalités, mais de mon point de vue, il n'y aura plus de problèmes.

— Vous avez ma gratitude éternelle, commenta Noah.

Puis il se tut, le visage enfoui dans les cheveux de Sophie, les bras serrés autour de la fillette.

Diane et Addie la regardaient, qui s'accrochait à lui comme une toute petite sangsue. Diane souriait, contrairement à Addie qui n'y parvenait pas, et une boule énorme dans sa gorge l'empêchait presque de respirer.

Noah la voulait, cette petite fille.

Pourtant, Sophie n'était pas son enfant. Il n'avait nul besoin de s'impliquer dans sa vie, il n'en avait jamais eu besoin.

Il l'aimait, un point, c'était tout.

L'amour...

Ce mot semblait voleter partout autour d'Addie et se frayer un chemin jusqu'à elle.

L'amour.

Pendant que Diane sortait du matériel de la voiture, Sophie releva la tête et regarda autour d'elle avec méfiance, observant ce nouvel univers dans lequel on venait de l'introduire.

À cet instant, Noah croisa le regard d'Addie par-dessus la tête de la fillette et sourit. Et sourit.

C'en était trop. Les larmes qu'elle ne pouvait pas retenir se mirent à couler.

— Je... Excusez-moi, dit-elle. J'ai... J'ai des patients qui m'attendent. Je vais...

Rien d'autre ne lui venant, elle pivota pour rentrer à l'intérieur de l'hôpital.

Mais l'amour restait autour d'elle, accroché comme Sophie à Noah. Le sourire de Noah. Le plaisir de Diane.

Et davantage encore : les événements de la matinée la submergeaient. Telle l'image neigeuse sur l'échographie.

Elle avait besoin d'un câlin avec Daisy. Où était donc cette chienne quand on avait besoin d'elle ?

— Dans quelle salle Daisy traîne sa petite carcasse en ce moment ? demanda-t-elle à Heidi qu'elle croisa dans le couloir.

Cette dernière lui jeta un coup d'œil inquiet.

— Tout va bien ?

— Oui, je... J'ai juste besoin de Daisy.

— Il se peut qu'elle se trouve dans la salle 7, répondit Heidi. Mais...

— Merci, l'interrompit Addie, coupant court à toute nouvelle question.

Elle se dirigea vers la salle 7 et y trouva la petite golden retriever — enfin plus tout à fait petite — qui distrayait une vieille dame que l'on soignait après une chute.

— Bonjour, madame Crammond. Ça vous dérange si je vous emprunte ma chienne ? Disons que c'est pour… un besoin urgent.

— Mais allez-y, je vous en prie, répondit la vieille dame, tout sourires, tandis que Daisy descendait maladroitement du lit pour s'approcher de sa maîtresse. Tout le monde a besoin de câliner un gentil toutou comme elle.

— Tout le monde a besoin d'un câlin. Tout le monde a besoin… d'amour.

12

Il était 20 heures.

Addie avait travaillé tout l'après-midi, recevant patiente après patiente, avant d'organiser une visite à domicile chez une femme chez qui elle suspectait un risque de dépression post-partum. Sans doute n'y avait-il pas d'urgence à y aller ce soir, mais cette visite figurait sur sa liste de choses à faire, et elle avait besoin de s'occuper.

Elle emmena Daisy avec elle. Assise à la table de sa patiente, après avoir admiré le nouveau-né, elle se mit à discuter avec le couple. Elle parla des difficultés à s'adapter à devenir parent, des exigences d'une vie complètement chamboulée. Elle parla du manque de structure, de sommeil et de la peur de l'avenir.

Elle évoqua avec eux des stratégies possibles à mettre en place, comme des tours de sommeil dès la nuit prochaine. Elle aida cette femme posée et calme à envisager l'idée de se décontracter, de déléguer et de demander de l'aide, de ne pas toujours chercher à atteindre la perfection.

Quand elle les quitta, ils étaient animés par un espoir prudent, en tout cas ils semblaient prêts à affronter les défis ensemble.

Ensemble. Quel beau mot aussi.

Il lui fut impossible de se le sortir de la tête.

Elle reprit la voiture jusqu'au cottage, dîna léger avec un thé puis, une fois Daisy lovée dans son panier, elle se mit en route, à pied, vers la résidence des médecins.

Le mot résonnait encore à ses oreilles.

Ensemble.

Noah était assis sur les marches de la véranda.

Elle s'était doutée qu'elle le trouverait là. Non, en fait, elle le savait.

Parce qu'elle connaissait cet homme ?

Non, parce qu'elle l'aimait.

Il ne se leva pas en la voyant approcher. Il avait une bière à la main, qu'il posa, mais se tint immobile.

La nuit était totalement silencieuse. Ou peut-être pas. Elle entendait le ressac léger des vagues sur la plage en contrebas et aussi l'appel des courlis, mais rien d'autre. Le monde semblait en paix.

En attente ?

— Je suis venue te demander..., commença-t-elle, avant de s'interrompre.

Comment le formuler ? Comment effectuer ce pas de géant ?

Il ne l'aidait pas. Comment le pourrait-il ? Comme il lui avait tout donné, c'était elle qui avait toutes les cartes en main.

Jamais il ne la pousserait à faire ou dire quelque chose, cet homme-là. Un homme qui assumait la garde d'une enfant qui n'était pas la sienne. Un homme qui s'était engagé dans un mariage sans amour faute d'autre solution.

Un homme qui lui avait dit le mot en « A » et l'avait regardée prendre la fuite suite à son aveu.

— Je suis venue te demander en mariage, ajouta-t-elle.

Silence.

Un silence si profond qu'il en était terrifiant. Les courlis s'étaient tus, même les vagues semblaient s'être immobilisées.

Se pouvait-il qu'elle se soit trompée à ce point ?

— Pourquoi ? demanda-t-il enfin d'une voix qu'elle ne reconnut pas.

Distante. Faible. Comme si lui aussi était face à une barrière qu'il n'avait jamais envisagé de franchir.

Quoi qu'il en soit, il n'y avait qu'une réponse à sa question, et elle devait la lui donner. À haute voix. Ici et maintenant.

— Parce que je t'aime.

Nouveau silence. Ni l'un ni l'autre ne bougeait, à croire qu'ils en étaient tous les deux incapables. Il était toujours assis sur la marche du haut, et elle à un mètre environ de celle du bas, les yeux levés vers lui.

Retenant son souffle.

Le monde entier retenait son souffle.

— Je n'ai pas besoin de toi, dit-il enfin.

Elle aurait pu prendre sa phrase comme un rejet, mais cela n'en était pas un. Elle le connaissait, cet homme. Elle comprenait ce qu'il lui disait.

— Je n'ai pas besoin de toi non plus, répliqua-t-elle. Je peux me débrouiller toute seule et toi aussi. Tu pourras voir et t'occuper de ton bébé à ta guise, et on peut être ses parents à égalité sans se marier. Et toi, Noah, je sais que tu feras un papa merveilleux pour Sophie sans mon aide. Donc non, je n'ai pas besoin de toi, et tu n'as pas besoin de moi. Mais aujourd'hui... Il m'a fallu un moment pour le comprendre, mais quand j'ai vu ton visage alors que tu tenais Sophie dans tes bras... Quand j'ai vu à quel point tu l'aimes... Noah, j'adorerais partager. J'adorerais aimer, moi aussi. Si tu veux bien me laisser...

Soudain il se leva, sans toutefois s'approcher d'elle. Elle voyait son visage sous la lumière faible de la véranda et elle y perçut l'afflux d'émotions.

— Sophie..., dit-il lentement, comme s'il luttait pour s'extirper d'un rêve. Parfois... Parfois elle n'est pas facile, Addie.

Là encore, il n'y avait qu'une réponse possible, et elle venait du cœur. Elle dit ce qu'elle croyait vraiment.

— Ce sera notre fille, répondit-elle d'une voix qu'elle dut forcer un peu pour être audible. Notre famille... Peut-être que ce ne sera pas facile, Noah, mais je veux tout. Si tu le veux aussi.

— Avec tambours et trompettes...

— Non, ça, pas tout à fait... Mais me marier avec toi ? Oui et oui et oui ! Élever Sophie et le petit qui arrive, ainsi qu'une chienne du nom de Daisy ? Oui, s'il te plaît, ça aussi. En revanche, je ne m'habillerai pas une nouvelle fois en blanc, Noah. Même pas pour toi.

— Même pas un tout petit peu ?

Il avait l'air si désolé qu'elle ne put s'empêcher de pouffer. Mais elle ne dérogerait pas sur ce point.

— Même pas un centimètre carré de tulle. Je me le suis juré, j'ai banni ce truc à vie.

Elle prit une profonde inspiration.

— Noah, pour le mariage... Qu'est-ce que tu en penses ?

Enfin il sourit.

Il garda son sourire en place tandis qu'il faisait le trajet jusqu'à elle. Lentement, comme s'il ne croyait pas à ce qui l'attendait en bas des marches. Et au-delà.

Il l'atteignit au bout de ce qui parut à Addie une éternité, lui prit les mains et plongea ses yeux dans les siens.

— Tu es sûre, mon Addie ?

— Je t'aime, Noah.

— Et je t'aime. Si tu me fais l'honneur de devenir ma femme, je serai l'homme le plus heureux de la terre.

— Mais tu ne m'épouses pas par besoin.

Elle était encore anxieuse, malgré elle.

— En fait, ce n'est pas tout à fait vrai, dit-il d'un ton presque intimidé. Si, j'ai besoin de toi, et ça dure depuis un moment maintenant que je l'ai admis. J'ai besoin de toi, Addie. De toi, pas de ce que tu peux faire pour moi ou pour les miens. J'ai juste besoin… de toi.

— Présenté comme ça, alors je peux dire que j'ai besoin de toi aussi, Noah.

Au moment où elle prononçait les mots, quelque chose se lézarda en elle. Et fondit. Puis disparut comme si cela n'avait jamais existé.

Des années passées à se construire cette armure, à faire tout comme il fallait, des années de vide. Tout disparut. Il n'y avait plus rien.

Pourtant, il n'y avait pas de vide. Noah la regardait dans les yeux avec tant d'amour, tellement de désir, tellement de besoin…

Finalement, c'était peut-être un mot délectable aussi, songea-t-elle pour la première fois. Et puis, quand Noah tomba sur un genou, elle décida que c'était le meilleur mot qu'elle ait jamais entendu.

— Dans ce cas, faisons les choses bien, dit Noah, la voix rauque de passion. Adeline Margaret Blair, me ferais-tu l'immense honneur de devenir ma femme ?

— Comment connais-tu mon second prénom ? demanda-t-elle, étonnée.

Drôle de question, à vrai dire, car quelle importance ? Pourtant, le sourire de Noah s'étira encore. Son si beau sourire.

— J'ai regardé dans les dossiers du personnel… Juste au cas où j'en aurais besoin un jour.

Elle gloussa et tomba à son tour à genoux.

— Moi aussi, dit-elle. Disons que je voulais m'informer sur le personnage. Alors... Noah William McPherson, oui, oui, je le veux, chuchota-t-elle. Et toi, tu le veux ?

— Ne sois pas ridicule, chérie, répondit-il en l'attirant contre lui. Tu me l'as déjà demandé mais, oui, oui, je le veux.

Et, soudain, il n'y eut plus besoin de mots. Pendant très, très longtemps.

Heureuse est la mariée sur qui brillent les rayons du soleil...

Sauf qu'il ne brillait pas, le soleil, pensa Addie avec satisfaction, le regard perdu par la fenêtre de sa chambre, sur la plage en contrebas, sur la mer couverte d'une brume matinale.

C'était un mariage très, très différent du précédent.

Ils avaient opté pour une cérémonie le matin car c'était le moment où Sophie et le nouveau membre de leur famille, Giles Williams, étaient dans les meilleures dispositions en société.

Sophie était le « garçon d'honneur » autoproclamé de Noah. Elle était habillée de tellement de frous-frous roses que le tissu l'engloutissait presque. Depuis des jours, elle répétait, tourbillonnant encore et encore, ravie de la façon dont sa robe se soulevait, gloussant de voir son image virevoltante dans le miroir. Ils avaient eu du mal à lui garder sa tenue propre mais, à compter d'aujourd'hui, elle pourrait la porter quand cela lui chanterait.

À compter d'aujourd'hui...

Heidi s'affairait sur la robe d'Addie, magnifique mélange de saphir et de blanc, style années 1950, agrémentée d'un châle arc-en-ciel. Le bustier était moulant jusqu'à la taille, puis la robe s'évasait telle celle de Sophie. Comme Addie allaitait encore, ses seins étaient deux fois plus gros que la dernière fois où elle avait enfilé une robe de mariée.

De manière générale, elle était une femme différente. Complètement, merveilleusement heureuse.

Car, mariage ou pas, Noah et elle étaient désormais un vrai couple, et Currawong Bay semblait destiné à être leur foyer permanent. Ils vivaient toujours à la résidence des médecins, mais une nouvelle maison magnifique était en construction sur le promontoire. Ils avaient des amis, une vie sociale, un travail qu'ils adoraient.

Et ils s'étaient trouvés, eux.

Noah...

Il l'attendait en ce moment, vêtu d'un costume gris anthracite, debout sur le sable, la main dans celle d'une Sophie radieuse.

L'adoption était désormais définitive, et les papiers leur étaient parvenus trois jours après la naissance de Giles. Ce dernier était pour l'heure dans les bras de Morvena, Daisy assise à ses pieds.

Tout le monde l'attendait.

La météo annonçait de la chaleur mais, pour l'instant, le soleil bataillait encore pour filtrer à travers la brume suspendue au-dessus de l'océan calme et paisible. Des petites vagues s'échouaient sur le sable, et les courlis détalaient à leur arrivée pour revenir chercher des vers quand elles refluaient, peu gênés par les chaises, les rubans, l'autel recouvert de fleurs et la kyrielle d'invités aux noces de Noah et d'Addie.

Elle jeta un dernier coup d'œil au miroir et son reflet lui sourit.

— Prête ? lui demanda Heidi, tout sourires aussi.

— Prête.

Elle quitta sa chambre, la maison, et descendit les quelques marches jusqu'à la plage.

Où l'attendait Noah, l'air ravi. Son beau Noah.

— Acceptez-vous de prendre cet homme...

Évidemment qu'elle l'acceptait. Évidemment.

Puis ce fut l'échange d'alliances, deux anneaux d'or incrustés de minuscules agates. Assorties à la chevalière de Noah et à la pierre qu'Addie portait autour du cou : une agate d'un noir de jais arborant le plus pur des cœurs blancs.

Parfait.

Enfin, les mots furent prononcés.

— Je vous déclare à présent mari et femme.

Alors qu'Addie ne parvenait plus à réprimer son sourire, le soleil perça la brume pour les illuminer de sa lumière d'or.

Heureuse est la mariée sur qui brillent les rayons du soleil.

Pas besoin de soleil quand j'ai Noah, Sophie, Giles et Daisy. Quand j'ai tout ce dont j'ai besoin.

Quand j'ai l'amour.

CHRISTINE RIMMER

Ensemble pour une nouvelle vie

BLANCHE

HARLEQUIN

Titre original :
A DOCTOR'S VOW

Ce roman a déjà été publié en 2018.

1

Un éclair de lumière aveuglante suivi d'un énorme roulement de tambour arracha Ronni à ses rêves. Poussant un gémissement plaintif, elle se retourna dans son lit. *La foudre. Le tonnerre. L'orage arrive...* pensa-t-elle.

Il y eut un autre éclair. Des grondements encore plus menaçants. Ronni ouvrit les yeux... et vit la silhouette qui se tenait debout près de son lit.

Un cambrioleur. Il y avait un cambrioleur dans la chambre.

Un cambrioleur très petit.

À cet instant, la pluie commença à tomber. Un véritable déluge s'abattit sur le toit tandis qu'une bourrasque balayait la maison, se glissant sous la porte jusqu'au petit patio situé derrière la chambre.

La foudre frappa une nouvelle fois, éclairant violemment la pièce... et l'intrus.

Ronni sursauta. Non seulement cet intrus était petit, mais il était aussi très jeune. Il devait avoir huit ou neuf ans, tout au plus. Il était en pyjama et robe de chambre. Que faisait-il là, près de son lit, en plein milieu de la nuit ? Elle jeta un coup d'œil à son réveil. Il était 1 h 30 du matin.

Soudain, elle reconnut l'enfant. C'était le fils aîné de Ryan Malone. Elle l'avait rencontré l'après-midi même, en allant chercher les clés à la grande maison.

— Voici Andrew, avait dit la grand-mère du garçon. Et voici Lisbeth. Et là, Griffin.

À cet instant, Ronni vit l'enfant écarquiller ses yeux bleus. Il s'était aperçu qu'elle était réveillée. Alors que la chambre était de nouveau plongée dans la pénombre, il commença à battre en retraite, se dirigeant vers la porte-fenêtre.

— Attends ! cria Ronni d'une voix rauque.

Le garçon se mit à trembler.

— Je t'en prie, dit-elle avec plus de douceur. Tout va bien. Reste.

Il ne se retourna pas, mais ne chercha pas non plus à s'enfuir, attendant sans doute de voir ce qu'elle allait faire.

Elle alluma sa lampe de chevet et s'assit dans son lit.

— Andrew. C'est bien ton nom, n'est-ce pas ?

— Non, c'est Drew, corrigea le garçon, le dos tourné. Papa et grand-mère m'appellent encore Andrew. J'ai beau leur dire que, maintenant, c'est Drew, ils oublient toujours.

— Drew. Bien. Cela me plaît.

Poussant un gros soupir, l'enfant se retourna enfin. Ils s'observèrent un moment tandis que les éclairs se succédaient dans le ciel, suivis de coups de tonnerre quelques secondes après.

— Que fais-tu ici en pleine nuit, Drew ?

Le garçon se mordilla la lèvre.

— Je ne pouvais pas dormir. Je devais venir m'assurer qu'il n'y avait pas de problème.

Ronni fronça les sourcils.

— T'assurer ?

— Oui. M'assurer que vous étiez quelqu'un de bien. Que vous n'alliez pas… faire du mal. Ici, dans la maisonnette. Ou chez moi.

— Qu'est-ce qui a pu te faire croire que je n'étais peut-être pas quelqu'un de bien ?

— Je ne sais pas. Je suis l'aîné, c'est tout. Je dois faire attention. Mais je crois que ce n'était pas une bonne idée.

Il était trop loin d'elle, perdu dans l'ombre.

— Drew, je peux à peine te voir. Approche, veux-tu ?

Il fit trois pas dans sa direction.

— Qu'est-ce qu'il y a ? demanda-t-il, l'air circonspect.

Elle se redressa dans le lit.

— Je suis médecin. Tu le savais ?

— Oui, je vous ai vue dans le cabinet du Dr Heber. C'est mon médecin.

Ronni se leva et enfila sa robe de chambre.

— Sais-tu que lorsqu'on est médecin, on fait un vœu solennel ? Sais-tu ce que cela veut dire ?

— *Solennel*, c'est quelque chose de ... très sérieux. Et un *vœu*, c'est comme une promesse qu'on devra toujours, toujours respecter.

— Exactement. Un médecin s'engage avant toute chose à ne jamais nuire à personne. Cela signifie que si c'est bien d'aider quelqu'un à guérir, il est encore plus important de ne pas lui faire de mal. De ne pas le *blesser*.

Elle s'interrompit. L'enfant avait-il compris ? L'avait-elle convaincu ?

Elle s'assit au bord du lit et lui fit signe de venir à côté d'elle. Il hésita un instant, puis il la rejoignit, mais en maintenant une certaine distance entre eux.

— Tu vois ce que je veux dire, Drew ?

— Oui, mais vous n'avez pas besoin de m'aider à guérir, puisque je ne suis pas malade.

— Je le vois bien. Ce que je dis, c'est que, en tant que médecin, j'ai fait le serment de ne pas blesser les gens, de quelque façon que ce soit.

— Le *serment* ?

— Un serment, c'est la même chose qu'un vœu.

Il l'observait attentivement, comme pour juger de son degré de sincérité.

— Bon, d'accord, dit-il enfin. Si vous avez fait un tel serment, j'imagine que vous devez le respecter.

— Absolument. C'est une promesse à laquelle je ne faillirai jamais.

Il continuait de la regarder fixement. Il paraissait si... sérieux. Beaucoup trop sérieux pour un enfant de son âge.

La pluie tombait de plus en plus fort. Deux éclairs zébrèrent le ciel tandis que le tonnerre grondait au loin. À coup sûr, qui voudrait traverser la cour pour se rendre à la grande maison serait rapidement trempé jusqu'aux os.

— Dis-moi, Drew, comment es-tu entré ici ?

Il se tortilla un peu, visiblement mal à l'aise.

— Maman glissait toujours une clé sous le pot de fleurs, là, près de la porte. C'est là que je l'ai trouvée. Mais vous allez dire que je n'aurais pas dû m'en servir, hein ?

— C'est vrai. Tu n'aurais pas dû.

Il renifla et redressa bravement les épaules.

— Eh bien, je suis désolé. Je ne le referai plus. Et maintenant je vais rentrer chez moi, conclut-il en se levant.

Quel brave petit bonhomme !

— Très bien, dit-elle en se levant. Allons-y.

Elle songea alors au père du garçon, Ryan Malone, à qui elle louait provisoirement sa maison. Administrateur en chef de Honeygrove Memorial Hospital, Ryan Malone était un homme imposant qui s'habillait chez les grands couturiers et qui savait se montrer à la fois cordial et distant.

Ronni ne lui avait vraiment parlé qu'une seule fois, à l'occasion d'un dîner de bienfaisance, deux semaines auparavant. Marty Heber, le médecin de Drew, était un pédiatre qui travaillait dans le même cabinet médical qu'elle. Il avait procédé aux présentations. À un moment donné, il avait été question de son nouvel appartement qu'elle ne pourrait occuper avant quelque temps.

— Je possède une maison pour accueillir mes invités, avait dit Ryan Malone. Si vous voulez vous y installer, vous serez la bienvenue. Appelez ma secrétaire au Memorial, elle vous donnera tous les détails, avait-il conclu en lui tendant sa carte.

Depuis, elle n'avait plus eu de contact avec lui. Elle avait téléphoné à la secrétaire qui lui avait décrit la maisonnette en précisant qu'aucun loyer ne lui serait réclamé. La belle-mère de Ryan Malone lui avait fait visiter les lieux la semaine précédente et, hier, elle lui avait donné la clé.

Et, à présent, Ronni allait devoir réveiller au beau milieu de la nuit un homme qu'elle connaissait à peine pour lui ramener son fils. L'idée ne l'emballait pas. Mais que pouvait-elle faire d'autre ?

— Papa ne va pas être content, dit Drew. Il vaut mieux que je rentre tout seul à la maison.

— Voyons, tu sais bien que je ne peux pas te laisser faire cela !

— Mais si. Personne n'a besoin de savoir que je suis venu ici. Et j'ai promis de ne jamais recommencer.

Elle le regarda longuement, sans rien dire.

— Oh ! bon, très bien, murmura le garçon.

Elle lui sourit.

— Je vais voir si je trouve des manteaux et un parapluie.

Elle revint bientôt avec un imperméable, une paire de bottes et un anorak à elle qu'elle lui tendit.

— Tiens, enfile cela. Je n'ai pas trouvé mon parapluie. Et je ne sais pas comment te chausser, ajouta-t-elle en contemplant les pantoufles de l'enfant.

— Oh ! ça ira. Allez, on y va !

Dehors, le vent s'était calmé, mais la pluie était toujours aussi violente. À l'arrière de la grande maison, l'éclairage de la véranda illuminait le patio, rendant inutile la lampe de poche dont Ronni s'était munie.

Elle releva le col de son imperméable et courba les épaules.

— Courons ! ordonna-t-elle.

Ils traversèrent en trombe le patio, poussèrent la petite grille et remontèrent la longue allée qui séparait la maisonnette de la jolie demeure en brique où vivaient Ryan Malone et sa famille. Ils franchirent une autre grille et galopèrent sur une pelouse trempée par la pluie pour arriver enfin à la porte de derrière.

Drew sortit une clé de sa poche et la tourna dans la serrure.

Ils entrèrent dans une buanderie qui semblait servir aussi d'office. Dans un coin, Ronni remarqua une petite lumière qui brillait sur un panneau comportant plusieurs boutons : le système d'alarme.

— C'est bon, murmura Drew qui avait suivi la direction de son regard. Je l'ai mis hors de service en sortant.

— Tu sais le manipuler tout seul ?

— J'ai neuf ans, Ronni !

Pour lui, cela semblait être une explication suffisante. Cet enfant qui avait perdu sa mère deux ans auparavant était très intelligent, beaucoup plus mûr que son âge.

— Bon, on fait quoi, maintenant ? chuchota Drew.

Bonne question. Sans doute auraient-ils mieux fait de se présenter à la porte de devant. Ils auraient sonné, laissant à M. Malone le temps de passer une robe de chambre. Cela aurait été moins gênant que de le tirer brusquement du lit.

— Alors ? insista Drew.

— Conduis-moi à la porte principale.

— Pourquoi ? Si on allume, on va effrayer tout le monde.

— C'est probable.

— Bon, puisque je dois vous montrer le chemin, donnez-moi votre lampe de poche.

Elle le suivit, passant par une grande cuisine, puis une salle à manger au parquet rutilant, équipée d'une longue table en merisier. Après avoir traversé un luxueux salon doté de tapis d'Orient et d'épais rideaux, ils arrivèrent dans un imposant hall d'entrée d'où partait l'escalier menant à l'étage. L'éclairage extérieur jetait une lumière douce à travers les fenêtres situées de chaque côté de la porte d'entrée.

— Nous y voilà, dit Drew en braquant la lampe de poche sur le visage de Ronni. Que fait-on, maintenant ?

— Donne-moi cela.

Elle s'empara de la torche électrique qu'elle éteignit aussitôt, puis elle se dirigea vers la porte, l'ouvrit et appuya sur la sonnette, ce qui déclencha un carillon mélodieux, mais terriblement bruyant. Ronni et Drew firent la grimace.

— Il ne va pas aimer cela, murmura le petit garçon. Il travaille très dur et a besoin de dormir.

— Tu aurais dû y penser avant.

Drew resta silencieux un moment.

— Vous n'étiez pas censée vous réveiller, dit-il à mi-voix.

— Ce n'est pas une raison pour entrer en douce chez quelqu'un au milieu de la nuit.

— J'ai dit que j'étais désolé. Et je tiendrai ma promesse, Ronni. Jamais plus je ne recommencerai.

— Ravie de l'entendre. Et ton père le sera aussi, j'en suis sûre.

À cet instant, une lumière apparut en haut de l'escalier.

Ronni leva les yeux, et vit alors Ryan, immobile sur le palier, en robe de chambre, une lampe électrique à la main, les cheveux noirs ébouriffés. Il semblait mal réveillé, mais, même arraché de son lit en pleine nuit, il gardait toute son aura d'autorité. Il restait l'homme responsable, celui avec qui il fallait compter. Le fait d'être en pyjama ne changeait rien à l'affaire.

Il commença à descendre les marches.

2

Arrivé au pied de l'escalier, Ryan Malone marqua une pause.

Il n'avait encore aucune idée de ce qui se passait, mais cela avait quelque chose à voir avec Andrew qui, apparemment, était sorti sous la pluie à minuit passé.

La petite pédiatre rousse qui s'était installée dans la maisonnette pour environ un mois lui adressa un sourire.

— Drew a décidé de venir me voir, dit-elle.

Elle avait une lampe de poche à la main. Son imperméable était ruisselant et elle avait enfoncé le bas de son pantalon de pyjama dans des bottes en caoutchouc. Elle portait une tresse dans le dos, mais quelques mèches s'étaient échappées, formant une auréole de bouclettes humides autour de son visage de lutin.

Elle était ravissante. Comment croire qu'une femme pareille avait terminé ses études de médecine, fait son internat, puis sa spécialité, et qu'elle exerçait aujourd'hui comme pédiatre ?

Et puis, il y avait ses yeux. De grands yeux d'un vert délicat, pleins de sagesse et d'humour.

Ryan regarda son fils Andrew. Il portait un anorak trop grand pour lui, certainement prêté par la jeune femme. Andrew gardait la tête baissée, le nez pointé sur ses pantoufles dégoulinantes de pluie, se mordillant nerveusement la lèvre.

— Ryan ! Que se passe-t-il ?

Lily, sa belle-mère, venait d'apparaître sur le palier. Il se sentit soulagé. Lily allait s'occuper de tout.

— Oh ! mon Dieu ! s'écria-t-elle en dévalant les marches. Andrew, tu es trempé ! Regarde-moi ça ! Mais qu'as-tu fait ?

— De toute évidence, il a rendu visite au Dr Powers.

— À cette heure-ci ? Par un temps pareil ? Cela ne ressemble pas du tout à Andrew.

Elle regarda ce dernier d'un air sévère.

— Je ne peux pas croire que tu aies fait une chose pareille !

Les yeux fixés sur ses pantoufles, Andrew ne répondit pas. Ryan comprit qu'on ne tirerait rien de son fils ce soir.

— Il est vraiment tard, Lily. Si on le mettait au lit ? Laissons-le dormir. Nous reparlerons de tout cela demain.

— Oui, bien sûr. Viens avec moi, mon garçon, ajouta-t-elle en tendant la main vers lui d'un air impatient.

Andrew releva la manche, trop longue pour lui, de l'anorak et donna docilement la main à sa grand-mère.

— Je suis vraiment désolée de ce qui s'est passé, dit Lily en adressant un sourire gêné à Ronni.

— Ce n'est pas grave, répondit celle-ci en souriant.

Poussant un gros soupir, Lily entraîna Andrew à l'étage.

Lorsqu'ils eurent disparu, Ryan se tourna vers la jeune pédiatre. Sans doute aurait-il dû la remercier et lui souhaiter bonne nuit, mais il avait envie de savoir si elle pouvait l'éclairer sur le comportement de son fils.

— Je sais qu'il est tard, dit-il, mais accepteriez-vous de m'accorder quelques instants avant de rentrer chez vous ?

— Bien sûr.

— Venez, allons dans mon bureau. Nous y serions mieux.

Il lui indiqua une porte qui se trouvait tout près du pied de l'escalier.

— Par ici, je vous prie.

Il la précéda, puis, après avoir allumé le plafonnier, il s'effaça pour la laisser entrer dans la pièce. Elle s'assit dans l'un des deux fauteuils en cuir placés face au bureau tandis que Ryan contournait celui-ci et se laissait tomber sur une confortable chaise pivotante.

Ronni jeta un coup d'œil autour d'elle, notant tour à tour les livres reliés qui s'alignaient sur les étagères, les photos de famille encadrées disposées sur une crédence, le large bureau pratiquement vide, mis à part un sous-main en cuir et un porte-stylos en marbre.

Devinant ce qu'elle pensait, Ryan voulut s'expliquer.

— Je n'utilise guère cette pièce. J'ai mon bureau à l'hôpital.

— C'est une jolie pièce pour travailler. Attirante, masculine… et chaleureuse. Enfin, elle le serait davantage avec un peu plus de fouillis.

— Difficile de créer du fouillis dans une pièce que l'on occupe rarement.

— Oui, vous avez sans doute raison.

Elle se tut, attendant visiblement qu'il prenne l'initiative de la conversation. Mais lui qui, d'habitude, était si sûr de lui, ne savait trop par où commencer. Il s'éclaircit la gorge.

— J'espérais que vous pourriez m'apprendre des choses que je ne sais pas… à propos de ce que mon fils vient de faire.

— Franchement, il n'y a pas grand-chose à dire. Il est venu pour voir qui j'étais, et cela en pleine nuit. C'était un geste déplacé, et à un moment plutôt mal choisi, voilà tout.

— Attendez. Vous voulez dire qu'il s'est introduit chez vous par effraction ?

— Mais non. Enfin, pas de son point de vue. Pour lui, la maisonnette fait partie de la propriété familiale. Il s'y croit chez lui. Il savait même où sa mère cachait la clé : dehors, sous un pot de fleurs.

Ryan ne put retenir un soupir de soulagement.

— Très bien, il n'y a pas eu effraction. Il avait la clé. Mais la vraie question est celle-ci : pourquoi a-t-il agi ainsi ?

— Il m'a dit qu'il voulait s'assurer que je ne présentais aucun danger. Que je ne serais une menace pour personne, ni pour lui ni pour sa famille.

— Où est-il allé chercher l'idée que vous pourriez être une menace ?

— Votre fils est très mûr pour son âge. Il se sent responsable du bien-être de sa famille. Il a réalisé à présent que la maisonnette n'était pas *sa* maison, tout au moins tant que je l'occuperai. Il a compris aussi que s'introduire dans ma chambre en pleine nuit était inacceptable et il m'a promis de ne pas recommencer.

— Il vous l'a promis ? demanda Ryan, sceptique.

— Oui.

— On dirait que vous le croyez.

— Je le crois, en effet. Puisque nous abordons le sujet, il y a autre chose. Il aimerait beaucoup que vous l'appeliez Drew.

— Il vous a dit cela ?

— Pas dans ces termes. Il m'a demandé de l'appeler Drew et il a ajouté qu'il ne cessait de vous dire, à vous et à votre belle-mère, que maintenant il fallait l'appeler ainsi.

— Et nous ne le faisons pas, n'est-ce pas ?

Ryan sentit une pointe d'agacement monter en lui. Il n'appréciait guère que l'on se mêle ainsi de ses affaires de famille.

— Souvent, dit-elle, à cet âge les enfants ressentent le besoin de changer de prénom. Peut-être poussés par l'envie de contrôler davantage leur vie, à mesure qu'ils grandissent. Ou peut-être simplement pour définir ce qu'ils sont. Moi-même, j'ai modifié mon nom quand j'avais l'âge de Drew. Je disais à tout le monde : « Ce n'est pas Veronica, mais Ronni. Avec un *i*. » Et cela m'est resté.

— Cela faisait une telle différence pour vous d'être appelée Ronni plutôt que par votre vrai prénom ?

— Ronni *est* mon vrai prénom.

— Qu'est-ce qui ne vous plaît pas dans Veronica ?

— Rien. C'est juste que je veux m'appeler Ronni.

— Mais pourquoi ? insista-t-il.

— Je viens de vous le dire, répondit-elle d'un ton agacé. J'avais besoin de... me redéfinir. Avec mes propres mots. Je n'en étais pas consciente, à l'époque, mais, rétrospectivement, je sais que c'était ce que je faisais.

— Et c'est ce que fait Drew ?

— Oui, je pense.

Ryan garda le silence quelques instants.

— Vous avez appris beaucoup de choses sur mon fils, ce soir. Sur ce qu'il ressent et sur les raisons qui l'ont poussé à agir comme il l'a fait. Et vous semblez certaine qu'il ne recommencera pas.

— Est-ce une accusation ? demanda-t-elle en riant.

— Non ! Simplement une observation. Et un compliment.

— Un compliment ? Bon, alors, merci.

— Je vous en prie. Vous m'avez l'air très douée avec les enfants ; c'est sans doute votre métier qui veut cela.

— Parce que je suis pédiatre, c'est cela ?

— Oui.

— Vous avez raison, je connais bien les enfants. Alors, écoutez-moi. Je crois vraiment que Drew se sent responsable, tout simplement. Il veut veiller sur les gens qu'il aime. Et je trouve que ce n'est pas une mauvaise chose.

— Il a neuf ans. Il n'a pas à se sentir responsable de quoi que ce soit.

— L'âge ne change rien à l'affaire. Drew ressent les choses ainsi, voilà tout. Et je ne crois pas qu'il faille s'inquiéter de ce qui s'est passé cette nuit. À partir du moment où cela ne se reproduira plus, je vous conseillerais de...

Elle marqua une pause.

— Mais voulez-vous de mes conseils ?

Ryan sourit.

— C'est pour les avoir que je vous ai demandé de rester.

— Très bien. Je vous conseillerais donc de discuter de tout cela avec votre fils et, ensuite, de ne plus en parler.

— Parfait, dit-il en souriant. Je le ferai.

Elle lui sourit à son tour. Il regarda sa jolie bouche pulpeuse, et sa fossette au menton. Elle avait un vrai teint de rousse : une peau claire parsemée de taches de rousseur. Elle paraissait si jeune, surtout ce soir, avec son visage encore humide, vierge de tout maquillage.

Il continuait de la regarder fixement, sans pouvoir s'en empêcher.

Comme il n'avait pu s'empêcher de se dire qu'elle était vraiment ravissante. Peut-être n'était-ce pas seulement pour se montrer serviable qu'il lui avait proposé de s'installer pour un mois dans la maisonnette.

Il s'était dit que sa présence ne serait une gêne ni pour lui ni pour sa famille. La petite maison disposait d'un accès et d'un jardin indépendants. Les contacts qu'il aurait avec la jeune pédiatre se limiteraient à quelques « bonjour ! » polis lorsqu'ils se croiseraient. Du moins était-ce ce qu'il croyait.

Et voilà que, dès la première nuit que Ronni passait dans cette maison, ils se retrouvaient assis dans son bureau, tous deux en pyjama, discutant du comportement de son fils.

Voyant que le Dr Powers faisait mine de reprendre sa lampe de poche posée près d'elle, il chercha à faire diversion. Il ne voulait pas qu'elle s'en aille. Pas encore.

— Tout va bien, dans la maisonnette ? Avez-vous tout ce qu'il vous faut ?

Elle laissa la lampe électrique où elle était.

— Oh ! oui ! Merci de m'avoir proposé de m'y installer.

— Avec plaisir.

— Bien. Alors, je...

— Dites-m'en davantage, dit-il, pris d'une envie subite.

— Je vous demande pardon ?

— À propos de Ronni. Dites-moi en quoi elle est différente de Veronica.

Elle eut un petit rire nerveux.

— Oh ! voyons ! Il est très tard et je...

— Cela m'intéresse vraiment. Et puis, il pleut toujours. Vous ne pouvez pas partir maintenant, attendez que cela se calme. Et je veux savoir pourquoi vous avez changé votre prénom. Connaître la différence entre Ronni et Veronica.

Elle hésita un moment avant de répondre.

— Veronica est... un peu timide. Elle manque de confiance en elle. Elle se fait trop de soucis pour tout.

— Vous étiez ainsi quand vous étiez petite ?

— Oui, mais j'ai changé.

— En changeant votre nom ?

— Non. Le nouveau prénom n'était que le signe extérieur de ce changement. Et vous ? N'avez-vous jamais été tenté de faire ce genre de chose ?

— Maintenant que vous m'y faites penser, je crois bien que j'avais très envie de m'appeler Bud. Ne riez pas ! Quand on est à l'école primaire, Bud apparaît comme un prénom très viril.

— Ryan ne vous semblait pas assez viril ?

— J'ai appris à vivre avec.

— Franchement, je préfère de beaucoup Ryan à Bud.

— Dans ce cas, je vais garder ce prénom, puisque vous l'aimez, dit-il en souriant.

Elle battit des paupières et prit un air circonspect. De nouveau, elle tendit la main vers sa lampe de poche.

— N'y pensez même pas ! ordonna Ryan. Restez ici. Il tombe des trombes d'eau.

— Mais je...

— Chut ! Restez ici. Vous l'avez dit vous-même, cette pièce est confortable. Nous pouvons même nous offrir un moment de lecture, ajouta-t-il en désignant les livres reliés alignés le long des murs.

— Génial... Deux étrangers en pyjama en train de lire dans votre bureau au beau milieu de la nuit.

— Nous ne sommes pas des étrangers, mais des voisins. Et je viens juste de vous révéler mon secret le plus intime.

— Vraiment ?

— Mais oui. Je vous ai avoué que j'aurais voulu m'appeler Bud. Maintenant, à vous de me confier l'un de vos secrets.

— C'est déjà fait. Je vous ai dit pourquoi j'avais troqué Veronica contre Ronni. Vous vous souvenez ?

— Oui, mais je voudrais savoir autre chose.

Il fallait qu'il satisfasse sa curiosité jusqu'au bout.

— Quoi, par exemple ?

— Eh bien, pourquoi avez-vous choisi la pédiatrie ?

— Pour la raison habituelle. J'aime les enfants.

— Plus que les adultes ?

— Je n'oppose pas les uns aux autres. C'est juste une préférence. Les enfants sont si... naturellement optimistes. J'aime leur façon de s'émerveiller de tout et leur simplicité. Et ils sont incroyablement résistants. Maintenant, à votre tour : pourquoi avez-vous choisi d'administrer un hôpital ?

— J'aime contrôler les choses.

Elle fit la grimace.

— C'est tout ?

— J'aime travailler avec les gens. Lancer des projets, les voir se réaliser, depuis leur conception jusqu'à l'achèvement.

Ils continuèrent de parler de leur travail, des difficultés qu'ils rencontraient et des satisfactions que leur procurait leur métier. À un moment, Ronni se leva et se dirigea vers la crédence pour regarder les photos de famille.

— C'est votre femme ? demanda-t-elle en montrant un portrait encadré.

Ryan hocha la tête.

— Cela fait un peu plus de deux ans qu'elle est morte. Une leucémie myélogène aiguë.

Il s'agissait d'un cancer des globules blancs formés dans la moelle osseuse. Ils se multipliaient jusqu'à empêcher la production des cellules sanguines normales. Ils migraient dans le sang et envahissaient les organes et les tissus, en particulier la rate et le foie.

— Nous pensions qu'elle souffrait d'une mauvaise grippe. Quatre mois plus tard, elle était morte. Cela fut... très dur pour nous tous. Surtout pour Andrew... je veux dire pour Drew. Il avait sept ans. Il était assez grand pour comprendre qu'il ne reverrait jamais sa mère.

L'air ému, Ronni remit la photo en place et revint vers son fauteuil, mais sans s'asseoir.

— Je dois...

— Écoutez, coupa Ryan. Il pleut toujours.

— Cela peut ne jamais s'arrêter.

Pourtant, elle regagna son fauteuil.

— Bon, que fait-on, alors ? Dois-je me choisir un livre sur les rayonnages ?

— Non, répondit Ryan. Vous allez me dire quels sont les films que vous aimez.

Elle aimait les comédies. Il préférait les films d'action et d'aventures.

Ils parlèrent ensuite de leurs plats favoris, des endroits où ils avaient voyagé, des écoles qu'ils avaient fréquentées.

— Oh ! mon Dieu ! s'écria soudain Ronni après avoir jeté un coup d'œil à la pendule posée près de la fenêtre. Il est 4 heures du matin !

— Vous entendez la pluie ? Attendez que cela se calme.

— Je suis ici depuis déjà deux heures...

— Il vous faudra peut-être attendre encore deux heures de plus.

— Très bien. Je peux aussi rester pour le petit déjeuner..., dit-elle sur le ton de la plaisanterie.

— Et pourquoi pas ?

Elle eut l'air surpris qu'il la prenne au mot.

— Parce que...

— Parce que quoi ? Allons, insista-t-il d'un ton cajoleur. Restez encore un peu.

Il la regardait avec un sourire qui donnait à Ronni l'impression d'être quelqu'un de précieux.

Elle avait entendu dire que Ryan Malone était capable de soutirer de l'argent aux cœurs les plus endurcis. En tant qu'administrateur du Honneygrove Memorial, il avait été le fer de lance d'une campagne destinée à obtenir les millions de dollars dont l'hôpital avait besoin pour s'agrandir. Une aile supplémentaire était dorénavant en cours de construction, et son inauguration était prévue en septembre, c'est-à-dire dans huit mois.

Tout le monde s'émerveillait de l'efficacité de Ryan, se demandant comment il avait fait. Mais Ronni comprenait à présent : il suffisait de le regarder. Cet homme avait une présence incroyable, une autorité naturelle et un sourire irrésistible. La combinaison de tous ces éléments lui permettait d'arriver à ses fins, qu'il s'agisse de convaincre de généreux donateurs dont il convoitait l'argent, ou bien de persuader une femme de rester à parler toute la nuit avec lui.

Dis-lui que tu dois partir. Dis-le maintenant.

— Bon, peut-être pourrais-je...

— Oh ! Ryan ! Je ne pensais pas que le Dr Powers était encore ici.

La belle-mère de Ryan se tenait dans l'embrasure de la porte donnant sur le hall d'entrée. Enveloppée jusqu'au cou dans sa robe de chambre, elle avait le regard flou de quelqu'un qui venait de se réveiller d'un profond sommeil.

— J'ai entendu des voix et je suis descendue pour vérifier. Je... j'espère ne pas vous avoir dérangés.

Ronni en profita pour attraper sa lampe de poche et faire un pas vers la porte.

— Je m'apprêtais à partir.

— Oui, je comprends, dit la vieille dame. Il est *si* tard.

Ryan se leva à son tour.

— Attendez, je vais vous raccompagner.

— Mais il tombe des trombes d'eau ! observa sa belle-mère d'une voix flûtée.

— Elle a raison, renchérit Ronni. Il n'y a aucune raison pour que nous soyons trempés tous les deux.

— Je vous raccompagne, répéta-t-il d'un ton sans réplique. Je vais chercher un parapluie.

Il contourna son bureau et passa entre les deux femmes.

— Lily, retournez vous coucher, ordonna-t-il au moment de quitter la pièce.

Cinq minutes plus tard, Ryan et Ronni étaient arrivés devant la porte-fenêtre donnant sur la chambre de la maisonnette.

— À présent, dit Ronni, vos pantoufles sont fichues, comme celles de votre fils.

— Elles sécheront.

La pluie rebondissait sur le bord du toit et s'abattait sur le parapluie en éclaboussant tout sur son passage.

— L'Oregon n'est-il pas un endroit merveilleux ? ironisa Ronni. S'il ne pleut pas, c'est qu'il va bientôt pleuvoir. Mais pourquoi me plaindrais-je ? J'ai fait mon internat à Seattle. C'était encore pire, là-bas.

— Et ici nous avons du soleil, l'été. Et puis, il y a la pêche au saumon. Et la magnifique côte sauvage du Pacifique n'est qu'à deux heures de route.

— Et aussi toutes ces tulipes, au printemps. Il y en a des milliers dans la vallée.

Elle eut un petit rire gêné. Ryan lut dans ses doux yeux verts qu'elle ne savait plus quoi dire.

— Merci pour..., commença-t-elle.

— Pour vous avoir gardée toute la nuit ?

— Oui, mais pas seulement. Pour m'avoir raccompagnée jusqu'ici. Pour vous être montré si... galant.

— Galant... C'est tout à fait moi.

— Eh bien, monsieur Malone, je...

— Ne pensez-vous pas que vous pourriez m'appeler Ryan maintenant ?

Elle ne marqua qu'une brève hésitation.

— Très bien, Ryan. Et appelez-moi Ronni.

— Marché conclu.

Elle avait des cheveux si brillants qu'il mourait d'envie de les toucher, de les caresser, de sentir leur humidité sous ses doigts. Il aurait voulu plonger son visage dans cette chevelure qui sentait si bon. Et, surtout, il rêvait de poser ses lèvres sur les siennes.

— Bon... Alors, bonsoir, Ryan.

Il dut reculer pour lui permettre d'ouvrir la porte-fenêtre.

— Bonne nuit, Ronni, murmura-t-il tandis qu'elle refermait la porte vitrée.

Il lui fallut un moment pour réaliser qu'il devait s'en aller. Il restait planté là, sous son parapluie, les pieds mouillés, le bas de son pyjama trempé, regardant Ronni qui lui faisait un dernier petit signe de la main avant de fermer les rideaux.

Enfin, quand il réalisa combien il était absurde pour lui de rester là une minute de plus, occupé à contempler une porte fermée et des rideaux tirés, il tourna les talons et, d'un pas vif, rebroussa chemin.

3

Une fois rentré chez lui, Ryan enfila un pyjama sec et essaya de dormir, sans succès. Peu avant 5 heures, il rejeta ses couvertures et décida d'aller jeter un coup d'œil aux enfants.

Les deux plus jeunes étaient profondément endormis. Lisbeth était sous les draps, ne laissant voir que le bout de son nez. Griffin, lui, s'était débarrassé de ses couvertures et dormait roulé en boule.

En le regardant, Ryan pensa à Tanner, son frère cadet, qui, enfant, dormait parfois dans cette position durant les nuits d'hiver. Tanner n'avait pas cinq ans lorsqu'on les avait séparés. Mais, durant les dix-huit mois qui avaient suivi le décès de leurs parents, ils avaient dormi côte à côte dans des lits étroits, à l'orphelinat. Et quand Tanner se découvrait, la nuit, Ryan se levait et lui remettait ses couvertures.

Doucement, il fit de même pour Griffin qui poussa un petit soupir de satisfaction, sans se réveiller.

Ryan passa ensuite dans la chambre d'Andrew — pardon, de Drew. Il avançait à pas prudents dans la pièce lorsqu'il vit son fils s'asseoir dans son lit.

— Papa ?

Ryan soupira.

— Tu devrais dormir.

— Papa, je regrette ce que j'ai fait.

Ryan s'assit sur le lit et regarda son fils dans la pénombre, se reprochant une fois de plus de ne pas passer davantage de temps avec lui.

— Tout va bien, à condition que tu ne recommences pas.

— Je ne le ferai plus.

— Alors, c'est bien, dit-il en lui ébouriffant les cheveux d'un geste tendre.

— Tu sais, papa, Ronni n'était pas fâchée. Elle est gentille.

— Tu l'aimes bien, pas vrai ?

— Oui.

— Moi aussi, je l'aime bien.

Beaucoup, même.

— Papa...

— Quoi ?

— Tu peux retourner te coucher, maintenant. Tout le monde est en sécurité.

Ryan sentit qu'il devait dire quelque chose. Peut-être parler de Patricia.

— Drew, je...

Que dire ? *Je regrette que ta maman soit morte. Je regrette de n'être pas un meilleur père. Je regrette de ne pas trouver les mots qu'il faut...*

Il se leva.

— Allonge-toi, maintenant, et rendors-toi.

Drew obéit et remonta ses couvertures jusqu'au menton.

— Papa...

— Oui ?

— Tu as parlé de moi avec Ronni, n'est-ce pas ? Elle t'a dit de m'appeler Drew.

Comme Ryan marquait une hésitation, son fils ne lui laissa pas le temps de répondre.

— Cela me va, papa. Si tu lui as parlé.

— Oui, je lui ai parlé. À présent, dors. Demain, nous allons à Pizza Pete's.

— Avec oncle Tanner ?

— Oui. Bonne nuit, fiston.

Le lendemain, à midi, la belle-mère de Ryan frappa à la porte-fenêtre de la maisonnette.

Ronni, occupée à vider un carton de vêtements d'hiver qu'elle avait posé sur le lit, leva les yeux. Les doubles-rideaux étaient ouverts, laissant entrer dans la chambre la lumière blafarde d'un ciel gris et nuageux. La visiteuse tenait dans les mains deux assiettes couvertes d'un papier aluminium. Elle portait aussi sur son épaule l'anorak que Ronni avait prêté la veille à Drew.

Elle alla lui ouvrir.

— Comme je ne vous ai pas vue partir, ce matin, j'ai pensé que vous profitiez peut-être de votre dimanche pour déballer vos affaires.

Ronni la fit entrer dans la chambre et referma la porte-fenêtre derrière elle.

— On dirait que vous avez bien avancé dans vos rangements, observa Lily.

— En fait, je n'ai pas grand-chose à ranger. J'ai laissé presque toutes mes affaires au garde-meuble.

— Ah ! Jusqu'à ce que votre appartement soit prêt...

— C'est cela.

— Je parie que vous êtes impatiente d'être chez vous.

— Oui, en effet.

Elles échangeaient des sourires. Des sourires plutôt forcés, ne put s'empêcher de remarquer Ronni.

— Laissez-moi vous débarrasser.

Elle prit l'anorak qu'elle posa sur une chaise, puis se tourna vers sa visiteuse.

— Madame...

— ... Underhill. Mais, je vous en prie, appelez-moi Lily.

— Moi, c'est Ronni.

— Ronni. Très bien. J'étais en train de préparer mon déjeuner quand j'ai pensé que vous aviez peut-être envie de faire une petite pause, vous aussi.

— C'est très gentil à vous.

— Oh ! ce n'est rien.

Elles se sourirent encore. Ronni eut alors l'impression de passer un entretien d'embauche où Lily jouerait le rôle de l'employeur. Un employeur qui se montrait aimable, tout en n'ayant aucune intention d'embaucher qui que ce soit.

— Allons dans la cuisine, proposa-t-elle.

— Bonne idée.

Lily posa sur la jolie table ronde en pin les deux assiettes qu'elle avait apportées. Elles contenaient des sandwichs et une salade de pâtes.

— Cela a l'air délicieux, dit Ronni.

— Du rosbif avec un soupçon de sauce au raifort. J'espère que vous n'êtes pas végétarienne ?

— Non. Du rosbif, c'est parfait. J'avoue ne pas avoir encore trouvé le temps de faire des courses.

— Oh ! je sais que vous devez être très occupée. L'emploi du temps d'un médecin est effrayant, n'est-ce pas ?

Ronni haussa les épaules.

— Ce pourrait être pire. J'ai mes dimanches, maintenant que j'exerce dans un cabinet privé. Et, aujourd'hui, je ne suis même pas d'astreinte. Voulez-vous un café ? J'en ai.

— Juste un verre d'eau, s'il vous plaît. Et peut-être des fourchettes pour la salade ?

— Pas de problème. La cuisine était entièrement équipée lorsque j'ai emménagé ici.

— Cette maisonnette..., soupira Lily. Toujours prête pour accueillir des invités.

Elles s'assirent autour de la table et commencèrent à manger. Ronni trouva le sandwich excellent et en fit le compliment à Lily.

— Oh ! ce n'est qu'un simple sandwich, mais j'avoue que j'adore faire la cuisine. Patricia... c'était ma fille, la femme de Ryan... Patricia adorait cuisiner, elle aussi. Elle était beaucoup plus disciplinée que moi quand il s'agissait de goûter les plats ! Au fil des années, j'ai beaucoup grossi. Ma fille, elle, en dehors de ses grossesses, est toujours restée mince comme un fil.

Son regard changea, perdit de son éclat.

— Elle était tellement maigre, à la fin... Elle est morte il y a deux ans, d'un cancer. Tout est devenu si difficile, sans elle. Pour les enfants, pour Ryan, pour nous tous. Vous n'avez jamais rencontré ma fille, n'est-ce pas ?

— Non. Je ne suis installée ici que depuis deux ans et demi environ. C'est la première fois que je travaille dans un cabinet médical privé, avec Marty Heber et Randall Sheppard.

Lily balaya la cuisine d'un geste de la main.

— C'est Patricia qui a aménagé tout cela. Dans un style rustique à la française, disait-elle. Elle voulait que les invités se sentent à l'aise. Des rideaux à carreaux bleus pour la cuisine, de la porcelaine chinoise blanche et bleue sur les étagères… C'est elle aussi qui a décoré entièrement la grande maison. Elle a tout choisi elle-même. Elle savait vraiment rendre un foyer accueillant.

— Oui, votre maison est très belle.

— Et confortable aussi, insista Lily. C'est un endroit où une famille peut vraiment *vivre*.

Lily avait les yeux humides. Même si Ronni avait bien compris où la belle-mère de Ryan voulait en venir, elle ne put s'empêcher d'éprouver de la compassion pour elle.

— Elle doit vous manquer terriblement.

— Je l'ai élevée pratiquement seule, dit Lily en soupirant. Elle n'avait que deux ans quand son père est mort.

— Vous avez parfaitement réussi son éducation, semble-t-il.

— J'ai fait de mon mieux. Nous étions si proches l'une de l'autre. Je voulais tant de choses pour elle. Et elle a réalisé tous les rêves que j'avais nourris pour elle. Enfin… tant qu'elle a vécu parmi nous. Elle avait vingt-trois ans lorsqu'elle a épousé Ryan…

Le regard de Lily se fit rêveur.

— Oh ! vous les auriez vus, le jour de leur mariage…, reprit-elle. Patricia était si blonde, grande, svelte… Et Ryan à côté d'elle, brun, superbe, et très fier. Je savais que ce serait un mari parfait. Sincère, responsable. Tout ce qu'une femme peut souhaiter.

Elle se pencha en souriant vers Ronni.

— Un homme qui me paraissait digne de ma précieuse fille, si vous voyez ce que je veux dire.

— Je vois, répondit-elle avec un sourire qui, cette fois, n'avait rien de forcé.

Soudain, Lily eut l'air un peu perdue.

— Je parle à tort et à travers. Vous êtes… quelqu'un à qui il est très facile de se confier.

Pendant quelques minutes, elles restèrent silencieuses, chacune se concentrant sur son déjeuner.

Puis Lily reprit la parole.

— Ryan m'a dit que vous pensiez que nous n'avions pas à nous inquiéter… pour Andrew.

— C'est vrai. Votre petit-fils est un enfant génial. Et je suis certaine qu'il ne s'introduira plus chez moi en pleine nuit. Mais j'ai quand même enlevé la clé qu'il a utilisée hier soir, ajouta-t-elle avec un sourire.

— Vous avez bien fait. Oui, Andrew est un gentil garçon. Il ressemble beaucoup à son père, n'avez-vous pas remarqué ? Il est tellement responsable… enfin, la plupart du temps, acheva-t-elle avec un petit rire. En fait, celui qui m'inquiète le plus, c'est Ryan. Il travaille tellement. Mais vous savez ce que c'est, n'est-ce pas ? J'imagine que, vous-même, vous ne comptez plus vos heures…

Ronni sourit intérieurement. Elle comprenait le message : Ryan et elle-même étaient tous les deux trop occupés pour laisser naître quelque chose entre eux.

C'est noté, Lily.

— Il a très peu de temps disponible pour les enfants, continua cette dernière. Mais il fait des efforts. Aujourd'hui, par exemple, il passe l'après-midi avec eux. C'est une tradition familiale. Un dimanche par mois, Ryan, les enfants et Tanner, le frère de Ryan, vont tous ensemble à Pizza Pete's.

Ronni avait entendu parler de cette pizzeria dont tous les enfants raffolaient, car, outre les pizzas, elle offrait à ses petits clients toutes sortes de jeux et de distractions.

— Ce doit être très amusant, dit-elle. Vous ne voulez vraiment pas une tasse de café ?

— Oh ! je ne devrais pas. Je sais que vous voulez finir de déballer vos affaires…

— Allez ! insista Ronni. Juste une tasse.

— Bon, d'accord. C'est tellement agréable de pouvoir parler avec une autre femme, pour une fois.

Lily resta une demi-heure de plus, pendant laquelle elle parla surtout de Patricia, disant quelle enfant adorable et quelle belle adolescente elle avait été. Elle raconta comment sa fille avait travaillé dans une compagnie d'assurances pendant que Ryan démarrait sa carrière.

— Mais, dès que Ryan a connu une réussite financière, Patricia a cessé de travailler pour se consacrer à son rôle d'épouse et de mère de famille. Pour elle, s'occuper de ses enfants, rendre sa maison accueillante, bien nourrir sa famille, étaient des activités qui valaient bien qu'on y passe tout son temps. Et elle a beaucoup aidé Ryan dans sa carrière. Ils recevaient énormément, surtout à partir du moment où il est devenu administrateur en chef au Memorial. Il lui fallait entretenir des relations avec des gens importants afin d'obtenir des fonds pour construire la nouvelle aile de l'hôpital... Vous avez dû en entendre parler ?

Ronni hocha la tête.

— Et savez-vous que c'est le frère de Ryan, Tanner, qui conduit l'ensemble du projet ? Nous sommes très fiers de lui. Son entreprise de construction est une vraie réussite. Et le chantier de l'aile avance bien. Peut-être ne l'avez-vous pas vu ? Vos petits patients vont sans doute au Children's Hospital ?

— En effet, mais je passe souvent devant le Memorial. Il m'arrive même d'y aller pour pratiquer des examens postnataux. La nouvelle aile est impressionnante, en effet.

— Oui. Ils commencent l'aménagement intérieur. Cela coûte cent millions de dollars, fournis par la Fondation Pembroke. C'est Ryan qui s'est occupé du financement, bien sûr. Il a bénéficié d'une bourse Pembroke lorsqu'il était au collège, et cela l'a aidé. Et il a beaucoup joué au squash avec Axel Pembroke, le président de la Fondation Pembroke. Il lui arrive encore de disputer quelques parties avec lui. Avez-vous déjà rencontré Axel Pembroke ? Quel étrange petit homme...

Elle haussa les épaules.

— Mais c'est lui qui tient les cordons de la bourse, reprit-elle. C'est avec lui qu'il faut négocier. Et Ryan y a parfaitement réussi. Patricia a su jouer son rôle, elle aussi. Elle donnait des dîners superbes où elle préparait tout elle-même, depuis les plats servis jusqu'à la décoration de la table. Elle ne faisait jamais appel à un traiteur. Et, quand tout était prêt, il ne lui fallait que quelques minutes pour se préparer, enfiler une petite robe noire et coiffer ses beaux cheveux blonds en un tour de main. C'était une hôtesse parfaite. Je crois que M. Pembroke avait un faible pour elle...

Lorsque Lily franchit enfin la porte-fenêtre, emportant avec elle les deux assiettes vides, Ronni fut presque contente de la voir s'en aller.

Je devine ce qui va se passer. Chaque fois que je croiserai Ryan dans l'allée, Lily arrivera en courant, armée d'une assiette de sandwichs et de tout un tas d'anecdotes sur l'irremplaçable Patricia, une épouse aimante qui était aussi une mère admirable et une hôtesse extraordinaire, pensa-t-elle en sortant les vêtements du carton resté sur le lit.

Elle n'avait nullement l'intention d'essayer de supplanter une telle perfection. Ses projets étaient bien différents.

Certes, ses plans incluaient la présence d'un homme dans sa vie, mais pas pour le moment. Pas avant au moins un an ou deux. Actuellement, c'étaient sa carrière et son futur logement qu'elle devait occuper à la fin du mois qui lui importaient.

Lily aurait pu s'éviter la peine de lui apporter des sandwichs. Ronni ne s'intéressait pas à Ryan Malone. Oui, il était séduisant. Très. Et elle avait trouvé incroyablement plaisant de parler toute la nuit avec lui.

Mais cela n'irait pas plus loin. Tout simplement parce que ce n'était pas le moment.

— Vieux frère, dit Tanner, tu as l'air bien sérieux, aujourd'hui.

Ils étaient assis à une table de Pizza Pete's. À l'autre bout de la salle, Griffin et Lisbeth sautaient dans un filet rempli de boules en plastique, sous l'œil vigilant d'Andrew.

— Je réfléchissais, grommela Ryan. Je pensais à Andrew… je veux dire, à Drew. On m'a expliqué qu'il fallait l'appeler Drew, désormais.

— Qui t'a dit cela ? demanda Tanner en prenant son gobelet en plastique avec sa main gauche.

Ryan l'observa tandis qu'il buvait. Son frère avait le gabarit d'un joueur de football américain. Ryan était plus grand et plus mince que lui, mais tous deux avaient les mêmes yeux bleus. Tout comme Drew qui d'ailleurs, lui aussi, était gaucher — comme son oncle.

— Quelque chose ne va pas ? demanda Tanner, tirant Ryan de ses pensées.

— Quoi ? Mais non !

— On t'appelle « l'homme qui opère des miracles ». Tu obtiens tous les dollars que tu veux, de qui tu veux. Tu as la réputation d'être très doué pour ce qui est des relations sociales. Mais regarde-toi, en ce moment ! Les yeux dans le vague, l'esprit ailleurs...

— Je t'ai dit que je réfléchissais.

— Bon, très bien. Qui t'a dit d'appeler Andrew, Drew ?

— Drew lui-même. À plusieurs reprises, apparemment. Mais je ne l'écoutais pas.

— Alors ? Que s'est-il passé ?

— T'ai-je dit que j'hébergeais une jeune femme dans la maisonnette ?

Haussant les sourcils, Tanner se pencha vers lui.

— Tu as toute mon attention. Allez, raconte !

En quelques mots, Ryan lui fit le récit de ce qui s'était passé la nuit précédente. Il omit toutefois de préciser qu'il avait parlé deux heures avec Ronni dans son bureau, qu'il l'avait raccompagnée chez elle et qu'il était resté là, sous la pluie, les yeux rivés sur la porte-fenêtre qu'elle avait refermée derrière elle.

— Je m'inquiète un peu pour Drew, conclut-il. Il se met trop de responsabilités sur les épaules, il pense qu'il doit...

— Attends une minute, coupa Tanner.

— Qu'y a-t-il ?

— À mon avis, son seul problème, c'est qu'il ressemble à son père. Il veut veiller sur sa famille. Il y a des choses bien pires que cela à travers le monde.

— Oui, mais...

— J'aimerais en savoir plus sur cette jolie et charmante pédiatre rousse, dit Tanner avec un sourire taquin.

— Comment sais-tu qu'elle est rousse ? C'est moi qui te l'ai dit ?

— Mais oui.

— Il n'y a pas grand-chose à dire de plus. Je l'ai appréciée. Elle s'est montrée très... compréhensive.

Tanner fit une moue ironique.

— Compréhensive. D'accord.

— Ne me regarde pas comme cela !

— Elle t'intéresse.

— Bon, peut-être, admit Ryan après un silence. Et alors ? À quoi cela pourrait-il me mener ? Je travaille soixante heures par semaine et je me dis toujours que je devrais passer plus de temps avec les enfants.

— Il n'est pas question de te « mener » où que ce soit. Tu l'invites à sortir avec toi. Si vous passez un moment agréable, tu renouvelleras ton invitation. Ce n'est pas plus compliqué que ça.

— Oui, mais...

— Attends, j'ai une meilleure idée ! Le Bal du Cœur.

Le Bal du Cœur était un événement important organisé chaque année par les Amis du Memorial.

— Il aura lieu dans deux semaines, poursuivit Tanner. Tu y assisteras, n'est-ce pas ?

— Bien sûr.

Il était même prévu qu'il prononcerait un petit discours où il parlerait de la nouvelle aile de l'hôpital.

— Alors, invite-la. Fais-le aujourd'hui. Je veux un engagement ferme, et cela avant qu'on nous apporte la pizza que nous avons commandée.

Soudain embarrassé, Ryan préféra plaisanter.

— Un engagement ? Venant de toi, c'est plutôt amusant.

Le regard de Tanner s'assombrit. Ryan regretta aussitôt ce qu'il venait de dire. Tanner avait toujours été un coureur de jupons. Ryan ne cessait de le taquiner à ce sujet, tout comme Tanner se moquait de lui pour être l'homme d'une seule femme.

Mais les plaisanteries sur l'engagement étaient malvenues, ces temps-ci. Tanner avait un gros problème avec cela, malgré ses efforts pour essayer de le régler du mieux qu'il pouvait.

— Tanner, je..., balbutia Ryan.

— Ne t'excuse pas. Parfois, la vérité fait mal. Ce n'est pas une raison pour la taire. Par ailleurs, c'est de toi qu'il s'agit, pour l'instant. De toi et d'une mignonne petite pédiatre rousse. Et de toute façon il te faut une cavalière pour aller au Bal du Cœur.

— J'y penserai.

— Ne pense pas, agis, dit Tanner d'un ton ferme.

Ryan leva les yeux au ciel.

— Tanner... Bon, très bien, j'y penserai, termina-t-il en voyant l'expression de son frère.

— Alors, fais-le rapidement. Voilà notre pizza qui arrive. Et je vois trois gamins affamés qui viennent nous rejoindre.

Ryan y pensa vraiment. Durant tout l'après-midi et toute la soirée. Et il se dit qu'il n'avait aucune envie de se lier à quelqu'un maintenant. D'ailleurs, si jamais cela lui arrivait, il choisirait sans doute une femme comme Patricia. Une femme qui voulait avant tout se consacrer à son foyer.

L'an passé, il avait rencontré un certain nombre de femmes qui auraient été ravies de remplacer Patricia auprès de lui. De jolies femmes élégantes qui avaient reçu une excellente éducation, et qui ne songeaient pas à faire carrière. Des femmes prêtes à faire de leur mieux pour materner ses enfants et prendre aussi soin de lui.

Et, pourtant, il était resté de marbre face aux tentatives discrètes de ces jeunes femmes pour le séduire : elles ne l'intéressaient pas.

Il repensa aussi à ce que lui avait dit Tanner. « Il n'est pas question de te mener où que ce soit. Tu l'invites à sortir avec toi. Si vous passez un moment agréable, tu renouvelleras ton invitation. »

Ce soir-là, une fois les enfants couchés et Lily retirée dans sa chambre, Ryan sortit par la porte de derrière, descendit l'allée d'un pas rapide et se dirigea vers l'entrée principale de la maisonnette.

— Oh ! s'écria Ronni en ouvrant la porte. Bonsoir, Ryan.

— Bonsoir.

Elle ne put s'empêcher de le fixer, fascinée. Il était si beau, si sûr de lui, vêtu d'un simple pantalon de coton et d'un pull-over noir. Elle pensa brièvement à sa propre tenue : un long pull informe, des leggins noirs avec un trou au genou et d'épaisses sandales grises. Elle avait les cheveux ébouriffés et pas le moindre maquillage, car elle avait passé la journée à déballer ses affaires. Après le spectacle qu'elle avait offert à Ryan la nuit précédente, il allait finir par croire qu'elle affectionnait le genre souillon.

Quelle importance ? Il n'était que son propriétaire, à titre provisoire. Rien de plus. Elle n'avait aucune raison de chercher à lui plaire. D'ailleurs, que faisait-il là ?

— Heu… entrez.

Il s'avança dans le minuscule vestibule qui était vraiment trop petit pour contenir deux personnes.

— Venez vous asseoir, proposa-t-elle en lui indiquant la cuisine.

— Merci.

Il prit une chaise et s'installa près de la table sur laquelle étaient posés un ordinateur, une pile de revues médicales et des feuilles couvertes de notes.

— Vous étiez en train de travailler ?

— Oh ! je révisais un peu. Vendredi, l'une de mes patientes, une petite fille de trois ans, est arrivée, le visage et l'arrière des genoux couverts de boutons et de plaques qui la démangeaient. De l'eczéma infantile. J'ai prescrit un antihistaminique et ordonné des tests de dépistage de différentes allergies, mais il vaut toujours mieux envisager d'autres hypothèses. Puis-je vous offrir quelque chose ? Du café ? Ou autre chose ?

— Non, merci. Vous vous demandez ce que je fais ici, pas vrai ? ajouta-t-il avec un léger sourire.

— Eh bien, en fait…

— J'aimerais vous emmener au Bal du Cœur.

Elle n'était pas préparée à cela. Pas du tout.

— Le Bal du Cœur, répéta-t-elle, comme si elle ne comprenait pas.

— Oui. C'est le 12 février.

Elle le savait, bien sûr. Le Bal du Cœur était un événement important à Honeygrove.

— Je vois. Vous avez déjà un cavalier, dit Ryan d'une voix monocorde.

— Je… non, je n'ai personne.

— Alors ? Si vous dites non, ce sera une grande déception pour moi.

Pourquoi ne pas accepter ? Après tout, ce n'était qu'une soirée…

— Allez, dites oui, insista-t-il en souriant.

— Bon, très bien. J'accepte.

— Eh bien, voilà ! Était-ce donc si difficile à dire ?

Ce n'était qu'une plaisanterie, mais elle ne put s'empêcher d'y répondre, du tac au tac.

— Non, pas du tout.

Un peu trop facile, même, pour une femme qui avait d'autres projets dans la vie que de se lier avec un homme. Mais il s'agissait seulement d'aller à un bal. Quel mal y avait-il à cela ?

— Bien, dit-il en se levant. Je crois que je dois vous laisser à vos occupations.

Elle aurait dû dire oui. Affirmer qu'en effet elle avait du travail à terminer. Elle n'en fit rien.

— Alors, comment c'était à Pizza Pete's ? demanda-t-elle, presque surprise des mots qui franchissaient ses lèvres.

Étonné, il voulut savoir comment elle était au courant.

Elle lui raconta la visite de Lily, expliquant que celle-ci lui avait rapporté l'anorak en même temps que de délicieux sandwichs qu'elles avaient partagés. Lily lui avait parlé de la sortie mensuelle à Pizza Pete's.

Curieusement, une fois qu'ils commençaient à bavarder tous les deux, ils semblaient incapables de s'arrêter. Ryan parla encore de son travail que, visiblement, il adorait autant qu'elle adorait le sien.

Elle n'avait jamais rencontré un homme avec qui il lui était aussi facile de discuter. Avec lui, le temps passait à toute allure. D'ailleurs, lorsqu'il prit congé, il était près de 23 heures.

Le jeudi suivant, Ronni acheta une robe qu'elle comptait porter au Bal du Cœur. Elle avait réussi à se libérer un moment pour faire cet achat, jonglant entre ses consultations, une visite au Children's Hospital et un passage rapide à son futur appartement où l'attendaient de mauvaises surprises. L'électricien n'avait pas effectué le travail qu'elle attendait et elle faillit piquer une crise en découvrant qu'on lui avait livré un bac à douche rose alors qu'elle avait demandé du bleu cobalt.

Elle arriva chez elle à 20 heures. À peine avait-elle accroché sa nouvelle robe dans la penderie que son biper sonna. Elle appela le cabinet et apprit qu'un père s'inquiétait de voir sa fille de six ans, soignée pour une grippe, vomir avec une régularité effrayante depuis plusieurs heures. Inquiète, Ronni décida de retrouver le père et la fille au Children's Hospital.

À minuit passé, elle regagna enfin la maisonnette. Elle roulait dans l'allée qui longeait la grande maison en brique lorsqu'elle vit arriver derrière elle une grosse Lincoln noire.

Ryan.

Lorsqu'elle sortit de la voiture et regarda autour d'elle, les phares de la Lincoln avaient disparu. Ryan avait mis la voiture dans le garage situé près de la grande maison, à l'autre bout de l'allée.

Alors qu'elle se dirigeait vers la maisonnette, Ronni marqua une pause, consciente d'être parfaitement visible dans la lumière du lampadaire planté à quelques mètres de là, au bord de la propriété. Elle attendit. Elle n'aurait pas dû, mais c'était plus fort qu'elle. Mais, enfin, qu'est-ce qui lui prenait ? Espérait-elle que Ryan viendrait la rejoindre ? Pour quoi faire ? Pour parler encore toute la nuit avec elle ? Pour la prendre dans ses bras et l'embrasser jusqu'à ce qu'elle en perde la tête ?

Oh ! arrête. Tu n'as pas besoin de tout cela. Rentre chez toi, Ronni Powers. Immédiatement.

Mais elle était incapable de faire un mouvement.

Elle entendit alors un bruit de pas. Ryan apparut au coin de l'allée, marchant vers elle. Il avait l'air si grand, si sûr de lui, dans son élégant costume, un manteau de laine posé négligemment sur ses larges épaules.

— Vous travaillez tard, dit-il lorsqu'il s'arrêta à sa hauteur.

— Cela fait partie du métier… et je pourrais vous dire la même chose.

— Je sors d'une réunion.

Elle lui sourit, tenaillée par l'envie de l'inviter à entrer chez elle. Que lui arrivait-il ? Certes, elle avait accepté de l'accompagner au bal, mais cela ne devait pas aller plus loin.

— Bon, dit-elle. Au moins, ce soir, nous ne sommes pas en pyjama.

— Devons-nous considérer cela comme un progrès ?

— Certainement. Pourquoi pas ?

Il l'étudia un moment sans rien dire. Sous son regard profond, elle sentit son cœur battre plus vite.

— Que regardez-vous ainsi ?

— Vous. J'espère que vous allez me proposer d'entrer.

Elle garda le silence. Ce ne serait pas raisonnable. Il était tard et, si elle le laissait entrer, ils commenceraient à bavarder à bâtons rompus et elle oublierait que tout cela ne les mènerait à rien.

Il eut un petit haussement d'épaules.

— Je sais, il est tard. Mais les occasions sont rares. Peut-être devons-nous les saisir lorsqu'elles se présentent, conclut-il en lui donnant une brève caresse sur la joue.

Elle sentit un long frisson la traverser.

— Très bien, dit-elle d'une voix mal assurée. Venez.

Il la suivit à l'intérieur.

Il ne resta pas longtemps. Une heure seulement. Avant de s'en aller, il l'invita à déjeuner le lendemain avec lui. Aurait-elle dû refuser ? Oui, sans doute. Mais elle ne le fit pas.

— Je pourrais passer vous chercher à votre cabinet médical, proposa-t-il.

— Non. Je vous retrouverai au Memorial. Dans votre bureau. Vers midi et demi ? Vous pourriez me faire faire une visite rapide de la nouvelle aile.

— C'est très grand. Tout un étage est consacré uniquement à la pédiatrie. Il y a aussi une crèche et une aire de jeux. Et un jardin en terrasse. Nous n'aurons peut-être pas le temps de tout visiter, mais nous verrons bien. Nous improviserons.

— Parfait. Cela me plairait beaucoup.

Ils échangèrent un long regard.

— Je dois vraiment partir, maintenant, dit-il enfin.

Elle aurait voulu lui crier : *Non ! Je vous en prie, restez. Restez toute la nuit...* Mais, bien sûr, elle se tut et le raccompagna jusqu'à la porte.

Le lendemain, à 12 h 25, Ronni poussa la porte donnant sur les bureaux de Ryan. Elle se présenta à la secrétaire, une femme au regard bienveillant qui arborait un chemisier mauve agrémenté d'un gros nœud sur le col.

— Asseyez-vous, dit la secrétaire. Il va arriver tout de suite.

Ryan apparut à midi et demi pile. Son regard brilla en apercevant Ronni.

— Quel est mon emploi du temps, cet après-midi ? demanda-t-il à sa secrétaire.

Elle consulta son agenda.

— Une réunion à 13 h 30, salle A.

Ryan se tourna vers Ronni.

— Désolé. Je crains que nous ne devions choisir entre la visite de l'aile et le déjeuner.

— Je préfère le déjeuner, répondit-elle sans hésiter.

— Vous avez raison.

Il la prit par le bras, d'un geste possessif qui semblait des plus naturels. Elle lui arrivait à peine aux épaules.

— Prête ? demanda-t-il en souriant.

— Toujours prête.

Ils prirent l'ascenseur qui les conduisit au rez-de-chaussée. Ronni proposa d'aller déjeuner au Granetti's, un restaurant italien très fréquenté par le personnel de l'hôpital. On y mangeait très bien et c'était tout près.

Ryan fronça les sourcils.

— Ce ne sera pas très intime.

Justement. C'était exactement pour cela qu'elle proposait ce restaurant. Elle tenait à se rappeler que Ryan Malone et elle n'étaient que des voisins qui s'entendaient bien et qui déjeunaient ensemble, tout simplement.

— Nous ne disposons que d'une heure, souligna-t-elle. Si nous devons prendre la voiture pour chercher un autre restaurant...

Ronni ayant obtenu gain de cause, ils se rendirent au Granetti's. Une fois installés et leurs commandes passées, ils se mirent à bavarder, parlant de tout et de rien.

Comme Ryan lui demandait des nouvelles de son futur appartement, elle lui avoua qu'elle avait des problèmes avec l'électricien.

— Il semble avoir oublié qu'il me fallait des prises de courant dans la cuisine. Et celles qu'il a posées dans ce qui sera mon bureau n'ont pas été mises aux bons endroits.

— Vous devriez peut-être chercher quelqu'un d'autre pour faire ce travail.

— Je voudrais bien, mais cet homme a un contrat pour l'ensemble de l'immeuble. Mais ne vous inquiétez pas. Je vous promets de ne plus être dans vos pattes dès la fin du mois.

— Ai-je dit que je ne voulais pas vous avoir dans les pattes ?

Soudain embarrassée, elle contempla un moment le contenu de son assiette, puis leva les yeux vers lui.

— Non. Non, vous n'avez pas dit cela.

— Restez aussi longtemps que vous voudrez. Je vous en prie.

« Je vous en prie. » Il avait dit cela d'une voix presque tendre.

— Je... je ... d'accord.

— Ronni ! Comment vas-tu ? lança une voix féminine.

Ronni reconnut le Dr Kelly Hall, une gynécologue-obstétricienne qui travaillait au Honeygrove Women's Medical Center. Elle se tenait debout près de leur table, une blouse blanche passée sur sa tenue verte.

Ronni fit les présentations, puis interrogea sa consœur.

— Quoi de neuf ?

— Oh ! comme d'habitude. Un bébé de 3,6 kilos est né il y a exactement... cinquante-cinq minutes, acheva-t-elle après avoir consulté sa montre.

— Garçon ou fille ?

— Une fille. Les parents n'ont pas encore choisi leur pédiatre.

— Tu me recommanderas ?

— Absolument. As-tu une carte sur toi ?

Ronni fouilla dans son sac et sortit une carte qu'elle donna au Dr Hall.

— Parfait, dit celle-ci. Tu ne feras pas l'examen postnatal, car c'est le personnel de l'hôpital qui s'en charge. Mais attends-toi à recevoir un coup de téléphone de l'heureuse maman la semaine prochaine.

— Très bien.

— Et, maintenant, comme je n'ai rien avalé depuis environ dix-huit heures, je ferais mieux d'aller déjeuner.

Elle prit congé et s'éloigna, la démarche sportive.

Ronni se tourna vers Ryan.

— Kelly est une amie, crut-elle devoir préciser.

De l'autre côté de la salle, quelqu'un salua Ryan d'un geste de la main. Il y répondit de la même manière.

— Comme je vous le disais, murmura-t-il, il n'y a aucune intimité chez Granetti's.

Un quart d'heure plus tard, il accompagna Ronni jusqu'à sa voiture. Elle ouvrit sa portière, puis se tourna vers lui.

— Merci. J'ai apprécié...

Elle ne put terminer sa phrase, car il s'approcha d'elle. Tout près. Trop près. Ses yeux bleus la tenaient captive. Sa stature lui masquait l'horizon. Derrière elle, il y avait la voiture. Il lui aurait été impossible de s'enfuir si elle l'avait voulu. Elle n'en avait aucune envie.

Il lui toucha la joue. Aussitôt, elle sentit sa peau s'embraser. Il lui prit la nuque et, d'un geste calme mais assuré, il l'attira vers lui. Puis il posa ses lèvres sur les siennes. D'abord avec douceur, puis avec fermeté. Et...

Oh ! c'était merveilleux. Il n'y avait pas de mot pour décrire ce qu'elle éprouvait... Elle soupira. Et sentit qu'il s'écartait d'elle.

— Je rêvais de faire cela depuis le premier instant où je vous ai rencontrée, murmura-t-il.

— C'est vrai ?

Il hocha la tête.

Elle entendit des voix et des bruits de pas sur le bitume. Deux hommes venaient prendre leur voiture. Elle n'en connaissait aucun, mais Ryan leur adressa un petit signe de la main, avant de se tourner vers elle. Elle devina ce qu'il pensait.

— Aucune intimité...

— C'est exact.

Il ouvrit la portière et poussa Ronni à l'intérieur.

— Allez, montez.

Elle se glissa derrière le volant. Il s'approcha encore, s'appuyant sur la voiture, un bras posé sur la portière restée ouverte.

— Attachez votre ceinture, ordonna-t-il. Et soyez prudente.

— Oui, je vous le promets.

4

Ce n'était qu'un simple baiser, se répéta Ronni durant tout le reste de la journée. Rien qu'un baiser, se dit-elle encore au moment d'aller dormir.

Un simple baiser, songea-t-elle le samedi matin tandis qu'elle se préparait pour aller travailler quelques heures au cabinet médical. Un doux, un tendre moment partagé par deux amis.

Vers 15 heures, elle s'arrêta à son futur appartement. Les ouvriers n'étaient pas là, bien sûr. Elle alla d'une pièce à l'autre, tentant d'imaginer à quoi cela ressemblerait quand les travaux seraient terminés.

Elle regagna la maisonnette à 16 h 30. Au moment où elle tournait dans l'allée, la porte de la grande maison s'ouvrit et Drew apparut. Il se précipita vers elle et courut à côté de la voiture.

— Nous nous occupons de la décoration, dit-il après qu'elle eut baissé sa vitre. Venez voir !

Son enthousiasme était contagieux. Ronni sourit.

— Une décoration pour quoi ?

— Pour fêter la Saint-Valentin. Nous faisons cela tous les ans. Pour toutes les fêtes : Noël, Pâques, la Saint-Patrick, le 4-Juillet, Halloween. C'est ma préférée, Halloween. La Saint-Valentin, c'est celle que j'aime le moins. Allez, venez, je vais vous montrer. Dépêchez-vous !

— Laisse-moi le temps de me garer ! dit-elle en riant. Tu ne voudrais pas que ma voiture bloque celle de ton père lorsqu'il rentrera, pas vrai ? Mais peut-être est-il déjà là ?

— Non. Je crois qu'il est allé au club jouer au squash.

— Est-ce qu'il reviendra bientôt ? demanda-t-elle, un peu honteuse d'essayer de soutirer des informations à l'enfant.

— Ronni, on ne sait jamais quand mon papa rentrera à la maison. Bon, vous venez ou non ?

Elle ne put résister au regard suppliant de ces grands yeux bleus — qui ressemblaient tellement à ceux de Ryan.

— J'arrive, bien sûr. Je vais ranger ma voiture.

Axel Pembroke traversa le terrain d'un pas lourd, essayant de riposter au service de Ryan. Mais ce fut peine perdue : la balle frappa le mur frontal, rebondit à gauche, puis à droite, avant de s'arrêter sur le mur du fond.

— Bien joué ! reconnut Axel, à bout de souffle. Jeu, set et match. Vous m'avez tué, une fois de plus !

Il ramassa sa serviette, se la passa autour du cou et commença à s'éponger.

— Pourquoi est-ce que je joue avec vous ? reprit-il en levant les yeux au ciel. Vous n'avez jamais eu la bonne idée de me laisser gagner alors que c'est moi qui suis directement responsable des chèques de la Fondation Pembroke. Vous en avez pourtant besoin pour finir de construire votre aile !

Ryan se mit à rire.

— Allons, Axel. Ce n'est pas *mon* aile. Par ailleurs, vous n'auriez aucun respect pour moi si je vous laissais gagner.

— Qu'en savez-vous ? Vous n'avez jamais essayé. En fait, j'aime mieux cela. J'ai toujours considéré que si, un jour, j'avais réussi à vous battre, cela aurait été une vraie victoire.

Ryan prit sa serviette et la jeta sur son épaule.

— Pourquoi parlez-vous au passé ? Est-ce une façon de me dire que nous venons de disputer notre dernière partie ?

Axel hésita, puis éclata de rire.

— J'ai bien peur que vous ne lâchiez jamais le morceau en ce qui me concerne.

— Attendez... Ai-je dit que je voulais lâcher le morceau ?

— Non. Vous êtes un modèle de patience avec moi.

— En fait, continua Axel comme ils quittaient le terrain, vous êtes un modèle en tout. Un homme supérieur. Je vous envie. Vous êtes exactement l'homme que mon père aurait voulu que je sois.

Ryan ne dit rien. Il savait qu'Axel abordait là un sujet douloureux. Les Pembroke étaient une vieille et puissante famille de Honeygrove. Le père d'Axel avait légué le gros de sa fortune à la Fondation qui portait son nom, ne laissant à son fils qu'un héritage modeste et le soin d'administrer l'argent qui aurait dû lui revenir. Qu'Axel ait reçu une part aussi faible de la fortune familiale avait d'ailleurs créé une sorte de scandale dans la région.

Leurs sacs de sport attendaient derrière la porte donnant sur le court. Ryan s'accroupit pour ranger sa raquette. Levant les yeux, il vit que son compagnon le regardait, l'air songeur.

— Oui, reprit Axel, c'est le mot... Vous êtes un *modèle*. Vous êtes parti de rien et regardez où vous êtes arrivé, maintenant. Alors que, moi, j'avais *tout* au départ, du moins en ce qui concerne les facultés intellectuelles et l'argent. Et qu'en ai-je fait ? Pas grand-chose.

— Axel, pourquoi ne pas me dire ce que vous avez en tête ?

— Le fait est que l'homme doit saisir sa chance quand elle se présente.

Ryan fronça les sourcils. Qu'est-ce que cela voulait dire ?

— Axel..., reprit-il, essayez-vous de me dire quelque chose ?

Axel se mit à rire.

— Non, absolument pas. Je pensais tout haut, voilà tout.

Durant tout le trajet du retour, Ryan ne cessa de s'interroger sur ce qui s'était passé avec Axel. Il y pensait encore quand, arrivé chez lui, il franchit la porte de derrière. Entendant des voix dans la cuisine, il s'arrêta sous la véranda, prêtant l'oreille.

— Regardez, c'est le chat Garfield, disait Drew. Je vais dessiner une bulle au-dessus de sa tête pour montrer qu'il réfléchit. Il pense : « Qui a besoin d'amour ? Je veux dîner ! »

Quelqu'un rit. C'était Ronni.

— C'est exactement le genre de propos que Garfield pourrait tenir, approuva-t-elle.

— Nous avons beaucoup de décorations à accrocher, déclara la voix de Lily. Où allons-nous mettre tout cela ?

— Regarde, grand-mère, s'écria alors Lisbeth. J'ai fait un grand cœur vert. C'est pour toi.

— Oh ! ma chérie, il est magnifique ! Mais je crois que les cœurs sont rouges, d'habitude.

— J'aime le vert, grand-mère !

— Moi, j'aime le violet ! déclara Griff.

— Nous devrions commencer à les accrocher, dit Drew.

— Bientôt, répliqua Lily. Mais d'abord...

— Je sais. Nous devons tout remettre en ordre.

— Voilà, approuva Lily.

Son ton changea, comme si elle s'adressait maintenant à un adulte.

— C'est Patricia qui a eu cette idée, bien sûr. Décorer la maison pour les fêtes. C'est devenu une tradition familiale.

— Une très belle idée, commenta Ronni.

Ryan eut honte soudain de son indiscrétion. Comme il n'avait pas encore refermé la porte derrière lui, il la claqua afin de signaler sa présence.

— Ce doit être Ryan, entendit-il Lily dire.

Il entra dans la cuisine et trouva tout le monde assis autour de la table encombrée de feuilles de papier, de crayons de couleur, de paires de ciseaux et de tubes de colle. Ronni lui tournait le dos. Lorsqu'elle pivota sur sa chaise et qu'il croisa son regard, ses yeux verts brillaient d'un tel éclat qu'il s'en sentit aveuglé.

Griff dégringola de sa chaise.

— Regarde, papa !

Il brandissait un cœur qu'il avait découpé, à vrai dire avec une certaine maladresse, dans du papier violet.

— J'adore le violet ! s'écria son fils.

Ryan posa son sac de sport dans un coin et s'agenouilla près de lui.

— Oui, c'est un très joli cœur violet.

— Regarde le mien, papa, réclama Lisbeth en montrant son œuvre.

— Il est très beau, lui aussi.

— Nous devons d'abord tout ranger, dit-elle. Ensuite, nous installerons les décorations. Tu peux nous aider, tu sais.

— Papa est probablement trop occupé, intervint Drew.

— Mais non, dit Ryan. Je suis là et je peux vous aider.

En réalité, il avait prévu de passer au Memorial pour signer des papiers qui attendaient depuis déjà plusieurs jours dans son bureau.

— Oh ! Ryan, protesta Lily. Ce n'est pas la peine, nous pouvons nous débrouiller tout seuls.

— Mais si, c'est la peine.

Ronni se leva.

— Toutes ces décorations sont magnifiques. Et je pense que je ferais mieux de...

Ryan se tourna alors vers elle. Il n'était pas question qu'il la laisse s'en aller. Pas encore.

— Restez, ordonna-t-il.

— Oui, renchérit Drew. Allez, restez.

— Oh ! oui, restez, dirent en chœur Lisbeth et Griff.

— Attendez, les enfants, lança Lily. Si Ronni doit partir, nous ne devons pas...

— Rien ne l'oblige à s'en aller, décréta Ryan. N'est-ce pas ? ajouta-t-il en la regardant droit dans les yeux.

— Je...

— Restez.

Il lut dans ses yeux qu'elle cédait.

— Très bien, finit-elle par dire. Avec plaisir.

Durant une heure, ils décorèrent la maison, couvrant les fenêtres de cœurs de toutes les couleurs et de toutes les dimensions, sans parler des personnages de bandes dessinées fabriqués par Drew.

Vers 18 heures, Lily annonça que le dîner serait prêt dans une demi-heure. Ronni parla alors de rentrer chez elle.

— Vous devez manger, vous aussi, en profita pour proposer Ryan. Autant partager notre repas.

— Mais je...

— Restez ! dit Griff en s'agitant. Vous mangez avec nous !

Elle céda de nouveau. À 19 h 30, le dîner terminé et les enfants installés dans la salle de jeux pour regarder *Le Roi Lion* pour la énième fois, Ronni insista pour prendre congé.

— Très bien, dit Ryan. Je vous raccompagne.

Elle ouvrit la bouche, sans doute pour protester, mais il ne lui en laissa pas le temps.

— J'aimerais vous raccompagner. Vous n'y voyez pas d'inconvénient ?

— Non, mais...

— Bien, parfait. Dites au revoir aux enfants et allons-y.

Il faisait froid, dehors, et les nuages masquaient les étoiles. Ronni pressait le pas, comme si elle avait hâte de se retrouver chez elle.

Ryan resta silencieux, réfléchissant. Il était temps pour eux de discuter de certaines choses.

Lorsqu'ils arrivèrent devant la porte de la maisonnette, Ronni se tourna vers lui, frissonnant un peu, un petit sourire d'adieu sur les lèvres.

— Ne le dites pas, ordonna-t-il.

Elle battit des paupières.

— Je vous demande pardon ?

— Ne me dites pas : « Bonsoir ! » Je vais entrer chez vous.

Voyant qu'elle se raidissait, il craignit qu'elle ne dise non. Mais elle finit par sortir sa clé de sa poche et ouvrit la porte. Elle le conduisit dans la salle de séjour et prit place sur le canapé tandis qu'il s'asseyait en face d'elle sur une chaise.

— Vous évitez d'être seule avec moi.

Elle se tortilla un peu et garda les yeux fixés sur la table basse qui les séparait.

— Regardez-moi, Ronni.

— Ryan, je...

— Vous avez pensé qu'il fallait prendre les choses à la légère, n'est-ce pas ? Que vous ne deviez pas accorder trop d'importance à ce qui se passait entre nous ?

— Oui, je crois, avoua-t-elle d'une petite voix.

— Pourquoi ?

— Je... je ne crois pas que, vous et moi, cela marcherait. Nous avons tous les deux des métiers très prenants. Je ne suis pas prête, pour le moment, à entretenir une relation sérieuse. Et vous avez trois enfants. Cela fait beaucoup.

— Vous savez quoi ? Je ne sais pas pourquoi, mais je me moque de tout cela.

Elle soupira.

— Ryan... j'aimerais que vous compreniez.

Il se leva brusquement et fourra les mains dans ses poches.

Il comprenait très bien. Elle venait de lui dire qu'elle ne voulait pas d'homme dans sa vie maintenant et que, le jour où elle en voudrait un, ce ne serait pas lui.

Pourtant, la comprendre ne changeait rien à ce qu'il ressentait pour elle. Il avait envie de la prendre dans ses bras, de serrer contre lui ce corps délicat et si doux, de baiser ses lèvres, de se perdre dans des sensations délicieuses.

Mais il garda les mains enfoncées dans ses poches.

— Dites-m'en davantage. Je vous écoute.

— Oh ! ce sont juste... de vieilles histoires. La façon dont j'ai grandi, ce qui a fait naître en moi certains désirs.

— Racontez-moi.

Elle se frotta les bras, comme pour se réchauffer.

— Ne voudriez-vous pas d'abord vous rasseoir ?

Il se laissa tomber sur sa chaise et, penché en avant, attendit.

Après s'être raclé la gorge, elle commença.

— Ma mère est morte quand j'avais à peu près l'âge de Lisbeth. Mon père ne savait pas comment s'occuper d'une petite fille, alors il m'a confiée à différentes personnes de la famille. J'ai passé mon enfance à essayer de trouver ma place. Je n'ai jamais eu ma propre chambre. Ensuite, les choses se sont déroulées comme je les avais programmées. J'ai fait mes études de médecine, puis mon internat, et j'ai intégré le cabinet médical de Marty et de Randall. Il y a six mois, j'ai terminé de rembourser mes dettes. Et j'ai acheté mon appartement.

— Vous aurez enfin une chambre à vous.

Elle pinça les lèvres.

— Est-ce que vous vous moqueriez de moi ?

— Non, absolument pas. Continuez.

Elle le regarda fixement un moment, puis reprit la parole.

— J'ai organisé ma vie. Voilà comment je la vois dans quelques années. Je serai prête à rencontrer l'homme qu'il me faut. Quelqu'un de gentil, de drôle et de facile à vivre. Quelqu'un qui sera moins pris par son métier que moi.

Elle se mit à rire. Ryan comprit que c'était d'elle-même qu'elle riait, et il sourit à son tour.

— Quelqu'un qui aimerait faire la cuisine. Quelqu'un qui pourrait même envisager d'être un homme au foyer.

— Un homme au foyer, répéta-t-il. Je vois. Un type gentil, célibataire, sans enfant, sans personne à charge. Et qui n'exercerait pas un métier avec de lourdes responsabilités exigeant qu'il y consacre le plus gros de son temps.

— C'est cela.

— J'ai bien peur que ce ne soit pas moi, dit-il en baissant les yeux.

— Exactement. Et puis, hier, vous m'avez embrassée. Je voudrais vraiment que vous ne l'ayez pas fait.

— Pourquoi ?

— Parce que, maintenant, même si je me répète qu'il ne s'agissait que d'un simple baiser, cela ne marche pas. Je n'arrête pas de penser à vous. De désirer...

Il releva la tête.

— De désirer quoi ?

— J'essaye de vous dire que j'ai besoin de la même chose que vous. De quelqu'un qui prépare les repas, qui s'occupe du linge, qui veille sur les enfants.

— Vous n'avez pas d'enfant !

— Mais vous, oui. Vous en avez trois. Ils sont géniaux, adorables, exigeants. Et quelqu'un doit prendre soin d'eux, assurer le quotidien. Pour l'instant, vous avez beaucoup de chance. Il y a Lily. Mais voudra-t-elle continuer à veiller sur vos enfants lorsque vous aurez trouvé quelqu'un qui prendra la place de sa fille ?

Il était incapable de répondre à la question. Et, même s'il avait pu, il n'avait aucune envie de discuter de cela maintenant.

— Vous pensez trop à l'avenir, dit-il.

— Non, pas du tout. Je ne veux pas me lancer dans une histoire qui n'aboutira qu'à me faire du mal.

— Est-ce Ronni qui parle, ou bien la timide, la frileuse Veronica ?

— Dans ce cas précis, les deux ne sont qu'une seule et même personne.

— Je ne voudrais en aucun cas vous faire du mal.

— Non, bien sûr. En tout cas, pas volontairement. Mais je ne veux pas commencer quelque chose qui ne mènera nulle part.

Soudain, il ne supportait plus de la voir assise si loin de lui.

— Venez ici, dit-il de son ton de commandement habituel.

Elle se raidit et poussa un soupir.

— Je… ce n'est sans doute pas une bonne idée.

— Cela m'est égal. Venez.

— Oh ! Ryan…

— Allons ! Venez.

Elle se leva. Il ne fit pas un mouvement, la laissant s'approcher jusqu'à ce qu'elle soit face à lui.

Lentement, il la prit par la taille et sentit sous la jupe en laine sa chaleur et la courbe ferme de ses hanches.

— Y a-t-il quelqu'un dans votre vie ? murmura-t-il.

Elle ferma les yeux.

— Non.

— Un homme a-t-il déjà compté pour vous ?

— J'ai connu un garçon au lycée. À l'époque, je pensais que c'était sérieux. Et puis, j'ai décidé de faire mes études de médecine. Lui avait envie de s'installer, de fonder une famille. Nous nous sommes séparés…

Il resta silencieux un instant, plongé dans ses pensées.

— Je ne suis sorti avec personne depuis que ma femme est tombée malade, finit-il par murmurer. Je crois que je… je ne suis pas très doué pour entretenir des relations « sans importance ».

Elle lui posa sa petite main blanche sur la joue. Aussitôt, il sentit une vague de chaleur le traverser, déclenchant une telle excitation qu'il en eut le souffle coupé.

Il l'étreignit plus étroitement.

— Penche-toi vers moi, ordonna-t-il.

— Oh ! Mon Dieu ! murmura-t-elle.

Il l'attira vers lui, écartant les cuisses pour qu'elle puisse se coller contre lui. Au contact de ses jambes, le désir le submergea.

— Embrasse-moi, Ronni.

Elle hésita. Alors, il la prit par la nuque et plaqua sa bouche contre la sienne.

Ce baiser n'était pas suffisant. Il ne fit qu'exciter davantage Ryan. Comme il passait sa langue sur la commissure de ces lèvres si douces, Ronni poussa un gémissement et ouvrit la bouche.

Il lui ôta l'élastique qui attachait ses cheveux, puis il enfouit les doigts dans l'épaisse chevelure rousse, rivant sa bouche à la sienne.

Puis, n'y tenant plus, il se leva de sa chaise, emportant Ronni avec lui, les mains passées sous les fesses rondes et fermes de Ronni. Elle poussa un cri, comme si elle voulait que tout cela s'arrête. Mais c'était impossible.

Il lui releva sa jupe et sentit sous ses doigts l'épais collant noir qu'elle portait ce soir-là. L'incitant à enrouler ses jambes autour de lui, il l'embrassa avec avidité tandis qu'il la plaquait contre lui pour qu'elle réalise combien il avait faim d'elle, le frottement de leurs deux corps ne faisant qu'accroître sa fièvre et la force de son désir.

Elle ne pesait rien dans ses bras. Il continuait de l'embrasser tout en marchant. Il aurait pu la porter ainsi jusqu'à la chambre. Là, elle ne lui aurait opposé aucune résistance, il le savait.

Mais il n'en fit rien.

Il l'emmena dans la cuisine, jusqu'au long comptoir qui jouxtait l'évier. Il la posa dessus, puis il lui prit le visage entre ses mains.

Elle ouvrit les yeux, le regarda.

Il pressa son front contre le sien, puis lui saisit les mains, entremêlant ses doigts aux siens, et attendit un moment, silencieux. Lorsqu'il sentit qu'il respirait moins vite et que son excitation devenait plus contrôlable, il lui lâcha les mains et, l'attirant à lui, il enfouit son visage dans ses cheveux.

Elle le serra dans ses bras, le tenant tout contre elle.

— Oh Ronni... Que pourrais-je te dire ? murmura-t-il. Sinon que je te comprends. Je sais exactement ce que tu attends de la vie. C'est pareil pour moi. J'ai perdu mes parents quand j'avais quatre ans. Il n'y avait personne pour s'occuper de mon frère et de moi. On nous a placés dans un orphelinat, puis dans des familles d'accueil...

Elle s'écarta et le regarda. Ses yeux en disaient davantage que n'importe quel discours.

— Je sais ce que c'est, continua-t-il. De vouloir se construire une vie où l'on se sent en sécurité, où l'on a sa chambre à soi. Où rien de vraiment mauvais ne peut arriver. J'ai essayé de me bâtir ce genre de vie, pour moi et pour ma famille.

— Et alors… tu as perdu ta femme.

Il lui caressa les cheveux, puis la joue.

— Voilà ce qu'il en est de la sécurité, de notre capacité à tout contrôler…

Ils échangèrent un long regard.

— Peut-être ne suis-je pas l'homme que tu recherches. Mais nous sommes là, toi et moi. Je te désire tellement…

Ses mains étaient posées sur les cuisses de Ronni. Il serra les poings, froissant sa jupe. Elle recouvrit alors ses mains avec les siennes et les pressa doucement.

— Moi aussi, je te désire.

— Mais ?

— Il me faut un peu de temps pour gérer tout cela.

— Du temps, répéta-t-il en lui donnant un baiser sur le nez.

— Oui. S'il te plaît.

Il ferma les yeux.

— Très bien. Le Bal du Cœur aura lieu la semaine prochaine. D'ici là, je vais te laisser tranquille, à moins que tu ne viennes me chercher.

Comme elle faisait mine de répondre, il lui posa un doigt sur les lèvres.

— Non, ne dis pas : « Oh ! Ryan ! »

Il l'entendit soupirer.

— Tu ne me demandes pas ce qui va se passer ?

— Je l'aurais fait si je pensais que tu le savais, dit-elle. Mais ce n'est pas le cas, n'est-ce pas ?

Il haussa les épaules.

— Peut-être que cette… attirance que nous éprouvons l'un pour l'autre va disparaître d'elle-même.

— Tu le penses ?

— Non.

Il la prit par la taille et l'aida à poser le pied par terre.

— Accompagne-moi jusqu'à la porte.

Il l'embrassa une dernière fois avant de la quitter.

— 20 heures, samedi prochain ? murmura-t-il.

— 20 heures, c'est parfait, répondit-elle.

Et il s'en alla.

Lorsque Ryan regagna la grande maison, il trouva Lily en train de ranger la cuisine. La bande-son du film *Le Roi Lion* s'entendait encore dans la salle de jeux.

— Lily ?

— Oui ?

— Le poulet, ce soir, était délicieux.

Elle continua de s'affairer en silence.

— Peut-être que je ne vous dis pas assez souvent combien j'apprécie tout ce que vous faites, insista-t-il.

— Je suis contente de me rendre utile. Le Dr Powers est-elle rentrée chez elle saine et sauve ?

Il comprit le sarcasme. La maisonnette était à moins de cent mètres de là. Ronni aurait très bien pu rentrer seule.

— Eh bien ? insista Lily.

— Oui, elle est bien rentrée.

— Parfait. Elle est... tout à fait charmante.

— Je trouve aussi.

— Oh ! c'est évident.

Armée d'une éponge, elle se mit à frotter avec énergie un coin du comptoir. Tendue, les lèvres serrées, les traits tirés, elle avait soudain l'air bien plus âgée que ses cinquante-huit ans.

— Lily ?

— Oui ?

— Avez-vous quelque chose à me dire ?

Elle s'arrêta de frotter et, se redressant, se tourna vers lui.

— Y aurait-il quelque chose que je devrais vous dire ?

— Ce n'est pas une réponse.

Elle posa l'éponge dans l'évier.

— Excusez-moi. Votre vie privée vous regarde, bien sûr.

Que répondre à cela ? *Vous avez raison, aussi ne vous en mêlez pas.* Ou quelque chose de plus gentil. *J'ai aimé votre fille, mais elle n'est plus là. Nous ne pouvons pas la ramener parmi nous. Et j'ai rencontré Ronni. Je la veux. Dans ma vie. Dans mon lit.*

Non, il ne pouvait pas dire cela. Pas comme cela. Pas maintenant.

— Samedi prochain, dit-il, j'emmène Ronni au Bal du Cœur.

— Bien, répondit-elle en croisant les bras. Merci de me mettre au courant. J'espère que vous passerez tous les deux un bon moment.

Avant qu'il n'ait eu le temps de trouver quoi répondre à cela, un hurlement retentit de la salle de jeux. Griffin arriva en courant.

— Grand-mère, grand-mère ! Lizzy ne veut pas partager !

Lisbeth surgit à son tour, tenant bien serré dans ses bras potelés un bol à demi rempli de pop-corn.

— Il mange tout le pop-corn ! Et puis, il a voulu cracher dedans. Alors, je lui ai pris le bol.

— Où est votre frère ? demanda Lily. Je croyais qu'il vous surveillait.

Drew, resté sur le seuil de la salle de jeux, se justifia.

— J'étais allé aux toilettes juste une minute !

— Tu dois partager, Lizzy ! cria Griff en sautant sur place. Donne !

— Griffin, cesse immédiatement, ordonna sa grand-mère.

— Je veux du pop-corn ! Elle doit partager !

— Donne-moi ce bol, Lisbeth, demanda Lily.

La petite fit la moue, mais elle obéit. Lily prit le bol et le posa sur le comptoir, près de l'évier.

— Elle doit partager ! cria encore Griffin.

— Griffin, ça suffit, dit Lily. Arrête !

— Non ! Je veux du pop-corn ! Elle doit partager !

Ryan se demanda comment Lily pouvait supporter cela, jour après jour. Et comment Patricia avait pu résister. Il adorait ses enfants, mais lorsqu'ils se querellaient, il n'avait qu'une envie : s'enfuir à toutes jambes.

Comme Griffin continuait de sauter et de crier, Ryan décida d'intervenir.

— Griffin, dit-il d'un ton sévère.

Son fils cessa aussitôt son manège et le regarda avec des yeux ronds.

— Va t'asseoir. Tout de suite.

Griff s'exécuta sans broncher. Ryan regarda sa belle-mère, cherchant un conseil sur la conduite à tenir ensuite.

— Tu resteras assis cinq minutes sans bouger, dit Lily en s'adressant à Griff.

Le petit garçon courba le dos et baissa la tête.

— Lisbeth, continua Lily, monte prendre ton bain.

— Mais *Le Roi Lion*...

— En ce qui te concerne, ce soir, c'est terminé.

— Griff a tout gâché, gémit Lisbeth, les larmes aux yeux.

— Monte, maintenant.

Lisbeth renifla et se dirigea vers l'escalier.

— Je peux me lever ? implora Griff dès que sa sœur eut disparu.

— Pas tant que je ne te l'aurais pas dit, répondit sa grand-mère. Drew, as-tu envie de voir la fin du film ?

— Non merci. Je l'ai vu une centaine de fois déjà.

— Alors, va l'éteindre.

Drew se rendit dans la salle de jeux, laissant son père et sa grand-mère seuls avec un Griff très boudeur.

Lily lança un long regard à Ryan.

— Allez-y, je peux me débrouiller.

Il se sentit un peu coupable.

— Vous êtes sûre ?

Elle répondit par un soupir. Il monta alors dans sa chambre prendre son attaché-case.

Il était un peu plus de 21 heures lorsqu'il entra dans son bureau, à l'hôpital. Il avait tout un tas de commandes à vérifier. Il avait l'habitude de travailler ainsi la nuit deux fois par semaine. Personne ne le dérangeait, ce qui lui permettait de faire beaucoup de choses en peu de temps.

Mais, ce soir, il avait du mal à se concentrer. Il se rappelait sans cesse l'expression à la fois tendre et étonnée qu'avait eue Ronni en murmurant : « Oh ! Mon Dieu ! » lorsqu'il lui avait dit de l'embrasser. Il se rappelait le goût de sa bouche et le merveilleux contact de son corps qui se pressait contre le sien.

Puis il pensait à Lily, à son air las et crispé tandis qu'elle rangeait la cuisine. Et à Griff quand il criait : « Elle doit partager ! »

Plus d'une fois, il jeta son stylo et se leva pour marcher de long en large dans son bureau, avec l'impression d'être un homme enfermé dans une prison. Finalement, il quitta son bureau et rentra chez lui.

Ronni passa son lundi à recevoir ses petits patients et à répondre aux questions des mères inquiètes : pourquoi mon enfant mange-t-il si peu ? Mon bébé prend-il assez de poids ? Dois-je le prendre dans les bras lorsqu'il pleure ?

Ses consultations terminées, elle se rendit au Children's Hospital pour examiner d'autres petits patients. En sortant de l'hôpital, elle fit quelques courses avant de rentrer chez elle.

Ce ne fut qu'en préparant son dîner qu'elle s'autorisa enfin à penser à Ryan. À la façon dont il l'avait embrassée, aux choses qu'il avait dites, à la douceur de ses caresses, à ses yeux…

Elle ne devait pas s'attacher à lui. Elle le savait. Ce n'était pas le bon moment pour elle. Et il avait besoin d'une épouse, pas de quelqu'un qui, comme lui, menait une carrière très prenante. Et pourtant…

Jamais encore elle n'avait éprouvé des sensations aussi fortes que celles qui l'avaient envahie lorsqu'il l'avait touchée. Elle adorait parler avec lui. *Être* avec lui, tout simplement. Quelque chose qui lui faisait autant de bien pouvait-il vraiment être mal ?

Bien sûr, jamais il ne serait l'homme au foyer dont elle rêvait. Mais, de son côté, elle n'était certainement pas comme Patricia.

Il lui avait donné une semaine pour réfléchir à tout cela. Une semaine. Sauf si elle voulait le revoir avant.

Sa raison lui disait que ce délai était une excellente idée. Pourtant, son cœur n'en était pas aussi convaincu. Elle mourait d'envie d'aller retrouver Ryan.

Mais elle savait qu'elle ne devait pas le faire.

Et puis, il ne restait plus que cinq jours avant le Bal du Cœur…

Ryan reçut un appel de Tanner le mardi.

— Nous avons des problèmes financiers avec le chantier de

la nouvelle aile de l'hôpital, dit Tanner d'un ton neutre, dénué d'expression.

— Explique-toi.

— Mon comptable a déposé à la banque les papiers concernant le financement des travaux. Ensuite, j'ai attendu, comme je le fais toujours, que la banque me rappelle pour me dire que les fonds étaient disponibles. Mais personne n'a téléphoné. Deux jours plus tard, c'est moi qui les ai rappelés. Ils m'ont dit que le compte que les gens de Pembroke avaient chez eux n'était pas suffisamment en équilibre pour couvrir ces frais.

— Pas suffisamment en équilibre ? répéta Ryan, incrédule.

— Oui. En fait, la banque ne pouvait me donner que dix mille dollars au maximum. Ils avaient déjà pris contact avec les responsables de la Fondation et s'étaient fait éconduire. Alors, vendredi, j'ai appelé la Fondation.

— Pourquoi ne m'as-tu pas téléphoné ?

— Écoute, tu es peut-être mon frère aîné, mais aujourd'hui nous sommes tous les deux des adultes. Je ne vais pas t'appeler chaque fois que j'ai un problème, sinon nous serions au téléphone vingt-quatre heures sur vingt-quatre. Veux-tu entendre la suite ou non ?

— Excuse-moi. Continue.

— Bon. J'ai donc téléphoné aux gens de Pembroke. Ils m'ont dit qu'ils me rappelleraient. Ils l'ont fait aujourd'hui même pour me dire ce que je soupçonnais déjà, à savoir qu'ils avaient un problème.

— Quel problème ?

— J'ai eu droit à tout un charabia où il était question de cash-flow et de certaines erreurs de calcul. Le résultat, c'est que nous avons une réunion demain, à 10 heures du matin, au siège de la Fondation.

Ryan réfléchit un instant.

— Qui as-tu eu exactement au téléphone ?

— Le chef de projet chargé du dossier de la construction de l'aile.

— Bill Langley.

— Exact.

— As-tu essayé de joindre Axel ?

— Oui, mais sans succès. J'ai pensé que peut-être...

— Je vais lui téléphoner moi-même pour essayer de savoir ce qui se passe.

— Tout cela me semble assez inquiétant.

— Oui, en effet. J'irai à la réunion, demain.

— Parfait. D'ici là, essaye d'en savoir plus. Et appelle-moi s'il y a du nouveau.

— Promis.

Ryan raccrocha et appela le bureau d'Axel. Lorsqu'il se présenta et demanda à parler à M. Axel Pembroke, la secrétaire s'excusa.

— Je suis désolée, monsieur Malone, mais M. Pembroke n'est pas disponible pour le moment.

— Et quand le sera-t-il ?

— Si vous voulez bien me laisser un numéro de téléphone, quelqu'un vous rappellera.

— Quelqu'un ? Axel ne répond-il donc plus lui-même ?

— Je suis désolée, monsieur Malone.

Furieux, Ryan raccrocha et composa le numéro du domicile d'Axel. Il tomba sur le répondeur et laissa un message, puis il essaya d'appeler Axel sur son téléphone portable. En vain.

Alors, il téléphona à Bill Langley lui-même et obtint de lui les mêmes réponses évasives qui avaient été données à Tanner.

— Où est Axel ? demanda-t-il. Je n'arrive pas à le joindre.

Bill Langley utilisa la même formule que la secrétaire : M. Pembroke était temporairement indisponible... très occupé pour le moment...

— Temporairement... c'est-à-dire combien de temps ? demanda Ryan, tentant de contenir son exaspération.

— Je suis désolé, mais je ne saurais vous le dire.

— J'assisterai demain matin à la réunion que vous aurez avec Tanner Construction. Nous reparlerons de tout cela.

— C'est une bonne idée, monsieur Malone.

Ryan avait une réunion à 9 h 30. Il demanda à sa secrétaire de le prévenir si Axel Pembroke téléphonait.

Mais personne n'appela. Lorsque Ryan revint à son bureau, à 11 heures, il essaya de nouveau de joindre Axel chez lui et sur son téléphone portable. Chaque fois, il tomba sur le répondeur.

Alors il téléphona à son frère.

— Je n'ai rien obtenu de plus.

— J'avais peur d'entendre cela, répondit Tanner. As-tu une idée de ce qui se passe ?

— Le mieux est d'attendre la réunion de demain. Nous verrons bien ce qu'ils diront.

— Ce n'est pas une réponse !

Ryan haussa les épaules.

— Pour l'instant, je n'en ai pas de meilleure à te donner.

Le lendemain matin, Ryan et Tanner arrivèrent dans les bureaux de la Fondation Pembroke à 9 h 50. Bill Langley les accueillit et les emmena lui-même dans une petite salle de conférences où les attendaient deux autres hommes, des avocats de la Fondation.

On servit du café que Ryan refusa. Il sentait que son taux d'adrénaline était déjà suffisamment élevé pour le tenir éveillé toute la journée et sûrement une bonne partie de la nuit.

Dès le début de la réunion, Bill Langley s'abrita derrière un écran de fumée.

— Je crains que la situation ne soit compliquée, commença-t-il. Comme vous le savez, prévoir les rentrées financières pour un fonds aussi important que le nôtre n'est pas une science exacte. Nous prenons nos décisions en nous fondant sur tout ce que nous pensons connaître le mieux. Et il semble que certaines de ces décisions étaient… imprudentes. Il y a eu des erreurs de calcul. De très grosses erreurs.

Ryan jeta un coup d'œil aux deux avocats. La Fondation Pembroke devait essayer de limiter les dégâts. Et lui et Tanner n'obtiendraient aucune véritable réponse au cours de cette réunion.

— Bien sûr, reprit Bill Langley, nous ferons de notre mieux pour honorer notre engagement concernant la construction de la nouvelle aile du Honeygrove Memorial. Nous avons envisagé différentes options. Malheureusement, selon les règles du Pembroke Trust lui-même, nous n'avons pas le droit de liquider le capital. Par ailleurs, le trust ne peut pas non plus, dans ces circonstances, emprunter de l'argent. Le financement de tous les projets soutenus par la Fondation doit se faire à partir des revenus des investissements.

— Vous êtes en train de dire qu'il n'y a plus d'argent et qu'il n'y en aura pas avant un bon moment, résuma Tanner.

— Je dis que nous allons devoir prononcer un moratoire pour tous les financements de projet, au moins pour les semaines qui viennent, jusqu'à ce que nous ayons évalué l'étendue des pertes et découvert comment retrouver notre équilibre financier.

Tanner lâcha un juron.

— Jusqu'à présent, intervint Ryan, le fonds nous a procuré soixante millions de dollars. Nous devions en recevoir quarante de plus au cours des six mois à venir. Combien pensez-vous pouvoir nous donner ?

Bill Langley jeta un regard aux deux avocats et s'éclaircit la gorge.

— Pour l'instant, je ne peux rien dire à ce sujet. La Fondation possède quelques avoirs en dehors du fonds. Et nous avons l'intention de liquider ces avoirs le plus rapidement possible.

— C'est-à-dire ?

— Il m'est impossible de fixer une date maintenant. Je suis désolé, mais, actuellement, je ne peux vraiment rien vous promettre. La vérité, c'est qu'il y a d'autres projets qui sont autant en difficulté que le vôtre. La situation est terrible, je sais. Et elle risque d'empirer encore...

Vingt minutes plus tard, les deux frères s'en allèrent après avoir reçu l'assurance que la Fondation donnerait à Tanner quelques centaines de milliers de dollars d'ici deux semaines.

— Nous espérons que cela vous aidera un peu.

— Très peu, avait répondu Tanner.

Dehors, le ciel, pour une fois, était limpide. Tanner se tourna vers Ryan.

— Chasse cette idée de ta tête.

— Quelle idée ?

— Que tout cela est de ta faute. Ce n'est pas vrai.

— C'est moi qui ai tout misé sur la Fondation Pembroke, et tu le sais. J'étais si content de moi, d'avoir réussi à obtenir d'une seule source tout l'argent dont nous avions besoin.

— Le fonds Pembroke a toujours été solide comme un roc. Il

l'est encore. C'est incompréhensible. Ils ont perdu leur cash-flow, ils ne peuvent plus honorer leurs engagements, et ils ne nous ont encore rien dit sur ce qui se passe exactement. Il ne peut pas s'agir de simples erreurs de calcul. Je ne vois qu'une explication : le vol. Quelqu'un a dû puiser dans la caisse, tu ne crois pas ?

— Cela m'en a tout l'air.

— As-tu réussi à joindre Axel ?

— Non.

— Est-ce que tu ne penses pas la même chose que moi ? Axel est le mieux placé pour détourner de l'argent. Mais il a dû avoir besoin d'un complice. Quelqu'un de haut placé dans le service de comptabilité de la Fondation.

Ryan réfléchit un instant. Le raisonnement de Tanner était des plus convaincants.

— La Fondation et ses avocats ne pourront pas cacher l'affaire éternellement, reprit-il. Elle affecte trop de gens. Cela va finir par se savoir et la presse s'en emparera. Bientôt.

Ryan hocha la tête.

— Dans vingt-quatre heures tout au plus, la vérité éclatera.

— Cela risque d'être assez moche, dit Tanner.

— Moche... le mot me semble un peu faible.

— Si c'est Axel qui a fait le coup, je m'occuperai personnellement d'éliminer cette vermine.

— Si c'est Axel, nous savons toi et moi qu'il a déjà quitté le pays, soupira Ryan.

— Ryan...

— Oui ?

— Je suis vraiment dans de sales draps. À moins que tu ne trouves une autre solution pour le financement...

Ryan regarda son frère. Comme à son habitude, ce dernier avait dû payer ses employés et ses sous-traitants en comptant se rembourser avec l'argent fourni par le fonds Pembroke.

— Combien te manque-t-il ?

— Beaucoup trop. J'ai une assurance, mais elle ne couvrira pas tout.

— Et si tu arrêtais le chantier immédiatement, cela te sortirait-il d'affaire ?

— Cela dépend.

— De quoi ?

— Du temps que cela prendrait pour le relancer. Même en limitant mes pertes, je serai dans le rouge. J'ai besoin d'argent, et vite. Ou bien je risque la banqueroute.

Ryan pinça les lèvres. Si son frère se trouvait dans cette situation, c'était à cause de lui, Ryan. À cause de son *bébé*, cette aile neuve qui devait célébrer les vingt ans du Memorial...

— Écoute, dit Tanner, je peux peut-être tenir le coup encore quelques jours.

— Que ferais-tu si je n'étais pas ton frère ?

Tanner ne répondit pas.

— Tu n'as pas le choix, Tanner. Arrête immédiatement ce maudit chantier.

5

Le jeudi après-midi, après sa visite au Children's Hospital, Ronni s'arrêta à l'appartement et admira le bac à douche bleu cobalt et le lavabo assorti. Puis, comme elle se faisait adresser tout son courrier à une boîte postale en attendant d'emménager dans son nouveau logement, elle se rendit à la poste.

Il était plus de 20 heures quand elle arriva à la maisonnette. Elle dépouilla son courrier tandis qu'elle faisait réchauffer une soupe en boîte. Après quoi, elle se mit à table et commença à manger en lisant la dernière édition de *Honeygrove Gazette*.

À peine avait-elle déplié le journal qu'elle fit un bond sur sa chaise en lisant le gros titre qui s'étalait sur la première page.

LE FONDS PEMBROKE EN DIFFICULTÉ
LE PRÉSIDENT DU FONDS A DISPARU

Ronni reposa sa cuiller.

Des millions de dollars manquent dans les coffres du Fonds Pembroke. Et Axel Pembroke IV, Président de la Fondation qui portait le nom de sa famille, reste introuvable. A disparu également Mme Rhonda Jagger, la directrice du service de comptabilité de la Fondation Pembroke.

Elle parcourut rapidement les paragraphes suivants. Apparemment, Axel Pembroke et Rhonda Jagger détournaient de l'argent depuis plusieurs mois. Personne ne les avait revus depuis le dimanche 6 février.

Elle continua sa lecture.

Le Honeygrove Memorial Hospital est le plus durement touché par ces événements. La nouvelle aile du Memorial dont la construction devait être terminée en septembre, à temps pour célébrer le vingtième anniversaire de l'hôpital, était censée être financée par le Fonds, à la hauteur de cent millions de dollars...

La nouvelle aile. Le projet si cher à Ryan. Pour la plupart des médecins de Honeygrove, l'aile célébrant le vingtième anniversaire était inséparable du nom de Ryan Malone.

Il devait être abattu par ce qui se passait.

Ronni laissa le journal sur la table, à côté de son bol de soupe. Elle prit une veste dans le placard du vestibule et sortit de la maisonnette.

Elle dut frapper plusieurs fois à la porte de derrière de la grande maison avant que Lily ne vienne lui ouvrir.

— Ryan est-il là ? demanda-t-elle.

Lily secoua la tête. Elle n'avait pas l'air bien disposée. Peut-être était-ce parce qu'elle se faisait du souci pour Ryan.

— J'ai lu les nouvelles, dit Ronni. Au sujet du vol dont est victime le Fonds Pembroke.

Lily, les lèvres pincées, hocha la tête.

— Je crains de ne pouvoir vous dire grand-chose. J'ai à peine vu Ryan depuis que tout ceci est arrivé. Hier, il m'a téléphoné pour m'avertir qu'il rentrerait tard de l'hôpital. Il est rentré très tard, en effet. Et, ce matin, il est parti avant 8 heures, en disant qu'il serait en réunion toute la journée.

— Oh ! Lily, je suis désolée.

— J'essaye simplement de maintenir les choses en ordre. Je m'occupe des enfants, je vais bientôt les mettre au lit.

— Y a-t-il quelque chose que je puisse faire pour vous ?

— Cela ira, merci. Et je dois vraiment retourner auprès des enfants. Griffin prend son bain. Il va mettre de l'eau partout.

— Oui, bien sûr, je comprends. Voudriez-vous dire à Ryan que je suis passée ?

— Il faut que je remonte là-haut...

— Je vous en prie, Lily, dites-le-lui.

— Oui, oui, je lui dirai. Maintenant, je dois...

— Je sais. Appelez-moi s'il y a quelque chose que...

— Merci, je le ferai.

Lily referma la porte.

Sa répugnance affichée à transmettre le message à son gendre rendait les choses très claires. Lily représenterait un vrai problème si Ronni et Ryan poussaient plus loin leur relation.

Mais, pour l'instant, ce n'était pas elle le plus important.

C'était Ryan.

Ronni savait qu'il devait se faire des reproches, se sentir responsable de la situation. Elle voulait le joindre, lui parler, lui dire des choses qu'il ne croirait pas, sans doute, mais qu'il avait besoin d'entendre.

Ce n'est pas votre faute, Ryan. Vous trouverez un moyen de vous en sortir. Vous trouverez de l'argent.

Rentrée chez elle, elle appela le Memorial. Elle obtint le numéro de Ryan, mais tomba sur le répondeur. Elle laissa un message, sans trop savoir que dire.

« C'est Ronni. Il est 20 h 45. Je suis à la maisonnette, si vous avez envie de parler... »

Après quoi, elle réchauffa sa soupe et l'avala, puis elle se rendit dans la salle de bains et prit un long bain chaud, en espérant que cela la détendrait.

Ryan pénétra dans la maison silencieuse peu après minuit.

Il monta l'escalier. Il était arrivé à mi-hauteur lorsque le palier s'éclaira. C'était Lily.

— Est-ce que ça va, Ryan ?

— Oui, répondit-il machinalement. Les enfants ?

— Ils dorment.

— Bien.

— Vous paraissez épuisé.

— Je le suis.

— Ryan...

Elle fronçait les sourcils et ses traits étaient plus marqués que d'habitude. Il se demanda alors s'il y avait encore autre chose qui la préoccupait. Un problème avec les enfants, sans doute.

— Qu'y a-t-il ?

— Oh ! rien. Rien d'important.

Il n'eut pas la force d'insister, conscient pourtant qu'il aurait peut-être dû le faire.

— Allez vous coucher, Lily. Il faut dormir.

— Oui, j'y vais. Bonne nuit.

— Bonne nuit.

Tandis qu'elle se retirait dans sa chambre, il grimpa les dernières marches de l'escalier et gagna la sienne.

Laissant son attaché-case près de la porte, il dénoua sa cravate et jeta sa veste sur le lit avant de se laisser tomber dans un fauteuil placé devant la fenêtre.

Jamais il ne s'était senti aussi fatigué.

Il aurait dû achever de se déshabiller et se coucher, mais il savait qu'il ne trouverait pas le sommeil. Il resterait là, allongé dans son lit, contemplant le plafond en se remémorant toutes les phrases terribles qu'il avait entendues depuis la veille.

Soudain, il se leva, regarda autour de lui la grande et belle chambre qu'il avait partagée avec Patricia et qui lui semblait si vide cette nuit. Trop calme, trop triste, trop froide.

Il ne pouvait rester ici, dans ce silence lugubre. Il se dirigea vers la porte et redescendit l'escalier.

Il vit de la lumière dans la chambre de Ronni. Elle brillait à travers les arbres comme un signe de bienvenue.

Sans doute aurait-il dû sonner à l'entrée principale, mais cette lumière semblait l'appeler. Il ne pouvait s'en détourner. Après avoir poussé la petite grille, il traversa le patio.

Le voilage qui masquait la porte-fenêtre l'empêchait de voir distinctement l'intérieur de la chambre.

Il frappa et attendit.

Une silhouette floue s'approcha de la porte vitrée et une main écarta le voilage.

Ronni était là, derrière la vitre, en pyjama. Le même pyjama que celui qu'elle portait la nuit où elle avait ramené Drew chez lui. Il était en flanelle imprimée de petites fleurs.

Elle s'empressa de lui ouvrir.

— Je sais que j'avais promis de me tenir à l'écart jusqu'à samedi, mais...

Il ne termina pas sa phrase. Il avait vu dans les yeux de Ronni qu'elle avait compris.

Elle avait fait plus que comprendre. Pour elle, quelque chose de capital s'était produit dès qu'elle avait écarté le voilage et vu le visage de Ryan de l'autre côté de la vitre.

Elle avait pris conscience qu'elle l'aimait.

Elle, Ronni Powers, aimait Ryan Malone.

Cela arrivait bien trop vite, et ce n'était pas le genre d'homme qu'elle avait prévu d'aimer. Mais peut-être que l'amour n'était pas quelque chose que l'on pouvait planifier.

Et, après tout, elle était Ronni. Ronni qui voulait saisir sa chance. Prête à relever tous les défis.

Ronni. Et non pas la peureuse, la prudente Veronica...

C'était peut-être fou, trop rapide. Et ce ne serait peut-être pas facile. Mais elle le savait : *c'était de l'amour.*

— Oh ! Ryan...

Le prenant par le bras, elle l'attira dans la chambre, puis elle referma la porte-fenêtre et tira les rideaux.

— Vous devez être gelé, dit-elle. Vous n'avez même pas mis de veste !

— Tout va bien.

— Je craignais tellement que vous n'ayez pas eu mes messages.

— Vous m'avez laissé des messages ? Quand cela ?

— Ce soir. Un sur votre répondeur à l'hôpital. Et l'autre à Lily.

— Je n'ai pas consulté ma messagerie. Quant à Lily, elle ne m'a rien dit. Je... Qu'y avait-il dans vos messages ?

— Simplement que j'étais ici. Si vous aviez besoin de moi.

En entendant ces mots, il sentit une chaleur bienfaisante l'envahir.

— J'ai lu les nouvelles dans le journal, continua Ronni. À propos du vol. Je... je n'ai cessé de penser à vous. Je m'inquiétais.

Elle vint vers lui. Elle lui paraissait si petite, si douce, si résolue, vêtue de son pyjama à fleurs. Il la souleva dans ses bras et s'enfouit le visage dans sa chevelure rousse.

Pour la première fois depuis des jours, il se sentit revivre. Son sang courait dans ses veines, chaud et rapide.

Il se pencha pour l'embrasser. Elle noua ses bras autour de son cou et lui rendit son baiser sans la moindre hésitation.

C'était ce dont il avait besoin. Cet élan sincère, ce désir évident qui répondait au sien.

Il la prit par les hanches et l'embrassa dans le cou, puis glissa ses lèvres plus bas. Elle comprit ce qu'il voulait car, accrochée d'une main à son épaule, de l'autre elle déboutonna sa veste de pyjama, dénudant sa poitrine.

Il pressa ses lèvres sur les petits seins fermes et ronds où se dessinaient de fines veines bleues. Lorsqu'il prit dans sa bouche les mamelons durcis, elle gémit et lui appuya la tête contre sa poitrine, le guidant tandis qu'il promenait sa langue sur sa peau brûlante.

Il eut envie de nouveau de sa bouche. Tandis qu'il s'en emparait, il porta Ronni jusqu'au lit. Les couvertures étaient défaites. Elle avait dû s'allonger, incapable de trouver le sommeil, attendant…

Lui, peut-être.

Elle se laissa glisser sur le sol et, le prenant par les épaules, elle l'invita à s'asseoir au bord du lit. Ses lèvres étaient gonflées, et ses joues enflammées.

— Je… n'ai rien apporté, murmura-t-il.

Elle eut l'air de comprendre à quoi il faisait allusion.

— Tout va bien, dit-elle.

Mais non. Malgré le désir dévorant qui s'était emparé de lui, il ne pouvait se résoudre à faire preuve d'une telle irresponsabilité.

— Ronni…

— Tout va bien, répéta-t-elle. J'ai ce qu'il faut.

— Vraiment ?

— Tu te souviens de Kelly Hall, cette obstétricienne que je t'ai présentée l'autre jour au Granetti's ?

— Oui. Eh bien ?

— Elle distribue des préservatifs à tout le monde. Sans doute parce que, dans son métier, elle a pu constater les dégâts provoqués par une grossesse non désirée.

— Et elle t'en a donné ?

— Oui.

Le problème était donc résolu. Mais il restait encore une question. Ronni voulait-elle vraiment faire l'amour avec lui ? Même si tout chez elle, ses baisers, son corps, ses soupirs et ses gémissements, prouvait qu'elle en avait envie, il voulait l'entendre l'exprimer tout haut.

— Ronni, es-tu sûre ?

— Oui, Ryan, j'en suis sûre, murmura-t-elle doucement.

Il ne savait plus quoi dire. Mais cela n'avait aucune importance.

Elle s'agenouilla devant lui, lui ôta ses chaussures et ses chaussettes, puis elle lui prit la main et le fit se lever. Et elle commença à le déshabiller, posant chacun de ses vêtements sur une chaise, près du lit.

Lorsqu'il fut complètement nu, elle le couvrit de baisers.

— Couche-toi, maintenant, murmura-t-elle en le poussant doucement sur le lit.

Il se laissa faire. Elle se pencha vers lui, approchant son visage à quelques centimètres du sien.

Il lui ôta alors l'élastique qui retenait ses cheveux et l'attira vers lui, jusqu'à ce que leurs bouches se rejoignent. Tandis qu'il l'embrassait, il passa ses doigts dans l'opulente chevelure rousse qui, libérée, forma un voile ambré autour d'eux pendant que leur baiser se prolongeait.

Il voulait sentir le corps de Ronni se presser contre le sien. Il essaya de l'amener dans le lit, mais elle résista et rompit leur étreinte.

— Attends. Juste une minute. Je reviens, je te le promets...

Il fut soudain assailli d'une peur absurde mais bien réelle, celle de la voir disparaître à jamais.

Il se retrouverait alors tout seul.

Il ne comprenait pas pourquoi cela l'effrayait. Il avait déjà été seul. C'était même devenu pour lui une habitude jusqu'à une date récente.

Jusqu'à sa rencontre avec Ronni.

Même avec Patricia qu'il avait vraiment aimée, il n'avait pas connu cela. Jamais il ne l'avait regardée au fond des yeux et éprouvé alors la merveilleuse impression d'être avec quelqu'un de parfaitement semblable à lui.

Sauf que c'était une femme. Une vraie, une magnifique femme.

Il eut envie de lui crier : *Non, reste ici !* Non pas comme un ordre, mais comme la prière d'un enfant perdu dans le noir...

Elle l'embrassa sur la joue, puis sur la bouche, et sortit de la chambre. Deux minutes plus tard, elle revint, tenant à la main une petite boîte qu'elle posa dans le tiroir de la table de nuit.

Il ne pouvait plus attendre. Repoussant les couvertures, il attrapa Ronni par le bras et l'attira sur le lit avec lui. Tout en l'embrassant, il acheva de lui déboutonner sa veste de pyjama et la lui ôta avant de la jeter par terre.

Il glissa la main sous l'élastique du pantalon de flanelle, caressa le ventre plat et la sentit frissonner comme il prolongeait sa caresse plus bas.

Il se leva et prit la petite boîte rangée dans le tiroir de la table de nuit. Après avoir sorti un préservatif de son enveloppe, il l'enfila.

Alors, il se laissa enfin tomber sur elle, en elle. Elle l'accueillit avec un cri.

Il se perdit en elle. Elle l'étreignait, le serrait dans ses bras si chauds, si doux, si tendres. Elle se donnait à lui sans réserve. Il prit ce qu'elle lui offrait si librement.

Il oublia tout, sauf le rythme fiévreux qui animait leurs corps, le nuage ambré de ses cheveux et la douceur de ces mains qui le caressaient, l'agrippaient, le stimulaient.

Soudain, elle se raidit, cria son nom. À cet instant, il sentit qu'il atteignait lui aussi ce même orgasme qui le libérait de toutes ses tensions.

Quelques minutes plus tard, il se coucha sur le côté. Ils restèrent allongés ainsi l'un près de l'autre, se faisant face, se caressant mutuellement, partageant le même contentement.

Il finit par se lever et enfila son shorty.

Ronni l'observait. Comme il attrapait sa chemise, elle s'étonna.

— Tu t'en vas ?

Il laissa tomber sa chemise.

— Je... non, je n'ai pas envie de partir. Mais je n'étais pas sûr que tu...

Elle lui tendit la main. Il s'approcha, s'assit près d'elle sur le lit et l'attira sur ses genoux. Elle se blottit contre lui et lui passa les bras autour du cou. Pendant quelques instants, il la berça doucement.

Elle prit la parole la première.

— Tu m'as à peine parlé de ce que tu as vécu ces deux derniers jours. Il est vrai que nous avons été occupés, ajouta-t-elle en riant.

— Beaucoup trop occupés pour parler, renchérit-il tandis qu'il lui caressait les cheveux.

— Peut-être devrions-nous le faire maintenant, ne crois-tu pas ? reprit-elle d'un ton plus sérieux. Ou plutôt, toi, tu devrais parler, et moi, j'écouterais. Parfois, cela aide d'avoir quelqu'un qui vous écoute.

— C'est une histoire plutôt sinistre.

— Cela ira.

Il ne savait pas par où commencer. Ni même s'il avait envie de commencer.

Un triste souvenir lui revint à la mémoire.

— Lorsque j'étais petit, je faisais souvent le même rêve.

Elle émit un petit bruit d'encouragement, suffisant pour l'inciter à continuer.

— J'ai fait ce rêve au cours des deux ans qui ont suivi la mort de mes parents. Je voyais mon père, il m'apparaissait comme un colosse. Je rêvais qu'il me hissait sur ses épaules et je me sentais aussi fort que lui, en totale sécurité.

Ronni lui caressa doucement le bras.

— On dirait que c'était un beau rêve, murmura-t-elle.

— Oui, très beau. Au début. J'étais juché sur les épaules de mon père et j'entendais alors ma mère chanter. C'était une chanson irlandaise, *Molly Malone*, ma préférée. Je croyais qu'elle avait été écrite pour nous. Soudain, au milieu de la chanson, la voix de ma mère faiblissait. Mon père disparaissait. J'entendais alors un bébé pleurer. Je le voyais pleurer dans son berceau, agitant ses petits bras potelés. Il était tout seul, sans personne pour l'entendre.

Il se frotta le menton sur les cheveux de Ronni.

— Je ne sais pas pourquoi je rêvais d'un bébé. Tanner avait trois ans lorsque nos parents sont morts. Et moi, quatre ans. Nous n'étions plus des bébés.

— Mais peut-être te sentais-tu comme un bébé sans défense, suggéra-t-elle doucement.

Il lui posa un baiser sur la tempe.

— Peut-être. Je sais que je me sentais... lié à ce bébé. Comme si c'était à moi de m'occuper de lui, de le prendre dans mes bras, de le rassurer. Je devais le protéger. L'aimer. Mais voilà ! Je n'étais pas près de lui, il était tout seul. Et je m'en voulais terriblement. Je sais qu'il n'y a rien de logique là-dedans. Mais il ne s'agit pas de logique, ici.

Il sentit les lèvres de Ronni sur son cou tandis qu'elle se blottissait plus étroitement encore dans ses bras.

— Il y a autre chose, reprit-il. Quand je rêvais de ce bébé que je ne pouvais pas toucher, je me réveillais tout en sueur. Et je trouvais Tanner debout près de mon lit, suçant son pouce, son doudou à la main. Il ôtait alors son pouce de la bouche, posait la main sur mon épaule ou sur mon cœur en disant : « Ce n'était qu'un mauvais rêve. Tout va bien. Rendors-toi. » Il n'avait que trois ans. De même, si je me réveillais et que je voyais qu'il s'était découvert en dormant, je lui remettais ses couvertures pour qu'il n'ait pas froid. Nous... nous prenions soin l'un de l'autre.

— Je suis heureuse que vous ayez connu cela tous les deux, dit-elle en lui caressant la joue.

Il songea alors à ce que Tanner lui avait dit la veille lorsqu'ils étaient dans la rue devant les bureaux de Pembroke Building : « Je risque la banqueroute. »

— Savais-tu que Tanner était l'entrepreneur chargé de construire la nouvelle aile de l'hôpital ? dit-il soudain.

— Oui, je le savais.

— Il peut perdre sa chemise dans cette histoire. Un entrepreneur paye ses salariés avant même de recevoir ses financements.

— Je comprends.

— Vraiment ? Et sais-tu combien d'emplois ce projet a créés ? Combien il en aurait généré dans le futur ? Tous ces emplois perdus, tous ces gens au chômage maintenant, et tous ceux qui ne trouveront pas de travail dans les années à venir. Tous ces malades qui ne recevront pas le traitement auquel ils ont droit. Tous ces soins que nous ne pourrons pas dispenser, simplement parce que nous n'aurons pas pu nous agrandir...

— Ryan, cesse de...

Mais il ne pouvait plus s'arrêter.

— Et puis, il y a moi. Je me sens... terni. Oui, c'est le mot. Terni. Je ne suis plus le golden boy, le génial collecteur de fonds que j'étais encore il y a quelques jours. Mais je conserve mon poste. Il y a peu de risques que je le perde. Personne ne dira jamais que tout ce gâchis est arrivé par ma faute.

Elle lui jeta un regard sévère.

— Personne ne le dira parce que ce n'est pas vrai.

— J'aurais dû le savoir.

— Quoi donc ?

— Que cet Axel ferait cela.

— Comment aurais-tu pu le savoir ?

Alors, il lui raconta ce qui s'était passé avec Axel Pembroke.

— Ce petit salaud n'a pas pu résister à l'envie d'essayer de me faire comprendre ce qu'il avait fait, conclut-il. Cela aurait dû me mettre la puce à l'oreille.

Elle l'embrassa encore, cette fois sur le menton, puis elle glissa de ses genoux pour se planter devant lui, les mains sur les hanches.

— Ce comportement bizarre de M. Pembroke, c'est arrivé quand ? demanda-t-elle.

— Samedi.

— Et quand a-t-il disparu ?

— Dimanche, d'après ce que disent les journaux.

— Eh bien, tu n'as rien à te reprocher.

— Tu essayes de prendre ma défense. Je n'en ai pas besoin.

— Mais si ! Tu as besoin d'un regard extérieur, le regard de quelqu'un qui considère les faits tels qu'ils sont. Toi, tu as la fâcheuse tendance à te sentir responsable de choses qui, pourtant, ne dépendent pas de toi. Remarque que je peux te comprendre. En tant que médecin, il m'arrive souvent de ressentir comme toi de la culpabilité, parce que je m'en veux de mon ignorance et de mon impuissance face à certains malades qui attendent de moi toutes les réponses.

— Ce n'est pas pareil !

— Mais si. Tu t'es engagé avec le groupe Pembroke de bonne foi. Et, d'après ce que j'ai compris, cette Fondation est une vieille et respectable organisation. Jamais encore elle n'avait trahi ses engagements, n'est-ce pas ?

— Non, bien sûr.

— Tu as fait un travail formidable en obtenant d'eux une telle somme d'argent. Quant à cette dernière rencontre avec Pembroke, personne, je dis bien *personne*, n'aurait pu deviner, en écoutant ce qu'il t'a dit, qu'il avait une idée derrière la tête. Et, même si tu l'avais deviné, tu n'aurais rien pu faire. Il était déjà trop tard pour l'empêcher de commettre son vol.

Elle afficha un petit sourire ironique.

— Tu t'imagines allant à la police pour dire : « J'ai joué au squash avec Axel Pembroke il y a quelques heures à peine et il a dit des choses qui me tracassent. Par exemple, qu'il fallait saisir sa chance quand elle se présentait. Ou encore, qu'avec lui je ne lâcherai jamais le morceau. » Tu les vois l'arrêtant pour avoir tenu ces propos ?

Elle fronça les sourcils.

— Mais cela me fait penser que tu devrais sans doute aller les trouver. Axel a pu dire quelque chose qui ne signifiait rien pour toi, mais qui leur fournirait peut-être une piste.

— C'est déjà fait. Je les ai appelés hier.

— Et alors ?

— Ils ont pris ma déposition par téléphone et ils m'ont beaucoup remercié.

— Parfait. Tu as fait tout ce qu'il fallait en ce qui concerne cet Axel Pembroke.

— Sauf le retrouver et le tuer de mes propres mains.

Elle eut un sourire indulgent.

— Ce n'est pas ton genre. Et puis, tu as mieux à faire que de chercher à te venger.

— Il ne s'agit pas de vengeance, mais de justice.

— Peu importe. Ta priorité, ce doit être de trouver le moyen d'obtenir le financement nécessaire pour terminer le chantier.

— Je voudrais avoir la peau d'Axel.

— Mais tu ne peux pas. Et tu ne dois pas.

Elle le poussa sur le lit, se lova contre lui et rabattit les couvertures sur eux.

— À présent, il faut que tu dormes un peu, murmura-t-elle en lui donnant un petit baiser sur l'oreille.

— En fait, je ferais probablement mieux de regagner mon lit.

— Oui, sans doute, acquiesça-t-elle en soupirant. Va, je ne t'en empêcherai pas.

Mais il n'avait aucune envie de s'en aller. Pas encore.

— Je vais rester ici et dormir deux heures.

— Je peux régler l'alarme du réveil.

— Oui, fais-le sonner à 4 heures.

Elle obéit et se recoucha près de lui, lui tournant le dos.

La sentir si proche était une tentation trop grande. Il lui caressa l'épaule et les cheveux, avant de l'embrasser dans le cou. Elle se retourna, poussa un soupir et le prit dans ses bras en lui tendant ses lèvres.

Le biper de Ronni la réveilla à 3 h 30. Elle se leva et se rendit dans la salle de bains.

Quand elle revint, Ryan était assis dans le lit. Il avait allumé la lampe de chevet.

— Désolée, dit-elle en s'arrêtant devant sa penderie. Une enfant de trois ans souffre d'une forte fièvre et les parents sont affolés. Je vais les retrouver au Children's Hospital.

Il la regarda s'habiller, puis il se leva et prit ses vêtements.

Elle le fit sortir par la porte-fenêtre et l'embrassa une dernière fois avant qu'il ne la quitte.

— Demain soir, dit-elle, si tu as besoin de moi, je serai là.

Il ne put s'empêcher de la taquiner.

— Sauf si une urgence te réclame.

Elle fronça le nez.

— C'est ainsi quand on se lie à un médecin.

— Tant que le médecin, c'est toi, je veux bien m'accommoder de la situation.

— Parfait. Maintenant, je...

— Je sais. Tu dois partir. Et moi aussi.

Revenu dans sa chambre, Ryan dormit encore quelques heures. Il se réveilla à 7 heures, se prépara, prit son attaché-case et descendit dans la cuisine. Lily était devant la cuisinière, en train de faire cuire des œufs.

— Ah, vous voilà ! Ce sera prêt dans une minute.

— Je boirai seulement un café. Je prendrai quelque chose plus tard, à l'hôpital.

— Vous êtes sûr ? Il faut manger.

— Je mangerai. Plus tard. C'est promis.

Elle lui servit une tasse de café qu'il but sans s'asseoir, appuyé au comptoir.

— Et les enfants ? interrogea-t-il.

— Ils s'habillent. Au fait, j'ai oublié de vous dire hier soir que le Dr Powers était passée ici.

Avait-elle vraiment oublié ? Il en doutait. Probablement avait-elle décidé que le message de Ronni pouvait attendre.

— Elle a dit qu'elle avait lu dans le journal le scandale qui frappait le fonds Pembroke. Elle était... inquiète.

— Je sais. J'en ai parlé avec elle.

Lily cessa de remuer ses œufs dans la poêle. Les sourcils froncés, elle se tourna vers lui.

— Vous lui avez parlé cette nuit ?

— Oui, Lily.

— Eh bien...

Ryan avait la gorge nouée. Il avait une dure journée devant lui et sa belle-mère, le pilier sur lequel reposait la bonne marche de la maison, le regardait fixement, comme s'il avait commis un adultère.

Peut-être, d'ailleurs, voyait-elle les choses ainsi.

— Ronni est devenue très importante pour moi, Lily.

— Croyez-vous vraiment avoir, en ce moment, du temps à consacrer à de telles bêtises ?

Il eut l'impression d'avoir reçu une gifle.

— Cette remarque est assez déplacée, dit-il calmement.

Lily rougit et détourna les yeux.

— Je... vous avez raison. Cela ne me concerne pas.

C'était faux. Lily occupait une place très importante dans sa vie et dans celle de ses enfants. Mais si Ronni et lui continuaient leur histoire — et, maintenant, il n'imaginait pas la quitter — et si Lily refusait d'accepter Ronni... Il faudrait alors opérer de gros changements. Des changements difficiles.

Lily s'était ressaisie. Elle lui sourit bravement.

— Ne parlons plus de cela, pour l'instant. Vous avez déjà suffisamment de soucis. Et nous ne savons pas ce que l'avenir nous réserve.

Elle lâchait prise, au moins temporairement, et Ryan en éprouva un réel soulagement.

La journée ne s'avéra pas aussi pénible que les deux précédentes. Il n'était plus question de s'arracher les cheveux, mais de chercher des solutions. Les efforts de la communauté avaient permis de lever plus de dix millions de dollars qui devaient servir à l'ameublement et à l'équipement des locaux, une fois l'aile terminée. Il s'agissait maintenant d'essayer de réaffecter cet argent pour en faire un usage immédiat. Par ailleurs, comme le Memorial était une institution sans but lucratif, il serait sans doute possible d'obtenir une aide d'urgence de la part du gouvernement.

Mais toutes ces initiatives ne porteraient leurs fruits que dans quelque temps. Et la construction de l'aile ne pouvait se poursuivre tant que Tanner ne disposait d'aucun argent.

Ryan rencontra les épouses de médecins et les bénévoles appartenant à l'association des Amis du Memorial. Toutes s'inquiétaient pour l'avenir du chantier, et pour le discours que leur administrateur en chef devait prononcer le lendemain soir au Bal du Cœur. Comment pourrait-il évoquer la situation sans risquer de jeter un froid sur la soirée qu'elles avaient mis tant de temps et d'énergie à préparer ? Peut-être ferait-il mieux de ne pas prendre la parole...

Ryan se serait volontiers rangé à leur avis. Mais à quoi bon essayer de nier la réalité ? Il déclara qu'il préférait s'en tenir au programme prévu.

Murleen Anniston, femme d'un éminent cardiologue et présidente, cette année, du comité d'organisation du Bal du Cœur, agita ses mains potelées.

— Nous avons tellement travaillé ! Cette fois, nous avons choisi un thème oriental, ce sera magnifique. Nous attendons beaucoup de cette soirée. Nous voudrions que tout le monde en garde un beau souvenir, malgré la catastrophe qui nous touche. Il ne faudrait pas que votre discours crée un malaise.

— Je comprends, dit Ryan. Et je vous promets de ne pas gâcher la fête.

— Comment comptez-vous faire ? insista Mme Anniston.

— Il me semble important de faire face à la situation, de ne pas essayer de prétendre que tout va bien alors que chacun sait que ce n'est pas vrai.

— Mais ce bal devait être si beau ! Un véritable événement, une soirée mémorable !

Maggie MacAllister, la femme du chef du personnel du Memorial, intervint.

— Murleen, je crois que M. Malone a raison. Nous ne pouvons pas jouer les autruches et nous mettre la tête dans le sable. Nous connaissons toutes les qualités d'orateur de notre administrateur en chef. Il saura trouver les mots justes.

— Bien. Tout cela me rend très nerveuse, mais si vous pensez qu'il n'y a pas d'autre choix possible...

— Oui, je le pense, insista Maggie.

Les autres dames commencèrent à discuter et toutes se rangèrent à l'avis de Maggie MacAllister.

Le discours de Ryan, intitulé « Regardez tout le chemin que nous avons parcouru », était maintenu au programme du Bal du Cœur.

Après cette réunion, Ryan en eut encore trois autres. La dernière se termina à 19 heures. Lorsqu'il regagna son bureau, sa secrétaire était déjà partie. Il s'installa à sa table de travail et entreprit d'écrire un nouveau discours.

À 22 heures, il avait rédigé et jeté un nombre considérable de brouillons. Il ne voyait pas quel angle adopter. Tout ce qui lui venait à l'esprit ne ferait que plomber la soirée. À 22 h 30, il ferma son ordinateur et rentra chez lui.

Lily et les enfants étaient couchés. La maison semblait trop grande, trop silencieuse, trop sombre.

Il troqua son costume contre un sweater et un pantalon de coton. Ce satané discours qu'il n'avait pas réussi à écrire lui trottait dans la tête. Comment allait-il en venir à bout ? Il n'en avait aucune idée.

Alors, il sortit de la maison et se dirigea vers la lumière qui brillait derrière la porte-fenêtre de la maisonnette.

6

Ryan frappa sur la vitre de la porte-fenêtre. Ronni lui ouvrit aussitôt.

Elle était encore habillée. Avec son collant vert, ses grosses sandales et son large sweater rouge, on aurait dit l'un des lutins du Père Noël.

Enfin, un lutin très sexy.

Elle se blottit dans ses bras et, comme elle lui tendait ses lèvres, il l'embrassa tout en l'entraînant vers le lit. Ils étaient si pressés l'un et l'autre qu'ils se débarrassèrent de leurs vêtements en un clin d'œil.

Ryan plongea dans ces grands yeux pensifs tandis qu'il entrait en elle, lui maintenant les mains au-dessus de la tête. La chevelure rousse formait un halo bouclé sur l'oreiller blanc. Ronni lui offrit sa bouche, réclamant un baiser.

Il s'en empara et se pressa contre son corps tendu. Elle gémit, s'arqua, l'invitant à entrer en elle plus profondément.

Ils roulèrent sur le lit, accrochés l'un à l'autre. Il se retrouva couché sur le dos, Ronni au-dessus de lui, le chevauchant. Elle lui caressa le torse de ses merveilleuses petites mains avec des bruits de gorge gourmands, la tête renversée en arrière, tandis qu'elle bougeait lentement, en rythme, jusqu'à le rendre fou.

Il ferma les yeux et s'abandonna entièrement à elle, la tenant simplement par les hanches pour la suivre tandis qu'elle accélérait le rythme, jusqu'au moment où le monde parut s'écrouler autour d'eux, les entraînant tous les deux dans une chute vertigineuse.

Ronni s'abattit sur lui. Il la prit dans ses bras et plongea ses doigts dans ses cheveux emmêlés. C'était si bon de la sentir peser sur lui, si chaude, si mince, avec sa chevelure soyeuse qui lui frôlait le bras, et ses seins si doux qu'elle écrasait contre son torse. Même le rythme de sa respiration qui, à présent, ralentissait et se calquait sur son propre souffle, le rendait heureux. Sa peau était comme du satin sous ses doigts et, ne s'étant pas encore retiré, il s'enivrait de sentir...

Tout.

Parce qu'ils avaient oublié d'utiliser un préservatif.

Elle dut en prendre conscience en même temps que lui, car elle se raidit et se souleva pour le regarder dans les yeux.

— Oh ! mon Dieu ! Nous avons oublié...

— Je sais.

Ils échangèrent un long regard. Finalement, elle roula sur le côté et entortilla le drap autour d'elle.

Il se sentait comme un idiot. Comment avait-il pu se montrer aussi négligent ?

— Je suis désolé, j'aurais dû...

Elle s'assit dans le lit.

— Tais-toi.

— Mais je...

Elle lui posa un doigt sur les lèvres et secoua la tête.

— C'est notre faute à tous les deux.

Il s'empara de sa main et lui baisa le bout des doigts.

— Est-ce... une période critique ? demanda-t-il.

— Tu veux savoir quel est le risque que je tombe enceinte ?

Il hocha la tête.

Elle hésita, puis libéra doucement sa main.

— La période est critique, en effet, mais il y a tout de même peu de chances que cela arrive. Inutile de nous inquiéter, d'accord ?

Il savait qu'elle donnait là un sage conseil.

— Et je vais me faire prescrire la pilule, ajouta-t-elle. Ainsi, nous n'aurons plus de souci.

— C'est une bonne idée.

Elle s'allongea de nouveau sur lui, mais il la voyait crispée. Comme il lui caressait les cheveux et le dos, il la sentit se détendre.

Il lui donna un baiser sur la tempe et chercha délibérément à parler d'autre chose.

— Comment cela s'est-il passé, la nuit dernière, avec la petite fille de trois ans ?

Elle se mit à rire.

— Qu'y a-t-il de si drôle ? demanda-t-il avec un sourire.

— Il est apparu que le papa s'était trompé en lisant la température inscrite sur le thermomètre.

— Tu es donc allée pour rien à l'hôpital, en pleine nuit !

— Cela fait partie du métier. Et, lorsqu'on a vu comme moi beaucoup d'enfants vraiment malades, on se réjouit plutôt quand il s'agit d'une fausse alarme.

Il ramena les couvertures autour d'eux, en se disant qu'il aimerait rester près d'elle s'il n'avait pas ce maudit discours à rédiger. Ronni dut deviner que quelque chose le préoccupait, car elle le regarda, les sourcils froncés.

— Tu penses encore à ce préservatif que nous avons oublié.

— Ce n'est pas cela.

Elle s'adossa à la tête de lit et croisa les mains sur le drap.

— De quoi s'agit-il ? Dis-le-moi. Je t'écoute.

Alors, il lui raconta sa rencontre avec les dames qui organisaient le Bal du Cœur.

— E, maintenant, je dois écrire un nouveau discours, conclut-il. J'ai travaillé dessus pendant trois heures, ce soir, et je n'ai abouti à rien. Je ne sais pas par où commencer.

Elle l'observa un moment en silence.

— Tu veux mon avis ?

Il s'assit dans le lit à côté d'elle.

— Oui, dis-moi ce que tu en penses.

— Tu devrais commencer par les amener à croire.

— Croire à quoi ?

— Au projet lui-même. Une nouvelle aile pour le Memorial, c'est de l'espace pour le service de pédiatrie. Et une crèche. Davantage de lits en chirurgie. Un parking plus grand.

— Nous avons déjà agrandi le parking.

— Justement ! Tu dois rappeler à ton auditoire tout ce qui a déjà été réalisé. Vous ne partez pas de zéro. Vous avez déjà parcouru la moitié du chemin. Et ce n'est pas la peine de secouer la tête... Écoute-moi, je suis sérieuse. Tu dois rendre tout cela réel pour eux. Tu pourrais peut-être utiliser des supports visuels, comme par exemple une maquette géante de l'aile une fois terminée. Mais si c'est trop compliqué, pourquoi ne pas montrer des plans, des dessins, de préférence en couleurs ? Aurais-tu un moyen de te procurer cela ?

— Oui, je pense.

— Et aussi des tableaux et des graphiques.

— Tu voudrais que je les fasse rêver ?

— C'est un peu l'idée, mais si tu trouves cela excessif, contente-toi de les inspirer.

— Les inspirer... je ne me sens guère inspiré, en ce moment.

— Ryan Malone, êtes-vous en train de vous plaindre ?

— Je ne me plains pas.

— Ravie de te l'entendre dire.

— Ce n'était pas censé être une intervention spectaculaire. Seulement un petit discours tout simple.

— Tu m'as dit que tu voulais avoir mon avis et je te l'ai donné. Un simple petit discours ne convient pas, dans les circonstances actuelles. Tu as besoin... de faire le show. De créer l'événement. Il faut que tu les amènes à se souvenir.

— De quoi ?

— Du rêve. Du rêve qui devait se concrétiser et qui, en fait, l'est déjà en partie. Un rêve qui peut encore se réaliser si tout le monde se mobilise pour remettre le projet en route.

— Tu veux que je fasse tout cela demain soir ?

— Oui. Et je sais que tu en es capable.

Peu après, elle le renvoya chez lui pour qu'il aille travailler à la façon dont se déroulerait sa présentation.

À 7 heures du matin, il téléphona à Murleen Anniston pour lui dire qu'il aurait besoin de deux écrans et de deux projecteurs de diapositives. Puis il appela Tanner qui affirma pouvoir lui fournir les clichés. Son frère accepta aussi de jouer les projectionnistes.

— Je viendrai t'aider à installer tout cela, ajouta-t-il.

— J'espérais que tu me le proposerais, dit Ryan. Retrouve-moi à la salle de bal à 13 heures, d'accord ?

— Je serai là.

Ryan passa encore plusieurs coups de téléphone, notamment à un journaliste de la *Gazette* qu'il connaissait et à un présentateur d'une télévision locale qui animait un talk-show.

Après le déjeuner, il se rendit au Honeygrove Golf and Country Club où devait avoir lieu le bal. Là, au milieu de l'équipe qui s'affairait à tout mettre en place pour la soirée, Tanner et lui embauchèrent quelques dames bénévoles pour déplacer certaines tables et installer les projecteurs aux endroits voulus. Murleen Anniston avait apporté les deux écrans, masqués par des rideaux de velours rouge qu'on ôterait au dernier moment. Après quoi, ils se livrèrent à quelques essais afin de régler les appareils de projection.

À 15 heures, tout était prêt. Ryan rentra chez lui, s'enferma dans son bureau et s'entraîna trois fois de suite à prononcer son discours.

Lorsqu'il sortit de son bureau à 17 heures, il trouva Drew assis au pied de l'escalier.

— Papa ? À qui parlais-tu ?

Ryan le regarda et se dit une fois de plus qu'il devrait passer davantage de temps avec son fils. À vrai dire, ces derniers jours, il avait à peine vu ses enfants.

— Je m'entraînais pour le discours que je dois prononcer ce soir.

— Quel genre de discours ? As-tu des problèmes dans ton travail ? Grand-mère ne cesse de dire que tu es très préoccupé. Et tu n'es plus jamais à la maison. Et puis, papa, à l'école, nous suivons l'actualité, tu sais ? Toute ma classe a lu l'article sur M. Pembroke. Il s'est enfui en emportant l'argent qu'oncle Tanner devait utiliser pour agrandir l'hôpital. Je voudrais savoir ce qui se passe, papa.

Ryan se rendit compte qu'il devait des explications à son fils.

— Pousse-toi, dit-il.

Il s'installa à côté de lui sur la marche et commença à lui raconter d'une façon simplifiée les problèmes auxquels il avait été confronté ces derniers jours.

— Papa, je veux que tu saches que je t'aiderai autant que je le pourrai.

— Merci, fiston.

— Et as-tu une cavalière pour aller à ce bal ?

— Oui.

— Qui est-ce ?

— J'ai demandé à Ronni et elle a accepté.

— Ronni ? C'est vrai ? C'est génial ! Ronni est super.

— Oui, c'est ce que je pense, moi aussi.

— Si tu veux l'épouser, je suis d'accord.

Surpris, Ryan ne put s'empêcher de sourire.

— Eh bien... j'y réfléchirai.

— Tu devrais te marier, papa.

— Vraiment ?

— Tu as l'air... un peu seul, papa. Tu devrais épouser une gentille femme. Quelqu'un qui nous aimerait bien, Lizzy, Griff et moi. Et grand-mère aussi. Ronni nous aime tous, même si parfois elle est un peu nerveuse avec grand-mère. Elle serait parfaite pour toi. Je le pense vraiment.

— J'y réfléchirai.

— Tu l'as déjà dit, papa.

— Ah ! Bon, très bien, dit-il en riant.

Ce soir-là, lorsque Ronni et Ryan s'approchèrent de l'imposante porte laquée rouge qui marquait l'entrée de la salle de bal, ils furent accueillis par Murleen Anniston, vêtue d'une robe chinoise de soie rouge brodée d'or. À vrai dire, cette toilette n'était pas particulièrement seyante pour une femme ayant de l'embonpoint, mais il était clair que Mme Anniston avait fait son maximum pour respecter le thème de la soirée. Même sa coiffure était dans le ton. La présidente portait sur le sommet de sa tête un volumineux chignon noir de jais dans lequel étaient plantés des baguettes dorées et un nombre incroyable de petits oiseaux bleus.

Le mari de Murleen, le Dr Clark Anniston, en smoking et large ceinture dorée, se tenait à son côté.

— Bienvenue, bienvenue, répétait Mme Anniston chaque fois qu'arrivaient de nouveaux invités.

Toute souriante, elle se courbait pour effectuer ce qu'elle devait considérer comme un salut oriental.

Dans la salle de bal, les tables étaient recouvertes de nappes rouges et de vaisselle d'un noir brillant. Les chaises étaient drapées de brocart d'or. En guise de milieux de table, on avait disposé sur des plateaux laqués noirs des éventails ouverts et des vases chinois portant des baguettes torsadées et des oiseaux de paradis.

Installé dans un coin de la pièce, un orchestre composé de douze musiciens jouait une musique d'ambiance, qui évoqua à Ronni le bruit de l'eau ruisselant sur des galets. Mais peut-être était-ce à cause des six fontaines posées le long des murs, encadrées de statues en papier mâché représentant des chiens à l'air menaçant. Tous avaient été recouverts d'une peinture donnant l'illusion qu'il s'agissait de statues de jade.

Ronni et Ryan se mêlèrent à la foule des invités, allant d'un groupe à l'autre pour saluer des gens qu'ils voyaient tous les jours en blouse blanche ou verte et qui, tous, ce soir, étaient sur leur trente et un pour assister au Bal du Cœur.

Ryan présenta Ronni à trois des couples les plus connus de l'hôpital : Katie et Mike Brennan, Dana et Trevor MacAllister, et Lee et Derek Taylor. Katie, Dana et Lee étaient toutes trois infirmières, et amies de longue date, et leurs maris étaient tous médecins. Lee et Katie attendaient un bébé. Les trois beaux médecins semblaient très heureux, très amoureux, et si contents d'être pères...

Ronni se surprit à se demander comment serait Ryan si...

Mais elle se dit aussitôt qu'elle ne devait pas s'inquiéter. Leur oubli de la nuit passée serait sans doute sans conséquence.

Soudain, elle aperçut Kelly Hall qui se tenait près du gros gong en cuivre proche de l'estrade où était installé le podium. Kelly lui fit un signe de la main.

— Cela fait deux fois que je te surprends avec Ryan Malone, plaisanta Kelly quand Ronni l'eut rejointe. Est-ce qu'il se passerait quelque chose entre vous ?

— Oh ! je l'espère.

— Tu devrais voir ta tête ! Tu rayonnes de bonheur, comme tous les amoureux.

Ronni détourna le regard, soudain embarrassée.

— C'est... très récent.

Kelly se rapprocha et parla à mi-voix.

— Récent ou pas, j'espère que tu utiliseras les échantillons que je t'ai donnés... lorsque le moment sera venu.

— Promis. À vrai dire, j'en ai déjà utilisé. Et, puisqu'on en parle, je voudrais prendre rendez-vous avec toi.

— Pour la pilule ?

— Oui.

— Appelle le bureau lundi. Nous te fixerons un rendez-vous dans la semaine.

— Génial.

— Et je vous souhaite à tous les deux tout ce qu'il y a de meilleur.

— Merci, murmura Ronni.

— J'ai entendu parler des problèmes que rencontrait la construction de la nouvelle aile. C'est moche, non ? reprit Kelly.

— C'est affreux. Mais Ryan s'en sortira. C'est un homme très déterminé.

— J'ai vu dans le programme qu'il devait prendre la parole, ce soir. Son discours s'intitule : « Regardez tout le chemin que nous avons parcouru. »

Ronni eut un grand sourire.

— Oui. C'est le moment de mobiliser les troupes.

Kelly se mit à rire.

— Tu as vraiment confiance en lui. C'est une bonne chose.

Balayant la salle du regard, Ronni aperçut alors Ryan qui discutait avec un homme aux cheveux noirs qui lui ressemblait beaucoup, en plus massif.

— Oh ! regarde, dit-elle à Kelly. Je pense que c'est son frère Tanner. Le croiras-tu, je ne l'ai encore jamais rencontré.

— Eh bien, ce soir, tu vas le faire.

Le ton de Kelly avait changé. Il semblait vaguement désapprobateur.

— Je parie qu'il doit plutôt se sentir mal avec ce qui arrive.

— Compte tenu de la situation, je dirais qu'il a l'air de bien encaisser le coup.

— À mon avis, il est simplement très doué pour cacher ses émotions.

De nouveau, Kelly avait pris un ton critique qui ne lui était pas habituel.

— Tu connais donc Tanner ?

— Je sais des choses sur lui, c'est tout.

— À la façon dont tu dis cela, j'imagine que ce ne sont pas des choses très flatteuses.

Kelly détourna les yeux un bref instant.

— Désolée, ce n'était pas mon intention, dit-elle en regardant de nouveau Ronni. Comme je te l'ai dit, je ne connais pas cet homme.

Ronni n'insista pas. Tanner était le frère de Ryan, et si Kelly avait quelque chose de négatif à dire à son sujet elle ne tenait pas vraiment à l'entendre.

— Alors, où en sont les travaux dans ton appartement ? demanda Kelly.

— Cela avance bien.

— Bien. Quand as-tu prévu d'emménager ?

— Le 1er mars.

C'était la date qu'elle s'était fixée, du moins jusqu'à l'avant-veille. Depuis, compte tenu de ce qu'elle avait vécu avec Ryan, elle n'était plus si catégorique. En fait, elle avait même du mal à s'imaginer quittant la maisonnette, sauf si c'était pour s'installer avec Ryan.

Le ferait-elle ? Était-elle prête à s'installer avec lui ? Prête à... l'*épouser* ? À présent, elle n'envisageait pas d'autre destin pour elle. Mais il y avait tant d'éléments à prendre en considération : son métier à lui, si dévorant ; le sien, tout aussi dévorant... et puis les enfants. Et Lily.

Cela faisait beaucoup d'obstacles. Beaucoup trop pour les franchir tous en même temps.

En fait, rien ne l'y obligeait. Même si elle avait le sentiment qu'elle aimerait Ryan Malone toute sa vie durant, elle ne devait pas oublier qu'il ne s'était écoulé que deux jours depuis qu'il était venu chez elle au milieu de la nuit et qu'elle avait alors compris qu'elle était amoureuse.

Elle se rendit compte tout à coup que Kelly lui disait quelque chose. Elle força son esprit vagabond à se concentrer.

— Que disais-tu ?

Kelly sourit.

— Tu étais partie sur une autre planète.

— Je réfléchissais, tout simplement.

— Eh bien, il y a là-bas une personne que tu apprécies beaucoup qui essaye d'attirer ton attention.

Ronni se retourna et croisa le regard de Ryan, ce qui déclencha chez elle une sensation des plus délicieuses.

— Je dois y aller, dit-elle. Veux-tu te joindre à nous ?

— Non, j'ai un cavalier qui m'attend quelque part par là, je vais le chercher. Le dîner va bientôt être servi.

Ronni alla retrouver Ryan. Lorsqu'elle arriva à sa hauteur, il la prit par la taille et la présenta à son frère.

— Voici Ronni, dit-il, comme si elle était la personne la plus importante au monde.

Tanner afficha un sourire éclatant.

Avec un sourire pareil, se dit Ronni, il devait avoir beaucoup de succès auprès des femmes.

— J'ai beaucoup entendu parler de vous, déclara-t-il.

— En bien, j'espère ?

— Absolument.

Elle fit connaissance avec la cavalière de Tanner, une femme qui travaillait dans le cabinet d'architecture responsable des plans de l'aile à demi construite. Ryan les conduisit ensuite à leur table, proche du gros gong en cuivre.

— Je parie que Murleen Anniston va taper sur ce truc, murmura Tanner. Rien qu'en y pensant, j'ai déjà mal à la tête.

— Bois un peu de thé, suggéra sa cavalière.

Une grande théière fumante était posée sur la table. À côté, il y avait aussi des bouteilles de vin déjà débouchées.

— Je vais plutôt me servir un verre de vin, dit-il en prenant une bouteille qu'il fit ensuite circuler.

Deux autres couples partageaient leur table. Il s'agissait de membres du conseil d'administration du Memorial, accompagnés de leurs femmes. Ryan les présenta à Ronni qui sourit et échangea quelques mots avec eux.

Soudain, Mme Anniston donna un grand coup sur le gong. L'orchestre s'arrêta de jouer.

— Qu'est-ce que je vous avais dit ? grommela Tanner.

— Sers-toi encore un peu de vin, proposa sa cavalière.

— Non merci. Peut-être plus tard.

Murleen Anniston, rayonnante, prit la parole.

— Bienvenue à tous. Nous sommes profondément heureux de vous voir si nombreux pour participer au dix-neuvième Bal du Cœur. Au cours de la soirée, nous aurons quelques brèves mais passionnantes interventions pour présenter notre hôpital et nos projets d'avenir. Après le dîner, nous danserons. Ah ! J'espère aussi que vous trouverez le temps d'aller dans la salle voisine pour participer à la vente aux enchères. Mais pour l'instant, je vous en prie, profitez bien de la fête !

Elle frappa de nouveau le gong en y mettant beaucoup d'énergie. L'orchestre se remit à jouer. Ronni vit entrer dans la salle une armée de serveurs vêtus d'un pyjama de soie noire et chaussés de mules noires, portant très haut d'énormes plateaux. Ils déposèrent sur chaque table des bols fumants dont ils énonçaient au fur et à mesure le contenu.

— Riz blanc, rouleaux de printemps, beignets de poulet, crevettes avec sauce de homard, pâté impérial, porc au poivre...

Ryan se pencha vers elle.

— J'espère que tu aimes la cuisine chinoise.

— Je l'adore, répondit-elle en prenant la paire de baguettes laquées noires posées devant elle.

Ils restèrent une heure à table, tandis que l'orchestre jouait en sourdine avec, en arrière-fond, le murmure des fontaines.

À un moment, Ronni sentit que Ryan, à l'insu de tous, lui prenait la main sous la table et la pressait doucement. Elle fit de même.

Il semblait détendu et participait avec entrain à la conversation. Elle se dit alors que, s'il prononçait son discours avec autant de talent qu'il en mettait à distraire ses compagnons de table, la soirée serait un vrai succès.

Le repas terminé, Murleen Anniston se leva et donna encore un coup sur le gong. Tandis que le silence s'installait dans la salle, elle monta sur l'estrade et prit place sur le podium d'où elle remercia les convives pour les chèques généreux qu'ils avaient signés au profit du Bal du Cœur. Grâce à eux, expliqua-t-elle, des gens qui n'avaient pas les moyens de se faire soigner bénéficieraient des meilleurs traitements. L'hôpital pourrait acheter des équipements de pointe. Des soins à domicile seraient dispensés à beaucoup de personnes âgées dont l'état de santé ne nécessitait pas une hospitalisation, mais qui cependant avaient besoin d'une assistance médicale.

La présidente présenta ensuite deux autres orateurs. Le premier parla du nouvel équipement de kinésithérapie que les recettes du Bal du Cœur permettraient d'acquérir. L'autre évoqua les différents programmes de bénévolat qui seraient financés grâce aux efforts des Amis du Memorial.

Lorsque Mme Anniston retourna sur le podium, Ryan saisit de nouveau la main de Ronni sous la table.

— Nous y voilà, dit-il. Souhaite-moi bonne chance.

— Je te le dis volontiers, bien que tu n'en aies pas besoin. Nous allons tous être très fiers de toi.

Tanner se leva.

— C'est le signal, murmura-t-il. Je suis l'équipe technique.

Il les quitta.

— Et maintenant, lança Murleen Anniston, nous arrivons à un moment très important de notre programme. Chacun de nous a nécessairement entendu parler des événements préoccupants qui se sont produits la semaine dernière concernant la nouvelle aile de notre hôpital.

Pendant qu'elle parlait, quatre femmes en robe du soir montèrent à la tribune, deux se dirigeant vers la droite et deux vers la gauche. Lentement, elles firent tomber les rideaux de velours rouge qui masquaient deux écrans blancs identiques.

— Comme je l'ai déjà dit, continua Murleen Anniston, il s'est écoulé dix-neuf ans depuis la création de notre premier Bal du Cœur. L'année de ce premier bal, notre hôpital venait juste de s'installer à l'emplacement où il est actuellement. Avant, comme beaucoup d'entre vous s'en souviennent certainement, Honeygrove Memorial s'appelait Honeygrove General et se dressait dans cette vieille monstruosité en brique qui s'élève dans Willamette Way et qui, depuis, est devenue un musée. Notre espoir est que, l'année prochaine, pour notre vingtième Bal du Cœur, nous ayons atteint notre objectif : l'inauguration du service de pédiatrie qui sera un élément majeur de notre nouvelle aile. Des événements récents mettent en danger nos efforts. Notre administrateur en chef est ici ce soir pour nous parler de tout ce qui a été fait, et de ce que nous devons faire encore, pour maintenir cet important projet en bonne voie. Je vous demande d'accueillir chaleureusement notre cher Ryan Malone...

Des applaudissements polis s'élevèrent dans la salle. Les lumières s'éteignirent tandis que Ryan quittait sa chaise.

Deux images apparurent sur les écrans blancs. D'un côté, on voyait une photo du Memorial tel qu'il se présentait actuellement, avec la nouvelle aile à demi construite, un bâtiment de deux étages fait de verre et de béton brut. L'autre écran montrait un dessin de ce que serait le Memorial dans sept mois, une fois l'aile achevée. Toute la structure était repeinte dans un gris tourterelle souligné de quelques touches saumon. Un magnifique jardin en terrasse couronnait l'aile neuve, laissant s'échapper le long des murs des grappes végétales qui rendaient l'ensemble vivant et accueillant.

L'assistance applaudit mollement tandis que la lumière d'un projecteur braqué sur le podium montrait Ryan qui attendait que le silence se fasse dans la salle. Deux éclairs jaillirent. Sans doute le flash des appareils des photographes de presse, pensa Ronni.

— Il y a trente-quatre ans, commença Ryan, par une nuit d'hiver comme celle-ci, un homme et une femme se hâtaient de rentrer chez eux pour retrouver leurs enfants. Ils revenaient d'une visite chez un parent malade vivant à Bay Area. Leur voiture glissa sur le verglas et heurta un pylône. L'homme et la femme moururent sur le coup. Ils ne rentrèrent jamais chez eux où les attendaient leurs deux fils.

Il marqua une pause, puis reprit son récit.

— Jusqu'à la mort de leurs parents, ces deux enfants n'avaient jamais manqué de rien. Ils avaient un foyer aimant, des parents qui veillaient sur eux. Et, soudain, leur monde a basculé. Aucun membre de leur famille n'est venu les réclamer. Aucun n'a demandé à les adopter. Les deux garçons ont été pris en charge par l'État et placés dans un orphelinat. Toutes les chances étaient contre eux, semblait-il. Et pourtant, aujourd'hui, l'un d'eux dirige sa propre entreprise de construction. Et l'autre est l'administrateur en chef de votre hôpital : Honeygrove Memorial.

Il marqua encore une pause.

— Ces deux garçons, continua-t-il, sont la preuve vivante que personne ne peut prédire l'avenir. Ils se sont débattus, parfois ils ont baissé les bras. Ils se sont souvent sentis très seuls. Mais ils ne l'étaient pas. On leur a tendu la main, l'État s'est occupé d'eux. Et tous deux ont bénéficié d'une bourse Pembroke qui leur a permis de faire des études. Cet argent leur a été fourni par l'organisation qui, aujourd'hui, connaît tous ces ennuis. Ces deux garçons, ce sont mon frère et moi.

Il se tut, balayant la salle du regard.

— Ce que je voudrais vous faire comprendre ce soir, c'est que, même si tout semble actuellement ligué contre nous, nous *pouvons* achever la construction de la nouvelle aile. Voyez derrière moi tout le chemin que nous avons déjà parcouru, souligna-t-il en montrant l'écran placé sur sa droite. Nous avons réalisé la moitié des travaux. Maintenant, le chantier est arrêté. Nous devons le remettre en route. Nous devons mobiliser la presse et tous les médecins pour qu'ils plaident notre cause.

Il sourit.

— Etes-vous là, mesdames et messieurs les journalistes ? Je l'espère. Pour l'instant, vous vous faites l'écho d'un scandale. Nous attendons davantage de vous. Nous voudrions que vous vous intéressiez à l'avenir, aux quarante millions de dollars que nous comptons récolter. Nous disposons de dix millions, fournis par notre communauté pour aménager l'intérieur du bâtiment. Nous pensons pouvoir utiliser cette somme pour relancer le chantier. Mais il nous faut plus d'argent. Beaucoup plus. Nous devons récolter des fonds. Et je compte sur vous tous pour nous aider à y parvenir. Nous venons de subir un coup très dur, mais rien n'est perdu. Et je sais qu'ici, ce soir, il y a beaucoup de gens prêts à nous soutenir. La porte de mon bureau reste ouverte à tous, au Memorial. Venez me voir, téléphonez-moi, je veux entendre les idées que vous pouvez avoir pour nous aider à nous tirer d'affaire. Et, bien sûr, je veux que vous et tous vos amis, vous sortiez vos carnets de chèque. Une fois de plus !

Des rires parcoururent l'assistance.

— Je vois que vous comprenez ce que je veux dire. Je ferai tout ce qui est nécessaire pour surmonter ce moment difficile et aboutir au succès, mais je ne peux pas y arriver seul. Mesdames et messieurs, regardez tout le chemin que nous avons parcouru. Et regardez où nous allons. Ce ne sera pas facile, mais nous y parviendrons. Je vais vous faire une promesse et vous allez m'aider à la tenir, tout comme cette communauté nous a aidés à nous construire, mon frère et moi, après la mort de nos parents. *Nous réussirons*. Et, en septembre prochain, les Amis du Memorial organiseront une fête aussi splendide que celle-ci. Une fête où nous célébrerons l'achèvement de l'aile qui marquera le vingtième anniversaire de l'existence du Honeygrove Memorial. Nous pouvons y arriver. Je vous le promets. Nous réussirons.

Ryan se tut. Un silence impressionnant s'installa dans la salle.

Puis, soudain, un tonnerre d'applaudissements éclata.

7

Le lendemain, *La Gazette* publia dans son édition du dimanche un résumé du discours de Ryan, accompagné de grandes photos en couleurs et d'une note indiquant où l'on pouvait adresser ses dons. Le lundi, Ryan se rendit à la télévision locale pour participer au journal de 6 heures où il s'expliqua sur l'importante collecte de fonds qui allait être lancée en faveur du Memorial. Durant la semaine, il intervint encore sur les ondes de deux radios. Il accepta aussi les invitations émanant de diverses associations.

Et la porte de son bureau restait toujours ouverte. Quand il n'était pas en train de participer à une réunion ou de prononcer un discours, il répondait au téléphone ou accueillait des visiteurs qui venaient lui faire part de leurs idées pour obtenir des financements.

Ronni ne le voyait que tard dans la soirée. Bien qu'elle soit elle-même très occupée, elle regrettait parfois de ne pas passer plus de temps avec lui. Ils avaient à parler de tant de choses : de leur avenir, des enfants, du problème avec Lily, de leurs vies si compliquées à organiser.

Quand ils se retrouvaient, la nuit venue, Ryan n'avait qu'une envie après avoir passé une journée épuisante : faire l'amour avec elle. Et elle partageait le même désir. Après, ils s'endormaient dans les bras l'un de l'autre jusqu'à ce que l'alarme du réveil, réglée à 4 heures du matin, les tire d'un sommeil profond. Ryan se levait, se rhabillait et rentrait chez lui après avoir échangé un dernier baiser avec Ronni.

Ils n'avaient encore jamais parlé d'amour. Tout était arrivé si vite. Et, maintenant, Ryan avait une lourde charge sur les épaules.

Il essayait d'accomplir un miracle et de sauver le chantier de l'aile en construction.

Par ailleurs, elle sentait chez lui une certaine pudeur — qu'elle partageait. Alors, lorsque le mot « amour » serait prononcé, elle voulait que ce soit dans une ambiance particulière. Au cours d'un dîner aux chandelles, par exemple. Il y aurait des fleurs sur la table et une musique douce en fond sonore. Ils bavarderaient, s'embrasseraient, riraient ensemble, profitant pour une fois d'une soirée de totale liberté. Elle lui dirait : *Je t'aime.* Et il répondrait qu'il l'aimait, lui aussi.

Le jeudi, Ronni se rendit à la consultation de Kelly Hall. Elle fit un test de grossesse, procédure obligatoire pour toute patiente qui voulait se faire prescrire un contraceptif. Le test s'avéra négatif. Bien sûr, Ronni savait que, si elle était enceinte, c'était encore trop tôt pour que cela soit révélé par le test. Celui-ci consistait à analyser l'urine pour y détecter l'hormone chorionique gonadotrophique, la HCG, présente chez une femme enceinte deux semaines après la conception. Il ne s'était écoulé que six jours depuis la nuit où Ryan et elle avaient omis de prendre des précautions.

Kelly l'interrogea sur son passé médical, puis elle commença à l'examiner.

— C'est sensible ? demanda-t-elle en voyant Ronni faire la grimace alors qu'elle lui palpait le sein gauche.

— Un peu.

— Quand dois-tu avoir tes prochaines règles ?

Ronni l'avait mentionné lorsque Kelly avait procédé à son interrogatoire médical. L'obstétricienne consulta ses notes.

— Pas avant une semaine au moins, je vois. Eh bien...

— Elles viendront peut-être un peu plus tôt ce mois-ci.

— Je croyais que tu avais un cycle assez régulier.

— Oui, mais nous savons toutes les deux qu'une hypersensibilité des seins peut s'expliquer de bien des façons.

— Les plus courantes sont l'approche des règles... et la grossesse. Baisse ton bras et lève l'autre.

Une nouvelle palpation révéla que le sein droit était, lui aussi, d'une extrême sensibilité.

— Bon, c'est vrai, avoua Ronni. Nous avons fait l'amour sans protection. Une fois. C'était la semaine dernière.

— Tu peux baisser ton bras.

Kelly l'aida à remettre sa blouse en non-tissé, puis elle lui fit un examen gynécologique dont elles savaient l'une et l'autre qu'il ne permettrait pas encore de déceler les signes d'une éventuelle grossesse.

— Tout a l'air bien, conclut Kelly. Nous aurons les résultats dans un jour ou deux.

Elle ôta ses gants en latex, les jeta à la poubelle, puis elle fit le tour de la table d'examen pour venir poser sa main sur le bras de Ronni.

Celle-ci fut touchée par ce geste de sympathie.

— C'est vraiment stupide, non ? dit-elle en soupirant. *Incroyablement* stupide de la part d'un médecin comme moi.

Le regard de Kelly exprimait une infinie gentillesse, sans aucun jugement. Il semblait vraiment compréhensif.

— Cela arrive, dit-elle d'une voix chaleureuse où pointait une certaine tristesse. Un médecin est un être humain comme les autres. Il arrive parfois que nous ne soyons pas aussi prudents que nous devrions l'être.

Soudain, elle changea de ton.

— Le seul symptôme que nous ayons pour le moment, c'est une hypersensibilité des seins. Il peut très bien s'agir d'une fausse alerte. Si tu veux, nous pouvons faire une analyse de sang. Elle donne un résultat fiable une semaine après la conception, à moins d'une erreur commise par le laboratoire.

— Non, dit Ronni. Ce n'est pas la peine.

Elle n'était pas pressée. Elle n'était même pas sûre d'avoir envie de savoir.

— Très bien, dit Kelly. Attends encore deux semaines. Nous ferons l'analyse de sang à ce moment-là. Ou bien tu pourras utiliser un test de grossesse chez toi, si tu n'as pas tes règles à la date prévue. Cela te donnera un résultat aussi exact que celui qu'on obtient avec une analyse de sang.

Enceinte. Je suis peut-être enceinte.

Ronni sentit ses paumes devenir moites.

— Oh ! mon Dieu ! Kelly, le moment serait vraiment mal choisi pour moi d'attendre un bébé maintenant. Je n'arrive pas à y croire ! Je ne *veux* pas y croire.

— Hé, doucement ! Tu n'auras aucune certitude avant une semaine ou deux. Et il n'y a rien à faire pour le moment. Il est fort possible, après tout, que tu ne sois pas enceinte. Et, si tu l'es, il y aura plusieurs options.

— Tu as raison. Je ne dois pas me faire du souci.

— Absolument, dit Kelly en lui tapotant l'épaule. Rhabille-toi. Je vais te prescrire une pilule contraceptive. Tu commenceras à la prendre le cinquième jour qui suivra le début de tes prochaines règles.

Mes prochaines règles.

Faites, mon Dieu, qu'elles arrivent à la date prévue : dans une semaine. Le vendredi 25 février.

Elle décida de ne rien dire à Ryan. Elle voulait attendre d'avoir une certitude, quelle qu'elle soit.

Il avait assez de soucis comme cela. Inutile de l'inquiéter davantage, surtout s'il s'agissait d'une fausse alerte.

Cette nuit-là, lorsqu'il vint la rejoindre, elle se comporta comme les autres nuits. Elle lui ouvrit les bras et ils firent l'amour. En toute sécurité, en utilisant un préservatif.

Lorsqu'il sombra dans un profond sommeil, elle le serra contre elle, sentant son cœur battre contre le sien, et elle se dit que tout allait bien se passer.

Le lendemain, vendredi, pour une fois Ronni rentra chez elle de bonne heure. Il était un peu plus de 17 heures. À 17 h 30, vêtue d'un jean et d'un gros sweater, elle explorait le contenu de son réfrigérateur lorsqu'on sonna à la porte.

C'était Drew.

— Ronni, il faut que je vous parle. Comme vous ne venez jamais nous voir, j'ai décidé que le mieux était de passer chez vous.

— Entre, je t'en prie.

Elle l'emmena dans la cuisine et lui offrit une chaise.

— J'imagine que vous allez vous faire bientôt à dîner ?

— J'étais en train de regarder ce que j'avais dans le réfrigérateur.

— Grand-mère prépare un rôti de bœuf pour ce soir. Avec des pommes de terre et des carottes. Vous aimez le rôti ?

— Beaucoup. As-tu dit à ta grand-mère que tu venais me voir ?

Drew fronça les sourcils.

— Euh... non, j'ai oublié. Je ferais mieux de lui téléphoner, non ?

Elle lui montra le téléphone accroché au mur. Il se leva et composa le numéro.

— Grand-mère ? C'est moi. Je veux te dire que je suis chez Ronni et que je rentrerai dans un petit moment.

Il écouta.

— Non, tout va bien, grand-mère. Ronni est d'accord.

Il se tourna vers elle.

— Est-ce que je vous dérange ?

— Non, pas du tout.

— Tu as entendu, grand-mère ? Elle a dit que je ne la dérangeais pas du tout. Je ne vais pas rester très longtemps. Ah, tu sais quoi ? Ronni n'a pas encore dîné, et elle aime beaucoup le rôti. Je peux l'inviter ?

Il écouta la réponse, puis s'adressa à Ronni.

— Grand-mère dit que vous êtes trop occupée, que vous avez sûrement un tas de choses à faire.

Pauvre Lily, pensa-t-elle avec une certaine ironie. Elle se faisait forcer la main par un enfant de neuf ans très malin.

— Donne, je vais lui parler, dit-elle.

Elle s'empara du téléphone que Drew lui tendait.

— Bonsoir, Lily.

— Bonsoir, dit Lily d'un ton froid. Comment allez-vous ?

— Très bien, merci. Et vous ?

— Très bien.

— Bon. Je tiens à vous remercier pour votre invitation. Je suis ravie de dîner avec vous. Nous serons là dans quelques minutes. Cela vous va-t-il ?

— Eh bien, je...

— Désirez-vous parler encore à Drew ?

— Je... non, ce n'est pas nécessaire.

— Voulez-vous que j'apporte quelque chose ?

— Non, rien. Ce n'est pas la peine.

— Alors, à tout à l'heure.

— Oui, très bien...

Ronni raccrocha. Drew la regardait en souriant.

— Elle va finir par s'habituer à vous, dit-il.

— Eh bien, je suis contente de l'apprendre.

Le sourire de l'enfant s'effaça.

— Ma maman lui manque encore.

— À toi aussi, je parie, dit-elle doucement.

— Oui.

Il haussa les épaules, regardant fixement ses mains.

— Ma maman est partie, vous savez ?

Emue, elle s'agenouilla pour être à sa hauteur, et lui prit les mains.

— Perdre sa maman, c'est l'une des choses les plus difficiles à vivre, je crois. J'avais sept ans quand j'ai perdu la mienne.

— Votre maman est morte, comme la mienne ?

— Oui.

— Et votre papa ?

— Il est mort il y a quelques années.

— Mon papa a perdu sa maman *et* son papa quand il n'était encore qu'un petit enfant.

— Je sais. Il me l'a dit.

— Nous sommes beaucoup à avoir perdu nos mamans, Ronni.

— C'est vrai.

— Vous vous en êtes sortie, même sans elle, pas vrai ?

— Oui, mais elle m'a beaucoup manqué.

— Mon papa aussi s'en est sorti.

— C'est vrai. Merveilleusement.

— Bon, avez-vous envie de savoir ce que j'ai à vous dire ?

— Oui, bien sûr. J'en ai très envie.

— Je voudrais aider mon papa à trouver l'argent dont il a besoin pour l'hôpital. J'en ai déjà parlé à la directrice de mon école. Elle m'a dit qu'elle ne pouvait pas autoriser une collecte de fonds si l'argent n'était pas destiné à l'école. Alors, j'ai cherché une autre solution. Le problème, c'est que j'ai neuf ans, vous comprenez.

— Oui, je comprends, dit Ronni en souriant.

— Je voudrais tellement aider mon papa ! Mais il ne doit pas être au courant de mon projet. Je lui ferai la surprise. Si je pouvais lui rapporter cent dollars, et même plus... Mais, pour ça, j'ai besoin de l'aide d'un adulte. Grand-mère a déjà la charge de Griff et de Lizzy. Je sais que vous êtes très occupée, vous aussi, mais vous avez du temps libre le samedi et le dimanche, pas vrai ?

— Oui, c'est exact.

— Bon, alors, voilà mon idée. Nous pourrions installer une table devant le supermarché Superserve Mart et y passer deux heures, le samedi et le dimanche, pour discuter avec les gens et leur expliquer la situation. Vous pourriez mettre une blouse blanche. Comme cela, ils sauraient que vous êtes médecin. Vous pourriez aussi avoir ce truc autour du cou...

— Un stéthoscope ?

— Oui, voilà. Un stéthoscope. En fait, vous n'auriez pas grand-chose à faire, juste à être là. Moi, je me tiendrai près des portes du magasin et j'expliquerai aux gens qu'on a besoin d'argent pour achever la construction de l'aile. Je leur dirai qu'ils peuvent donner ce qu'ils veulent, un dollar, ou même cinquante cents. Ou bien un chèque. J'ai lu dans le journal comment il fallait l'écrire si l'on voulait faire un don. Alors, Ronni, vous allez m'aider ?

— As-tu parlé de ce projet à ta grand-mère ?

— Pas encore. Je voulais vous en parler d'abord.

— Il faut tout lui dire et voir ce qu'elle en pense.

— Si elle est d'accord, vous direz oui ?

Elle dissimula un sourire.

— Nous allons en parler à ta grand-mère, voir si elle est d'accord et, *après*, je prendrai ma décision.

— Très bien. Mais nous ne devons pas lui en parler devant Griff ou Lizzy. Sinon, ils risqueraient de dire quelque chose à papa, et ce ne serait plus une surprise.

Lily se montra froide mais polie durant le dîner. Elle demanda deux fois à Ronni si les travaux avançaient dans son appartement. Le message était clair. « Quand il sera prêt, vous pourrez partir d'ici et vous éloigner de mon gendre. »

Après le repas, les trois enfants aidèrent à desservir. Ronni ne pouvait s'empêcher d'admirer la façon dont Lily s'occupait d'eux. Ils semblaient heureux, pleins d'enthousiasme et très bien élevés. Ils devaient tout cela à leur grand-mère qui leur procurait une grande stabilité, beaucoup d'amour et une attention constante. Que deviendraient-ils sans elle ?

— C'est le moment de regarder un film, déclara Drew.

Il emmena son frère et sa sœur dans la pièce voisine, laissant les deux femmes en tête à tête. Ronni commençait à rincer les assiettes lorsqu'elle surprit un regard en coin de Lily. Celle-ci l'observait d'un air peu amène.

— Je ne peux vraiment pas vous dire à quelle heure Ryan rentrera ce soir, dit-elle.

— Il se trouve que je ne suis pas venue pour le voir, bien qu'il compte pour moi. Enormément.

— J'imagine que vous me le diriez si… si vous preniez d'importantes décisions ?

— Bien sûr. Nous…

— Alors, c'est bien. En attendant, je considère que ce qui peut se passer entre mon gendre et vous ne me regarde pas.

— Mais, Lily…

— Chut… voilà Drew.

Ronni se retourna. Drew était là, dans l'embrasure de la porte, arborant un sourire crispé.

— Vous chuchotiez. Vous lui avez déjà dit, Ronni ?

Lily fronça les sourcils.

— Dit quoi ? demanda-t-elle en démarrant le lave-vaisselle.

— Drew voudrait vous parler de quelque chose qui lui tient à cœur.

— De quoi s'agit-il ?

— Allez, Drew, dis-lui, conseilla Ronni avec un sourire d'encouragement.

Lily abandonna son air sévère.

— C'est quelque chose d'important ? Eh bien, allons nous asseoir.

Tous trois prirent place autour de la table de la cuisine.

— Bon, continua Lily, dis-moi ce que tu as en tête, Andrew.

Elle le laissa parler sans l'interrompre. Lorsqu'il eut terminé, elle se tourna vers Ronni.

— Alors, vous lui avez dit que vous l'aideriez ?

— Je lui ai dit que nous allions vous en parler, vous demander votre avis, et qu'après je prendrai ma décision.

— Ce qui veut dire que, si je suis d'accord, vous serez prête à l'aider ?

— Oui, j'en serais très fière.

— Mais comment trouverez-vous le temps de faire cela ?

— Comme l'a souligné Drew, j'ai du temps libre le week-end. C'est faisable.

— Vous êtes sûre ?

Ronni éprouvait de l'admiration pour Lily qui, malgré ses réticences à son égard, était capable de les oublier pour laisser à Drew le plaisir de réaliser son projet.

— Je vais prendre contact avec le supermarché pour leur demander l'autorisation de nous installer devant le magasin, dit-elle. Et je passerai quelques coups de téléphone afin de récupérer des affiches et des urnes pour recueillir les dons.

— C'est... c'est très gentil à vous.

Drew se tortillait sur sa chaise.

— Grand-mère, je t'en prie, dis oui !

— Très bien. C'est une merveilleuse idée et je suis fière de toi pour avoir envie de te lancer dans un tel projet.

Ce soir-là, il était plus de 23 heures lorsque Ryan se rendit chez Ronni. La maisonnette était plongée dans le noir.

Il utilisa sa propre clé pour entrer et referma la porte derrière lui.

— Ryan ? murmura Ronni d'une voix ensommeillée.

Il se dévêtit et se glissa dans le lit à côté d'elle. Il la serra dans ses bras. Elle était si chaude, si douce. Elle frissonna au contact de sa peau, plus fraîche que la sienne.

— Brr...

— Réchauffe-moi, dit-il.

Elle se blottit contre lui et entremêla ses jambes aux siennes.

Près d'elle, il oubliait tous ses soucis. Elle était son havre de paix. Il avait besoin de sa tendresse, de ses baisers, de son regard sage et compréhensif.

Il l'embrassa. Elle poussa un soupir satisfait.

Comme il la caressait, il sentit le désir l'envahir.

Elle gémit doucement, murmura son nom et, se collant à lui, lui offrit ce qu'il recherchait : une explosion de sensations pures. Un relâchement total. Et la paix.

Un peu plus tard, il réalisa qu'elle essayait de lui parler. Il était question de Lily. Ronni avait dîné à la grande maison. Ils avaient mangé du rôti de bœuf, disait-elle.

— C'est bien, murmura-t-il, écrasé de sommeil.

— En parlant de Lily…

— Oui ?

— Elle n'est pas heureuse de ce qui nous arrive. Elle m'en veut. Je crois que nous devrions… Ryan, tu m'écoutes ?

Il lui caressa le dos.

— Tu dors ?

— Je suis si fatigué.

— Ryan ?

Il se força à ouvrir les yeux.

— Oui ? Quoi ? Lily… ?

Elle lui posa un baiser sur l'épaule.

— Cela ne fait rien. Dors. Nous parlerons plus tard.

Dormir. Quel mot merveilleux !

Il sourit et renonça à essayer de garder les yeux ouverts.

Le lendemain, Ronni prit contact avec le supermarché et obtint l'autorisation d'installer une table devant l'entrée du magasin. Elle téléphona ensuite à Maggie MacAllister qui lui promit de lui fournir le matériel dont Drew et elle avaient besoin. Elles se donnèrent rendez-vous à 13 heures au Children's Hospital. Maggie avait apporté trois urnes portant l'inscription « Sauvez notre nouvelle aile », deux badges où figurait le titre de « Collecteur de fonds officiel » et deux grandes affiches.

À 15 heures, Drew et elle étaient installés devant la porte du supermarché. Ils tremblaient de froid dans leurs gros blousons. À 17 heures, lorsqu'ils levèrent le camp, Drew était devenu très adroit dans sa façon d'aborder les passants pour leur demander :

« Juste un dollar, ou cinquante cents, ou vingt-cinq cents. Donnez ce que vous pouvez, nous en avons vraiment besoin. »

Ils avaient collecté quarante-huit dollars et vingt-sept cents. Drew était aux anges. Durant le trajet du retour, il ne cessa de parler.

— Si nous récoltons autant chaque fois, cela fera près de cent dollars par semaine ! Près de cinq cents dollars par mois ! Et mille dollars en deux mois ! Papa sera fier de nous, n'est-ce pas ?

— Oh oui, très fier.

— C'est formidable, Ronni ! Je suis sûr que cela aide d'avoir un vrai médecin, même si on ne voit pas beaucoup la blouse blanche sous votre manteau. Mais on voit bien le stéthoscope.

— Ce qui a le plus compté, c'est toi.

— Ah ?

— Oui. Tu étais... infatigable. Tu as su faire ce qu'il fallait, sans t'arrêter, pendant deux heures.

— Infatigable, répéta l'enfant. Il faut l'être, parfois. C'est ce que fait mon papa.

Ronni fut saisie d'une vague mélancolie. Ryan se donnait trop à sa tâche, ces temps-ci. Il travaillait tous les jours très tard, cherchant à tout prix à sauver l'achèvement de l'aile. Quand ils se retrouvaient, ils faisaient l'amour, puis dormaient quelques heures à peine. Ils ne trouvaient plus le temps de se parler.

Elle savait qu'elle ne pouvait pas exiger davantage de lui. Elle devait se montrer patiente. Mais un jour viendrait où il faudrait qu'ils parlent de leur avenir.

— Ronni ?

— Oui ?

— Ce serait mieux si vous preniez chez vous tout ce matériel, et aussi l'argent, pour que papa ne le voie pas.

— Très bien, je suis d'accord.

— Demain, j'espère que nous récolterons autant d'argent qu'aujourd'hui. Ou même plus.

— Moi aussi, je l'espère.

— Ronni...

— Oui ?

— Vous assurez.

Touchée par le compliment, elle lui sourit.

— Merci.

— J'espère que mon papa et vous, vous allez vous marier.

Elle sentit sa gorge se nouer.

— Vous m'avez entendu, Ronni ? Vous allez vous marier ?

— Je ... je le souhaite.

— Il vous l'a demandé ?

— Drew, c'est quelque chose dont nous devons parler, ton père et moi, avant que nous en parlions avec toi.

— Oh ! très bien, j'ai compris. Je vous ennuie.

— Mais non, répondit-elle avec un sourire. Seulement, tu me poses des questions auxquelles je ne peux pas répondre pour le moment.

L'enfant resta silencieux quelques instants.

— Ronni ?

— Quoi ?

— Vous assurez.

Le lendemain, il plut. Les gens semblaient plus pressés que la veille, moins disposés à s'arrêter pour mettre une pièce dans l'une des urnes placées sur la table. Cependant, sans se décourager, Drew continuait de les solliciter.

Lorsque Ronni et lui firent les comptes, à 17 heures, ils constatèrent qu'ils avaient récolté trente-sept dollars et neuf cents.

— Ce n'est pas aussi bien qu'hier, dit Drew d'un ton triste.

— Mais nous n'aurions rien du tout si nous n'étions pas venus, observa Ronni.

Drew acquiesça. Il semblait un peu réconforté. En arrivant à la grande maison, ils trouvèrent Lily dans la cuisine, en train d'arranger un bouquet de fleurs dans un vase.

— Nous sommes rentrés, grand-mère ! cria Drew en montant l'escalier pour regagner sa chambre.

— Comment cela s'est-il passé aujourd'hui ?

— Moins bien qu'hier. Trente-sept dollars et neuf cents.

— Ce n'est pas si mal !

— Oui, dit Ronni, c'est aussi ce que je pense. Dites-moi, les deux petits sont en haut ?

Lily contempla son bouquet et sélectionna une autre fleur.

— Oui, ils sont dans leur chambre, dit-elle enfin.

— Je vais monter leur dire bonjour.

Lily lui jeta un coup d'œil, puis haussa les épaules.

— Comme vous voudrez. La chambre de Lisbeth est la première sur la gauche, et celle de Griffin est juste à côté.

Le mardi soir suivant, Ronni s'arrêta à la grande maison pour voir les enfants avant de rentrer chez elle.

Lily l'accueillit avec une froideur polie, mais les trois petits, eux, parurent ravis de sa visite.

Le mercredi, en sortant du Children's Hospital, elle se rendit à son appartement et constata que les travaux étaient enfin terminés. Elle pouvait emménager quand bon lui semblerait.

Peut-être n'habiterait-elle jamais ici. En réalité, elle l'espérait. Il lui faudrait alors vendre ce logement dont elle avait pourtant tant rêvé avant sa rencontre avec Ryan.

Ce soir-là, quand Ryan vint rejoindre Ronni, ils firent l'amour, comme toujours. Mais après, pour une fois, ils parlèrent un peu. Ronni expliqua qu'elle avait essayé de passer du temps avec les enfants et que Lily ne semblait guère apprécier sa présence dans la grande maison.

— Elle ne manque pas une occasion de me demander quand mon appartement sera prêt, afin que je puisse déménager et m'éloigner de toi.

Ryan sentit une pointe de colère l'envahir.

— Elle a dit cela ?

— Pas dans ces termes, mais…

Il la serra contre lui.

— Je sais, c'est délicat. Et difficile pour toi. Je lui parlerai.

— Oh ! Ryan, tant que nous ne saurons pas où va nous mener notre histoire, il n'y a pas grand-chose à lui dire. Elle est polie avec moi, elle ne m'empêche pas de voir les enfants. Ce n'est pas une situation insupportable.

Il l'embrassa sur le bout du nez tout en réfléchissant à ce qu'elle venait de dire. « Tant que nous ne saurons pas où va nous mener notre histoire… » C'était là une question importante dont il voulait discuter avec elle. Mais, pour le moment, il devait régler le problème de Tanner et de la construction de l'aile. Après, il pourrait se détendre un peu et accorder à Ronni le temps et l'attention qu'elle méritait.

Il l'attira contre lui.

— Dimanche, dit-il, c'est le jour où nous allons tous à Pizza Pete's.

— C'est vrai. Le rendez-vous mensuel de la famille.

— J'aimerais que tu viennes.

— Vraiment ?

— Tu adoreras cet endroit rempli de jeux vidéo assourdissants et de gamins hurlants.

— C'est très tentant, en effet !

— Alors, tu viendras ?

— Oui, promis. Je viendrai.

Le lendemain soir, alors que Ronni passait en voiture devant la grande maison avant de rentrer chez elle, elle vit Drew dévaler les marches et courir vers elle.

Elle baissa la vitre de sa portière.

— Ronni, nous devons discuter…

Lily apparut sur le seuil de la maison.

— Andrew ! Que fais-tu ? Tu es sorti en laissant la porte ouverte. Reviens, tu vas prendre froid !

— J'arrive !

Il se pencha vers Ronni.

— Allez vous garer et venez chez moi. Je vais me débarrasser de Griff et de Lizzy. Comme cela, nous pourrons parler, grand-mère, vous et moi.

— Parler de quoi ?

— De dimanche.

— Andrew, reviens ! ordonna Lily.

— Je vous en prie, Ronni ! implora l'enfant.

— D'accord, je vais venir te voir.

Lorsque, quelques minutes plus tard, elle entra par la porte de derrière, Drew qui l'attendait avec impatience referma la porte donnant sur le hall d'entrée.

— Que se passe-t-il ? demanda Lily.

— Je ne veux pas que Griff et Lizzy nous entendent. Nous devons faire vite. Lizzy lit une histoire à Griff.

— De quoi s'agit-il ?

— De dimanche, grand-mère.

— De dimanche ?

— Oui ! Laisse-moi vous expliquer.

— Nous t'écoutons. Mais asseyons-nous, ajouta-t-elle en offrant une chaise à Ronni.

— Ce matin, commença Drew, papa m'a dit qu'il avait invité Ronni à nous accompagner à la pizzeria dimanche prochain.

Lily regarda fixement Ronni.

— Ryan vous a invitée à Pizza Pete's ? Mais c'est un événement strictement *familial*.

— Grand-mère, je t'en prie... nous n'avons pas beaucoup de temps.

Lily se tourna vers son petit-fils.

— Je n'ai pas entendu ton père te dire qu'il avait invité Ronni.

— Tu étais en haut, en train de coiffer Lizzy. Bon, ce qui compte, c'est qu'elle doit y aller, et moi aussi. Et nous ne *pouvons* pas, pas cette fois-ci. Parce que nous devons récolter de l'argent devant le supermarché.

— Tu es *sûr* que ton père a invité Ronni ? insista Lily.

Ronni crut bon d'intervenir.

— Ryan me l'a demandé hier soir. J'ai dit oui et j'espère que vous viendrez, vous aussi.

— Je ne vais jamais à Pizza Pete's, répondit Lily d'un ton pincé.

C'est réservé à Ryan, à son frère et aux enfants. Et, bien sûr, à Patricia lorsqu'elle était de ce monde.

— Eh bien, cette fois, j'irai, moi aussi.

Drew tapa du pied par terre.

— Vous voulez bien cesser de parler de ce que nous *savons* déjà et me laisser vous dire ce que nous allons faire ?

— Je crois que nous allons renoncer à collecter des fonds ce dimanche, dit Ronni. Ou peut-être que nous irons un peu plus tard, lorsque nous serons sortis de Pizza Pete's.

— Impossible ! protesta Drew. On n'a que deux jours par semaine pour ça. Il faut n'en manquer aucun. Et je ne pourrai pas m'absenter, après la Pizza Pete's. Ces jours-là, papa rentre toujours dîner à la maison. Il se demanderait sûrement pourquoi je ne suis pas là.

— Alors, le mieux serait que tu lui dises ce que tu fais.

— Non, je ne veux pas. Je lui dirai le jour où je lui donnerai l'argent. Je veux lui montrer que je peux vraiment l'aider.

— Tu n'as le choix qu'entre deux solutions : ne pas quêter ce dimanche ou bien tout dire à ton père.

— Ronni a raison, approuva Lily. Il n'y a pas d'autre solution.

— Si, il y en a une. Nous pourrions dire à papa que je suis malade.

— *Quoi ?* s'écrièrent Ronni et Lily d'une même voix.

— Laissez-moi vous expliquer. Je pourrais faire semblant d'être malade et rester à la maison. Et, dès que tout le monde sera parti à Pizza Pete's, grand-mère et moi nous irons collecter de l'argent devant le supermarché. Nous rentrerons avant que vous reveniez tous à la maison, je me mettrai au lit et continuerai à faire semblant d'être malade. Le lundi, je dirai que je me sens mieux et je reprendrai ma vie normale.

— Andrew, avertit Lily, ce serait un mensonge.

— Mais pour une bonne cause ! Pour aider papa à terminer la nouvelle aile de l'hôpital.

— En aucun cas, je ne t'autoriserai à feindre d'être malade, même pour une bonne cause. C'est tout simplement… inacceptable.

— Mais il le faut !

— Non, absolument pas. Ronni et moi nous t'avons dit ce que tu pouvais faire : renoncer à quêter ce dimanche ou tout avouer à ton père.

— Ce n'est pas juste ! protesta l'enfant.

Des cris leur parvinrent de la pièce voisine.

— Grand-mère, grand-mère, Griff a craché sur le livre ! hurlait Lisbeth.

— Elle a arrêté de me lire l'histoire ! lança Griff. Drew a dit qu'elle devait me la lire !

Poussant un long soupir, Lily se leva pour aller les voir.

Peu après, Ronni prit congé. Drew boudait toujours. Lorsqu'elle lui dit au revoir, il tourna la tête de l'autre côté.

Elle se sentait un peu triste en regagnant la maisonnette.

Trois heures plus tard, lorsque Ryan vint la rejoindre, il arborait un grand sourire.

— Bioventure Pharmaceuticals a donné cinq millions de dollars, annonça-t-il. Les dix millions venant de la communauté sont arrivés à la banque aujourd'hui. Tanner devrait avoir dès demain l'argent dont il a besoin. Et, lundi, le chantier redémarre.

8

Ronni courut vers lui et lui sauta au cou.

Ils tombèrent ensemble sur le lit, enlacés, riant et s'embrassant comme des fous. Ils se dévêtirent en toute hâte. Ryan prit juste le temps de mettre un préservatif, puis ils firent l'amour, emportés par une fièvre joyeuse.

Plus tard, ils restèrent un long moment allongés, collés l'un à l'autre, mêlant leurs souffles.

— Demain soir, murmura Ryan, nous sortirons, toi et moi. Comme le font tous les gens normaux...

— Ce sera merveilleux, dit-elle en se serrant contre lui.

Il l'embrassa. Alors, on n'entendit plus que des gémissements, de doux soupirs, puis des grognements de plaisir qui s'achevèrent en un cri d'extase.

Le lendemain soir, vendredi, Ronni était de garde, mais elle s'arrangea avec Marty pour qu'il la remplace.

Ryan et elle se rendirent dans le meilleur restaurant de la ville, réputé pour sa viande de bœuf. Ils commandèrent deux filets mignons.

Ce fut une soirée délicieusement romantique, exactement le genre de soirée dont elle avait rêvé. Ils parlèrent, rirent et, plus tard, une fois rentrés à la maisonnette, ils firent l'amour avec plus de fougue que jamais.

Elle se réveilla lorsque Ryan la quitta. Il l'embrassa tendrement avant de franchir la porte-fenêtre.

Elle resta un moment assise dans le lit. La soirée avait été parfaite. Mais ils n'avaient pas parlé de l'avenir. Ni d'amour. À qui la faute ?

Elle aurait pu aborder le sujet. Dire qu'elle avait besoin de savoir si, pour lui, ils formaient un vrai couple. Exprimer son désir de devenir sa femme.

Elle aurait pu lui confier : *Oh, Ryan ! J'aurais dû, aujourd'hui, avoir mes règles. Et je ne les ai pas.*

Mais elle n'avait rien dit. Parce qu'elle avait peur.

D'être rejetée ? Non. Jamais Ryan ne ferait une chose pareille. Il tenait toujours ses promesses et assumait ses responsabilités. Si elle était enceinte, il l'épouserait. Et c'était bien cela qu'elle craignait. Si elle était enceinte et qu'il l'épousait, elle ne saurait jamais s'il désirait ce mariage ou bien s'il s'y sentait obligé.

Elle voulait attendre. Savoir, avant de lui avouer son amour, à quoi s'en tenir sur cette grossesse éventuelle.

La situation était si difficile à vivre qu'elle lui donnait la nausée. Au sens propre.

— Oh ! non...

Elle courut à la salle de bains et arriva juste à temps pour se pencher au-dessus de la cuvette des toilettes et se débarrasser du filet mignon. Lorsqu'elle se sentit mieux, elle se redressa, se lava les dents et se rafraîchit le visage.

— Demain, tu achèteras un test de grossesse, dit-elle à son reflet dans la glace.

Et elle retourna se coucher. Elle finit par s'endormir, mais d'un sommeil léger peuplé de rêves angoissants.

En allant au travail le lendemain matin, Ronni s'arrêta en route pour acheter un test de grossesse.

À 14 heures, elle passa chercher Drew. Une demi-heure plus tard, ils étaient installés devant le supermarché où ils restèrent jusqu'à 17 h 30.

Un homme âgé avait donné un chèque de cinquante dollars. Ajouté au reste, cela faisait une collecte de plus de cent dollars pour cette seule journée.

— Tu vois ? dit Ronni sur le chemin du retour. Cela s'est très bien passé. Tu as atteint la somme que tu t'étais fixée pour la semaine. Tu peux donc aller demain à Pizza Pete's, l'esprit tranquille.

L'enfant fit la moue.

— J'ai quand même pris du retard, à cause de la semaine dernière.

— Oh ! arrête ! Tu voulais récolter environ cinquante dollars par jour de quête ? Et tu as déjà recueilli cent quatre-vingt-dix-sept dollars en trois jours. C'est seulement trois dollars de moins que ce que tu voulais obtenir en quatre jours.

— Mais je pourrais avoir davantage.

— Eh bien, continue de faire la tête, je suis certaine que cela va t'aider.

— Vous ne comprenez pas, murmura-t-il.

— Mais si. Tu ne peux pas faire ce que tu avais prévu, et cela ne te plaît pas. Il n'y a pas trente-six solutions. Si tu veux vraiment collecter de l'argent dimanche au lieu de passer du temps avec ta famille, tu n'as qu'à en parler à ton père et nous irons, toi et moi, devant Superserve Mart.

— Je vous l'ai dit cent fois ! Ce doit être une surprise.

— Non, ce n'est pas obligé. *Toi*, tu veux que ce soit une surprise, c'est tout.

— Vous ne comprenez pas.

— Tu l'as déjà dit. Je pense que tu ferais mieux de ne pas insister, parce que les choses ne se passeront pas comme tu l'avais décidé. C'est ainsi, un point c'est tout.

Drew poussa un soupir et resta silencieux un moment.

— Bon, dit-il, vous avez raison. Nous avons recueilli cent vingt dollars et trente-trois cents aujourd'hui. C'est un excellent résultat.

— Certainement.

— Et, la semaine prochaine, nous aurons probablement cent dollars de plus.

— Mais oui.

— Alors, je crois que je vais arrêter d'être fâché contre vous.

— J'en suis ravie.

Il lui jeta un regard en biais.

— Avez-vous passé un bon moment en sortant dîner avec mon père hier soir ?

— C'est lui qui t'en a parlé ?

— Je l'ai entendu le dire à grand-mère.

Ronni imagina sans peine la tête qu'avait dû faire Lily : un air à la fois réprobateur et résigné.

— Alors ? insista Drew.

— J'ai passé une magnifique soirée.

— Bien.

L'enfant semblait si satisfait qu'elle eut envie de sourire.

— Nous avons un pain de viande au dîner de ce soir, continua Drew. Vous aimez cela ?

— Écoute, Drew, il ne faut pas...

— Je pourrais demander à grand-mère de vous inviter.

— Mais non ! Cela ne se fait pas ! On t'a sûrement dit que tu devais demander la permission à ta grand-mère avant d'inviter des gens chez toi.

— Mais vous, vous n'êtes pas *les gens*.

— Je prends cela pour un compliment. Merci !

— Je le pense vraiment. Je peux demander à grand-mère...

— Je crois m'être montrée assez claire sur ce sujet. À l'avenir, je veux que tu consultes ta grand-mère *avant* de m'inviter à dîner. Compris ?

Il haussa les épaules.

— Oh ! très bien. Mais vous allez vous arrêter quelques minutes, n'est-ce pas ? ajouta-t-il alors qu'ils approchaient de la maison. Vous venez *toujours* dire bonjour à Griff et à Lizzy.

Ronni gara sa voiture et accompagna Drew chez lui. Lily la salua poliment en affichant un sourire glacial. L'odeur du pain de viande emplissait la maison, mais Lily ne lui proposa pas de rester dîner avec eux.

Le lendemain matin, la première chose que fit Ronni fut d'utiliser son test de grossesse. Comme elle s'y attendait, il s'avéra positif.

Un bébé. Elle allait avoir un bébé. Ryan et elle allaient avoir un bébé.

— Tu auras plusieurs options, avait dit Kelly.

Mais, pour Ronni, le choix était déjà fait. Elle avait trente-deux ans, une carrière assez bien établie. Ce ne serait pas facile, mais elle se sentait capable d'assumer la charge d'un enfant.

Et puis, elle ne serait pas seule. Ryan l'aiderait. Ryan... Elle devait le mettre au courant.

Cela ne pressait pas. Après tout, elle n'était enceinte que de dix-sept jours. Sans doute Ryan ne lui poserait-il aucune question avant une semaine ou deux. Jusque-là, elle pouvait garder son secret pour elle.

À 11 h 30, le téléphone sonna. C'était Ryan.

— Tu es prête ?

Ils étaient convenus de se retrouver à la grande maison et d'aller tous ensemble à la pizzeria.

— J'arrive, répondit-elle en s'efforçant de prendre un ton joyeux et normal.

Pourtant, elle ne se sentait ni joyeuse ni normale, mais plutôt perdue, hébétée, l'esprit confus...

Elle enfila son imperméable, prit son sac et traversa la pelouse pour se rendre à la grande maison. Ce fut Ryan qui lui ouvrit.

Il la prit dans ses bras.

— Tu m'as manqué, dit-il.

— Depuis la nuit dernière ?

— Oui.

Comme elle jetait un regard inquiet autour d'elle, il sourit.

— N'aie pas peur, dit-il, nous sommes seuls. Ils sont tous en haut, en train de se préparer. Embrasse-moi.

— Oh ! Ryan...

— Ne commence pas... Embrasse-moi, tout simplement.

Comme elle lui tendait ses lèvres, il se pencha pour s'en emparer. Elle ferma les yeux. Il sentait si bon...

— Mmm, murmura-t-il d'un ton gourmand.

Dressée sur la pointe des pieds, elle se pressait contre lui, savourant ce moment délicieux.

— Heu... *excusez*-moi.

Lily. Sa voix semblait venir du seuil de la cuisine.

Ronni frissonna. Elle ouvrit les yeux. Ryan s'écarta, lentement. Il semblait ni pressé ni gêné. Tenant Ronni par les épaules, il se tourna vers sa belle-mère.

— Y a-t-il quelque chose que nous puissions faire pour vous, Lily ?

Elle battit des paupières.

— Les enfants arrivent, dit-elle, les lèvres pincées.

— Parfait. Il est temps de partir.

— Je... ceci est totalement inacceptable.

Ryan fronça les sourcils.

— De quoi parlez-vous ?

— Vous le savez très bien. Vous deux, ce que vous faites... ce n'est pas bon pour les enfants.

— Oh ! je vous en prie. Nous pensions que nous étions seuls.

— Peu importe. Vous ne devriez pas vous comporter de cette façon quand ils risquent de vous voir.

— Lily, dit doucement Ryan. Ce n'était qu'un baiser.

— Eh bien, je... je pense que vous devriez garder ces effusions pour vous. Et je crois vraiment qu'il serait temps que vous décidiez si vous voulez vous marier ou non. Si vous le faites, je m'en irai, bien sûr. Il serait normal que vous me le fassiez savoir afin que je puisse m'organiser pour aller m'installer ailleurs.

Avant que Ryan puisse lui répondre, ils entendirent des petits pas dans l'escalier.

— Nous parlerons de cela plus tard, dit-il.

Lily hocha la tête, imprimant à son cou des petits mouvements saccadés.

Dix secondes plus tard, les trois enfants déboulèrent dans la cuisine, vêtus chacun d'un manteau bien chaud. Lily les embrassa en leur recommandant d'être sages, ce qu'ils promirent.

— Allons-y, ordonna Ryan.

Ils n'étaient pas encore arrivés à Pizza Pete's lorsque le biper de Ronni sonna. Elle prit son portable, appela l'hôpital et obtint le numéro de téléphone d'une mère paniquée parce que sa petite fille venait de tomber dans un escalier.

— Docteur Ronni, dit la femme, j'ai appelé le 911. L'ambulance va arriver. Elle est inconsciente ! J'ai si peur...

— Respire-t-elle normalement ?

— Oui. Je crois que oui.

— Restez près d'elle. Surveillez-la de près.

Rapidement, Ronni lui expliqua ce qu'il fallait faire si l'enfant se mettait à respirer difficilement ou si sa gorge émettait des bruits bizarres.

— Oui, très bien, dit la mère. Je le ferai, oui.

— Gardez votre calme, c'est très important. Les secours sont en route.

— Oui, je sais. Je suis calme.

— Je vous retrouverai au Children's Hospital.

Elle coupa la communication et se tourna vers Ryan.

— Désolée.

— Cela fait partie du métier, non ?

— J'en ai peur.

— Tu pourrais nous déposer à Pizza Pete's et prendre la voiture. Si tu n'en as pas fini avant que nous quittions la pizzeria, je demanderai à Tanner de nous reconduire à la maison.

— D'accord.

Il lui saisit la main et la pressa doucement. Elle essaya de ne pas penser à Lily ni au bébé, ni au fait qu'elle ne faisait que rendre plus difficile encore la vie de Ryan, pourtant déjà bien compliquée. Ils ne pouvaient même pas profiter tranquillement d'une sortie en famille sans que son biper ne la sonne.

Non, elle ne devait pas avoir ce genre de pensée.

Ils vaincraient tous les obstacles. Ils y parviendraient. Il fallait simplement régler les problèmes un par un.

Au Children's Hospital, Ronni apprit que sa petite patiente avait repris connaissance dans l'ambulance. Elle l'examina afin de s'assurer qu'elle avait bien été victime d'une chute accidentelle et non de mauvais traitements, puis elle ordonna une exploration par scanner et décida de garder l'enfant en observation toute la nuit.

— C'est ma faute, ne cessait de répéter la mère. Oh ! je hais cet escalier ! J'aurais dû faire plus attention. J'étais descendue dans la cuisine et elle a voulu me suivre.

— Ce sont des choses qui arrivent, assura Ronni. Et elle s'en sort plutôt bien.

— Quand pourra-t-elle rentrer à la maison ?

— S'il n'y a pas de complications, et je ne crois pas qu'il y en aura, elle devrait être chez vous dès demain.

— Oh ! docteur, merci, merci.

Il était un peu plus de 13 heures lorsque Ronni arriva à Pizza Pete's. Elle aperçut de loin Ryan et son frère, assis seuls dans un coin, plongés dans ce qui semblait être une discussion sérieuse. Ryan lui tournait le dos, mais, en voyant l'air concentré et soucieux de Tanner, elle se dit qu'il était sans doute préférable de ne pas les déranger maintenant.

Mais Tanner leva les yeux et, lorsqu'il la vit, il afficha un grand sourire. Ronni se souvint alors de ce que Kelly avait dit de Tanner le soir du Bal du Cœur : « Il sait cacher ses émotions. »

Ryan se retourna et lui fit signe. Arborant un sourire, elle se dirigea vers les deux hommes.

Ils restèrent encore une heure à la pizzeria. Tout en regardant Drew qui jouait à un jeu vidéo apparemment très compliqué pendant que Griffin chevauchait un cheval mécanique, Ronni s'efforçait de ne pas songer à la conversation qu'avaient Ryan et son frère lorsqu'elle était arrivée. Une conversation qui s'était arrêtée dès qu'ils l'avaient vue. Peut-être parlaient-ils de Lily ? Ou des problèmes qu'elle-même créait depuis qu'elle était entrée dans la vie de Ryan ? Assez. Elle ne voulait pas y penser.

— Reste dîner avec nous, proposa Ryan lorsqu'ils eurent regagné la maison.

Elle fut tentée de refuser. La journée avait été riche en émotions et elle était lasse de subir l'hostilité mal déguisée de Lily. Lasse de passer pour une intruse. Elle avait envie d'être seule un moment.

Mais décliner l'invitation lui parut difficile. Ryan et elle n'essayaient-ils pas de passer le plus de temps possible avec les enfants ? Elle dit oui. Et essaya de garder l'esprit positif durant tout le repas.

Vers 20 h 30, elle put enfin s'échapper.

— Je serai chez toi dans un petit moment, murmura Ryan alors qu'elle quittait la maison par la porte de derrière.

Pour la première fois, elle se prit à espérer qu'il ne viendrait pas. Ryan dut le sentir. Il fronça les sourcils.

— C'est à cause de Lily, n'est-ce pas ?

Elle hésita. Comment lui expliquer ? Tout semblait si… difficile.

— Nous en parlerons, d'accord ? Plus tard.

— Accorde-moi une heure.

Elle regagna la maisonnette et, prise d'une nouvelle nausée, se précipita dans la salle de bains.

Une fois soulagée, elle se mit à faire les cent pas dans sa chambre, réfléchissant à la situation.

Elle devait parler à Ryan. Lui dire qu'elle était enceinte. Lui mettre un nouveau fardeau sur ses larges épaules — et faire le point avec lui, pour qu'elle sache à quoi s'en tenir. C'était la seule façon de gérer le problème.

Lorsqu'il la rejoignit, il avait l'air… troublé.

Elle courut vers lui. Il la prit dans ses bras et la tint serrée contre lui.

— Je t'aime, Ronni.

— Moi aussi, je t'aime.

— Je voudrais… que cela se passe mieux.

— Je sais.

— Il y a tant de choses dont nous devons discuter.

— Oh ! je sais.

— Je veux… que nous nous mariions.

— Moi aussi, répondit Ronni, rayonnante.

— Mais, maintenant, j'ai peur que Lily n'accepte jamais ce mariage. Nous allons la perdre.

Ronni sentit sa joie s'estomper. Elle s'écarta de Ryan et le prit par la main.

— Viens, dit-elle.

Elle l'emmena dans la cuisine et, après l'avoir invité à s'asseoir, elle prit une chaise en face de lui.

— Après avoir mis les enfants au lit, commença-t-il, j'ai essayé de lui parler. Juste avant de venir ici.

— Et ?

— Elle a répété ce qu'elle avait déjà dit ce matin. Si je t'épouse, elle part.

— Ce serait très dur pour les enfants. Lily est le seul élément vraiment stable qu'ils ont dans leur vie.

— Elle s'est montrée solide comme un roc depuis la mort de Patricia, murmura Ryan.

— Je ne supporte pas l'idée de… de la chasser de chez toi. Ou de la voir s'en aller.

— Moi non plus. Mais que pouvons-nous faire d'autre ?

— J'aimerais le savoir.

S'agitant sur sa chaise, il se passa la main dans les cheveux.

— Il faudra simplement que nous trouvions une bonne garderie. Ce n'est pas impossible. Plein de gens le font. Et au moins ai-je la chance de pouvoir leur payer ce qu'il y a de mieux.

— Tu sais quel est notre emploi du temps. Cela ne me semble pas très juste pour les enfants.

— Nous ne pouvons rien y faire.

Elle croisa les mains sur ses genoux.

— Peut-être pourrions-nous… attendre un peu.

— Écoute, Ronni, je veux t'épouser. Et tu viens de dire que tu le voulais, toi aussi.

— Je sais, c'est vrai, mais…

— Mais quoi ?

— Ce n'est pas bien.

— D'où sors-tu cela ?

— Je… Ce n'est pas bien. Nous voulons tout avoir en même temps : une carrière très prenante, des enfants, une vie de couple. Peut-être devrions-nous ralentir un peu. Et accorder de l'attention à un élément très important dans cette équation : Lily.

— Ralentir, répéta Ryan d'un ton glacial. Tu veux que nous… ralentissions ?

Elle ne put lui répondre immédiatement. Elle était trop occupée à lutter contre l'arrivée d'une nouvelle nausée.

— Que veux-tu dire exactement ? insista-t-il.

— Oh ! Ryan…

— Non, je t'en prie, pas cela !

— Quoi ?

— N'essaie pas d'éviter ma question. Je ne le supporterai pas.

— Je n'évite rien du tout, mais il n'y a pas que toi et moi qui sommes concernés dans cette histoire. J'essaye simplement d'être juste.

— Juste, grogna-t-il. La vie n'est pas juste.

— Je sais, mais…

— Écoute. As-tu un meilleur plan à proposer ?

— Je...

— En as-tu un, oui ou non ?

Elle le regarda fixement. Il était très en colère. Toute la pression qu'il supportait depuis des semaines était probablement en train de s'échapper.

— Alors ?

— Je... Lily est une femme très bien.

— Je n'ai jamais dit le contraire.

— Elle et moi, nous pourrions trouver un terrain d'entente. J'en suis certaine. Elle a simplement du mal à m'accepter. À accepter ce que je représente. Pour elle, c'est comme si Patricia mourait une seconde fois.

— Patricia *est* morte. C'est un fait.

— Et Lily a besoin d'un peu plus de temps encore pour accepter ce fait.

— Dis-le, déclara Ryan en se levant. Dis ce que tu as à dire.

— Voudrais-tu... juste te rasseoir ? Je t'en prie.

Il ignora sa requête.

— Tu veux rompre avec moi, c'est cela ?

Elle faillit dire *Oh ! Ryan*, mais elle se retint juste à temps.

— Réponds-moi. Vas-tu m'épouser, oui ou non ?

— Oui.

Il la regarda d'un air incrédule.

— Oui... mais quoi ?

— Oui, mais je pense que nous devrions peut-être donner à Lily ce qu'elle veut. Pendant quelque temps.

— Cela ne me plaît pas.

— Et tu crois que cela me plaît ?

— Alors, ne le fais pas.

— Écoute-moi. Mon appartement est terminé.

Le regard de Ryan devint aussi glacial que sa voix.

— Et alors ? Vends-le.

— Je le ferai. Dans quelque temps. Mais, en attendant, je trouve que ce serait une bonne idée si je m'y installais. Ce serait provisoire. En fait, tout s'est passé tellement vite entre nous. Il faut que nous réfléchissions. Que nous laissions à Lily, et à nous aussi, un peu d'espace pour...

— Attends... tu *veux* t'installer là-bas ? Tu veux t'éloigner de moi ?

— Non, ce n'est pas cela. Pas du tout !

— Alors, n'y pense plus.

— Ryan...

— Non, je n'ai pas besoin d'avoir de l'espace. J'en ai assez de devoir venir ici tard le soir et de te quitter au milieu de la nuit pour me retrouver tout seul dans ma chambre. Je veux vivre avec toi. Je veux qu'on se marie le plus vite possible.

— Et alors Lily s'en ira, fâchée contre nous et blessée. Les enfants souffriront. Est-ce cela que tu veux ?

— Non, bien sûr. Mais, si tu pars, c'est nous qui souffrirons.

Elle se pencha vers lui.

— Écoute-moi, Ryan. Je t'aime de tout mon cœur. Et je sais que trop de gens t'ont abandonné. Mais tu es fort, et moi aussi. Parfois, ce sont les forts qui doivent faire quelques sacrifices. Ce ne sera que temporaire, je te le jure. Juste le temps de permettre à Lily d'y voir plus clair.

Il lui lança un regard perçant.

— Et que crois-tu qu'elle verra ?

— Que je ne suis pas son ennemie. Que sa fille est vraiment partie. Que... la vie doit continuer.

— Tu veux déménager dans l'espoir qu'elle verra tout cela ?

— Oui, je crois que c'est possible. Si nous ne lui laissons pas le choix, nous la forçons à partir. Ce serait oublier tout ce qu'elle a fait pour toi et pour les enfants. Je trouve que c'est injuste. Depuis deux ans, elle vous donne son temps et son amour. Elle prend soin de vous. Elle vous fait cadeau de ce qu'il y a de plus précieux au monde. De ce que tu n'as pas eu étant enfant. Que je n'ai pas eu non plus. Et je ne voudrais surtout pas que tes enfants en soient privés.

— Elle peut choisir malgré tout de s'en aller. Elle a de l'argent à elle. Même si elle finit par t'accepter, elle aura peut-être envie de nous quitter.

Ronni sentit son estomac se soulever. Elle respira profondément avant de parler du ton le plus convaincu possible.

— Oui, c'est vrai. Mais, si elle m'acceptait, nous pourrions effectuer une transition tout en douceur, d'un commun accord, au lieu de nous séparer brutalement, dans la douleur.

Il resta silencieux un bon moment. Pendant ce temps-là, Ronni essayait de contrôler son souffle, en se répétant qu'elle *ne devait pas* vomir.

— Il y a autre chose, n'est-ce pas ? finit-il par dire. Je le vois dans tes yeux. Je veux savoir ce que c'est.

— Je...

— Tu as des doutes sur nous, c'est cela ? Tu hésites à épouser un homme qui travaille vingt-quatre heures sur vingt-quatre et qui est père de trois enfants.

Elle ne pouvait plus lutter contre la nausée qui l'envahissait. *Oh ! mon Dieu...*

— Dis-moi la vérité, Ronni.

Elle se leva brusquement.

— Je... excuse-moi...

— Ronni !

Ne l'écoutant plus, elle se précipita vers la salle de bains. Agenouillée devant les toilettes, elle se débarrassa du peu de nourriture qui lui restait dans l'estomac.

Ryan accourut. Il s'accroupit à côté d'elle et lui retint ses cheveux en arrière pour éviter qu'ils ne soient souillés. Lorsque les vomissements cessèrent, il la prit dans ses bras et la berça doucement.

— Là, là, murmura-t-il.

Puis il se leva et mouilla le coin d'une serviette qu'il lui passa sur le visage, puis il la reconduisit dans la chambre.

— Allonge-toi.

Elle s'étendit sur le lit. Il lui ôta ses chaussures et, après avoir enlevé les siennes, il se coucha près d'elle, la prenant dans le creux de son bras.

— C'était donc cela... ce que tu ne me disais pas.

— Oui.

— Est-ce que tout va bien ? Est-ce normal que tu vomisses ainsi ? Cela fait seulement...

— Un peu plus de deux semaines. Oui, les nausées sont normales au bout de la deuxième semaine. Et le stress peut les augmenter.

— Le stress… Il y en a eu beaucoup ces derniers temps. As-tu fait un test de grossesse ?

— Ce matin. Il était positif.

Il la serra plus étroitement contre lui.

— Quand avais-tu l'intention de me le dire ?

— J'hésitais. Je ne savais pas si je devais attendre un peu ou bien te le dire tout de suite.

— C'est ton estomac qui a décidé pour toi.

— Oui. Oh ! tu sais, je ne voulais pas te faire cela.

Il lui caressa la joue.

— Si je me souviens bien, nous avons été deux à le faire.

— J'irai jusqu'au bout, je serai une mère…

— Ai-je dit que je souhaitais le contraire ?

— Non. Et je savais que tu réagirais ainsi. Mais je voulais exprimer tout haut et de façon claire mes intentions.

— Message reçu.

— Je t'aime.

Elle se redressa pour lui donner un baiser léger sur les lèvres, puis elle se blottit de nouveau dans le creux de son épaule.

Soudain, elle réalisa qu'elle se sentait beaucoup mieux que tous ces derniers jours. C'était si bon d'avoir pu s'ouvrir à Ryan. À présent, elle était sûre de pouvoir surmonter avec lui tous les obstacles. Ils trouveraient le moyen d'arranger les choses avec Lily. Elle en était certaine.

— Maintenant, tu vas devoir m'épouser, dit-il avec un petit rire.

Elle se sentait assez détendue pour se permettre de le taquiner un peu.

— Je *dois* ? De nos jours, les femmes ne se sentent plus obligées de se marier.

— Toi, si. Nous allons nous marier. Sans attendre davantage.

Elle réussit à conserver tout son calme.

— Ryan… Tu n'as donc rien compris de ce que je t'ai dit tout à l'heure dans la cuisine ?

— J'ai compris. Mais je ne suis pas d'accord. Et puis, tout est changé, maintenant.

— Absolument pas !

— Comment peux-tu dire cela ? Nous nous aimons. Tu portes mon bébé. Nous allons nous marier.

— Un jour.

Elle sentit qu'il se crispait.

— Tu n'iras pas t'installer dans ton appartement.

— Si, j'irai. Oh ! je t'en prie, fais-moi confiance. Je veux essayer… laisser une chance à Lily.

— Je m'y oppose.

— Je regrette. Je t'aime, mais je vais faire ce que j'ai dit.

9

Le lendemain, Ronni fit livrer à son appartement tout ce qu'elle avait mis au garde-meuble. L'après-midi, elle renvoya chez elle la petite fille qui était tombée dans l'escalier et annonça aux parents d'une autre petite patiente hospitalisée depuis trois semaines que l'enfant rentrerait chez elle le lendemain. La joie et la reconnaissance qu'ils lui manifestèrent étaient pour elle la meilleure des récompenses.

Après avoir quitté l'hôpital, elle se rendit à l'appartement et, jusqu'à 21 heures, elle déballa ses affaires et commença à tout mettre en place. Elle regagna la maisonnette vers 21 h 30, voulant être là pour accueillir Ryan lorsqu'il la rejoindrait.

À 23 heures, il n'était toujours pas arrivé.

Il était fâché contre elle et cela la rendait malade.

Elle finit par se coucher et s'endormit vers 23 h 30. Elle se réveilla à minuit, lorsque Ryan se glissa à côté d'elle sous les couvertures.

Il la prit dans ses bras.

— Ryan, je t'en prie, ne sois pas fâché contre moi...

Pour toute réponse, il l'embrassa. Et, pendant un moment, elle oublia tous ses problèmes pour ne penser qu'à lui et au bonheur de sentir son corps contre le sien.

Les jours suivants, elle continua de se rendre à l'appartement après le travail afin d'en terminer l'aménagement. Ryan la rejoignait à la maisonnette tard dans la soirée. Ils faisaient l'amour et parlaient peu. Lorsqu'elle lui dit qu'elle voulait déménager le dimanche suivant, il ne souleva aucune objection.

— J'imagine que tu fais ce que tu penses devoir faire, dit-il.

Le vendredi soir, elle lui proposa de discuter avec elle de la meilleure façon d'annoncer à Lily et aux enfants son prochain départ.

— Il n'y a rien à discuter, déclara-t-il. Tu pars. Tu leur dis.

— Je fais cela pour nous tous, Ryan.

— Vraiment ?

À cet instant, elle fut tentée de revenir sur sa décision. Mais elle n'en fit rien. Elle savait que son départ provisoire était la meilleure solution pour le moment.

Le samedi, Drew récolta auprès des clients du supermarché cinquante-cinq dollars et onze cents. Au retour, ils trouvèrent Lily dans la buanderie en train de charger le lave-linge. Ronni s'attarda auprès d'elle tandis que Drew regagnait sa chambre.

Lily se tourna vers elle avec un pâle sourire.

— Je crois que Griffin et Lisbeth sont en haut.

— Je... en fait, je voudrais vous parler.

— Ah ? À quel sujet ?

Ronni ne savait par où commencer. Elle décida d'aller droit au but.

— Mon appartement est prêt et j'ai récupéré ce que j'avais au garde-meuble. Je vais partir. Je quitte la maisonnette demain.

— Vous... vous partez ?

— Oui. J'ai pensé qu'il fallait prendre un peu de... recul. Nous avons tous besoin d'un peu de temps pour réfléchir à ce que nous voulons vraiment.

Lily porta une main à sa gorge.

— Vraiment ?

— Oui. Je... je voulais juste vous mettre au courant.

— Bien, bien, je vous remercie. Je pense que vous prenez là une sage décision et j'espère que tout ira bien pour vous.

— J'en suis sûre. Je partirai demain vers midi. Mais je continuerai à aider Drew pour sa collecte de fonds. Je viendrai le chercher à 14 h 30 et je le ramènerai vers 17 heures.

— Parfait. C'est très gentil à vous. Je...

Un bref instant, Ronni crut que Lily allait laisser parler son cœur.

— Oui ? dit-elle, pleine d'espoir.

— Rien. Sans doute voulez-vous maintenant aller annoncer la nouvelle aux enfants.

Ronni trouva Lisbeth et Griffin dans la chambre du petit garçon, occupés à jouer à un jeu vidéo. Elle s'assit par terre à côté d'eux et leur dit qu'elle voulait leur parler. Elle leur expliqua en termes simples qu'elle allait quitter la maisonnette pour aller vivre dans son appartement.

— Mais vous reviendrez nous voir, n'est-ce pas ? demanda Lisbeth.

— Oui ! s'écria Griff. Revenez nous voir ! Très bientôt !

Elle leur en fit la promesse, puis elle alla frapper à la porte de la chambre de Drew.

— C'est ouvert !

Il était assis devant son ordinateur. En entendant Ronni entrer, il se retourna et lui sourit. Elle prit alors une chaise et s'installa à côté de lui pour lui annoncer qu'elle déménageait le lendemain. Il ne dit rien. Les mains croisées sur les genoux, il gardait les yeux baissés.

Elle ajouta qu'elle continuerait de l'aider à collecter des fonds pour l'hôpital.

— Je viendrai te chercher demain comme d'habitude et nous pourrons...

Il leva la tête et la regarda fixement.

— Vous n'aimez donc plus mon père ?

— Oh ! mon chéri...

— Répondez-moi. Vous ne l'aimez plus ?

— Mais si, j'aime ton papa. Enormément.

— Vous ne nous aimez pas... moi, Griff, Lizzy et grand-mère ?

— Je vous aime tous, bien sûr.

— Alors, pourquoi vous en allez-vous, Ronni ?

— Je... je crois que c'est la meilleure solution.

— Mais *pourquoi* ?

— Oh ! Drew, cela n'a rien à voir avec vous tous. C'est juste que j'ai un appartement prêt à m'accueillir et que je vais m'y installer quelque temps.

— Vous reviendrez, alors ?

— Je... oui, je reviendrai.

— Quand ?

— Je ne sais pas exactement. Bientôt.

Il fit pivoter sa chaise et tourna le dos à Ronni. Elle sentit son estomac se soulever.

— Drew, je t'en prie...

— Vous avez promis, dit-il d'un ton calme, sans se retourner. Vous avez juré de ne jamais faire de mal à personne. Mais, pourtant, c'est ce que vous faites. Vous nous quittez. Comme ma mère, vous vous en allez. Je vous *déteste*.

— Oh ! Drew, je...

— Je ne veux plus vous parler, Ronni. Allez-vous-en.

— Drew...

Comme il ne bougeait pas, restant toujours le dos tourné, elle finit par se lever.

— Je viendrai te chercher demain à 14 h 30, dit-elle.

Il ne répondit pas.

Elle sortit alors de la chambre et rejoignit Lily qui épluchait des pommes de terre dans la cuisine. Il suffit à la vieille dame de jeter un regard à la mine défaite de Ronni pour comprendre ce qui s'était passé.

— Andrew n'a pas très bien accueilli la nouvelle, j'imagine.

— Non, en effet.

— Il s'en remettra, ne vous inquiétez pas. Il faut seulement lui laisser le temps de se faire à cette idée. Et je vous souhaite bonne chance dans votre nouveau logement, ajouta-t-elle avec un petit sourire contraint.

À cet instant, Ronni se détesta. Et ce qu'elle ressentait pour Lily ne valait pas mieux.

— Je viendrai le chercher demain comme prévu.

— Parfait.

Dans la maisonnette, quelques cartons attendaient près de la porte. La veille, Ronni en avait porté un bon nombre à l'appartement et, demain, elle mettrait le reste dans sa voiture, avec sa valise et son sac de voyage. Et ce serait terminé.

Sauf que, maintenant, elle n'avait plus du tout envie de partir.

Lorsque Ryan viendrait la rejoindre, tout à l'heure, elle reconnaîtrait qu'elle avait fait une grosse erreur de jugement. Elle avait pensé que son stratagème amènerait Lily à changer d'avis, mais le prix à payer était trop élevé.

Ryan et elle ne se parlaient presque plus. Et Drew… il prenait son départ pour une trahison. Un abandon. Elle avait détruit le lien qui s'était créé entre eux, miné la confiance qu'il avait en elle.

Ryan arriva peu après 22 heures. Elle courut vers lui, se jeta dans ses bras et l'embrassa avec ferveur.

— Je t'attendais. J'avais si peur que tu ne viennes pas.

Il avait un regard étrange. Un peu triste.

— Je suis là. C'est ta dernière nuit ici, n'est-ce pas ? Demain, tu seras partie.

— Pour aller à l'appartement, tout simplement.

— Oui.

— Je t'en prie, Ryan, ne me regarde pas ainsi. J'ai réfléchi. J'ai annoncé aujourd'hui mon départ à Lily et aux enfants.

— Lily me l'a dit. Elle était aux petits soins pour moi. Elle doit croire que tu m'as brisé le cœur — et aussi que je vais m'en sortir.

Elle n'avait aucune envie d'entendre parler de cœur brisé.

— Comment va Drew ? se hâta-t-elle de demander.

— Bien. Un peu renfermé. Pourquoi ?

— Il a très mal pris la nouvelle de mon départ.

— Cela ne m'étonne pas. Il t'adore. Il m'a même dit que je devrais t'épouser.

— Il m'a dit la même chose.

— Alors, pourquoi es-tu surprise qu'il accepte mal que tu t'en ailles ?

— Je ne suis pas surprise. C'est juste que… je n'ai peut-être pas assez réfléchi à ce qu'il pourrait ressentir.

— Il me semble évident que, pour lui, quoi que tu dises, ton départ est définitif. Sa mère est « partie », tu sais ? Et elle n'est jamais revenue.

Ronni le lâcha et s'écarta de lui.

— Écoute, je le reconnais, je me suis trompée. C'était une mauvaise idée. Vraiment très mauvaise.

— Tu crois ?

— Oui, je le crois. Et j'ai changé d'avis. Je ne veux plus partir.

Il la regarda un long moment sans rien dire.

— Parce que je suis en colère, lâcha-t-il enfin. Et parce que Drew souffre.

— Oui. Exactement. N'est-ce pas une raison suffisante ?

— Non.

— Qu'est-ce qui serait suffisant, alors ?

— Bonne question. Et je parie que tu trouveras la réponse. Pour toi-même. Quand le moment sera venu.

— Que veux-tu dire, Ryan ?

— Je pense que Lily n'est pas la seule à avoir besoin de prendre du recul. Je crois que tu en as besoin, toi aussi.

— Non, je...

— Tu veux bien me laisser terminer ?

Elle eut envie de hurler, mais elle se retint.

— Ces derniers jours, continua-t-il, j'ai beaucoup réfléchi et je suis arrivé à la conclusion que ce déménagement était finalement la meilleure chose à faire.

Ronni essaya de discuter avec lui, de le convaincre qu'elle avait vraiment changé d'avis. Mais Ryan ne se laissa pas ébranler. Une demi-heure plus tard, il s'en alla.

Le lendemain matin, elle chargea sa voiture, ferma à clé la maisonnette et se rendit à l'appartement. L'endroit était très accueillant, arrangé à son goût, à la fois confortable et lumineux.

Tout lui plaisait, ici. Dommage que cela lui semble si vide.

Lorsqu'elle passa prendre Drew chez lui, elle rendit les clés de la maisonnette à Lily. Elle avait craint que le petit garçon ne refuse de l'accompagner au supermarché, mais il la suivit sans broncher, n'échangeant avec elle que quelques mots durant le trajet. Arrivé sur place, il l'ignora pour concentrer toute son attention sur les clients du magasin.

Il recueillit soixante-douze dollars et soixante-huit cents.

Au retour, Ronni tenta de lui parler, mais il resta silencieux, le regard braqué sur sa fenêtre. Elle n'insista pas. À quoi bon ? Elle ne pouvait forcer l'enfant à lui pardonner. Elle rentra chez elle et essaya de chasser de son esprit les deux souvenirs qui la tourmentaient : le « Je vous déteste » de Drew et la voix de Ryan disant : « Je suis arrivé à la conclusion que ce déménagement était finalement la meilleure chose à faire. »

Peu après 19 heures, on sonna à sa porte. C'était Kelly Hall.

— J'ai appris par Marty Heber que tu devais emménager ce week-end, dit-elle. Je t'ai apporté un petit cadeau, ajouta-t-elle en lui tendant un paquet.

— Entre, je t'en prie. Je vais te faire visiter.

Après avoir fait le tour de l'appartement, elles s'installèrent dans le salon. Ronni ouvrit son cadeau : c'était une poterie bleu cobalt.

— Oh ! Kel ! J'adore.

— C'est l'œuvre d'un potier de la région. Maintenant que j'ai vu ta salle de bains, je sais que j'ai choisi la bonne couleur. J'ai failli t'acheter un test de grossesse... tu me connais !

— J'en ai acheté un la semaine dernière.

— Et ?

— Il était positif.

Kelly ne parut pas surprise.

— As-tu pris une décision ?

— Oui. Je vais garder le bébé. Et épouser Ryan.

— Mais... tu étais logée dans une maison lui appartenant, n'est-ce pas ? Si tu l'épouses, pourquoi avoir déménagé ?

— C'est une longue histoire, pas très agréable à raconter.

— Je suis prête à t'écouter, si tu as envie d'en parler.

— Merci, mais pas pour le moment. Un jour, peut-être.

— Quand tu voudras. En attendant, appelle mon cabinet pour prendre un rendez-vous. Ne tarde pas, d'accord ? Nous devons faire un examen plus approfondi et les tests habituels.

— Je sais. Promis, je le ferai.

Il était un peu plus de 21 heures lorsque Kelly prit congé. Ronni attendit, espérant la venue de Ryan. Mais il ne se montra pas. À 23 h 15, elle alla se coucher et passa une nuit agitée, se réveillant au moindre bruit, imaginant chaque fois que Ryan était là. Ce n'était pas lui.

Durant les trois jours suivants, Ronni se noya dans le travail. Elle aurait voulu ne jamais s'arrêter, ne pas avoir à retourner dans cet appartement dont elle avait tant rêvé, mais qui lui semblait si vide aujourd'hui.

Ryan lui manquait tellement. Et Drew. Lizzy aussi, et Griff. Même Lily : ses petits discours sur Patricia, l'odeur de son pâté de viande, la tristesse de son regard, et sa vraie bonté qu'elle s'ingéniait à essayer de masquer devant Ronni. Tout cela lui manquait.

Le jeudi matin, il plut des cordes. Ronni arriva au cabinet médical en même temps que Marty Heber. Il s'effaça pour la laisser entrer la première.

— Je crois que cette pluie va durer toute la journée, dit-il.

— J'adore le climat du Nord-Ouest, ironisa-t-elle.

Ils se dirigèrent tous les deux vers les salles d'examen.

— Le fils Malone a l'air d'aller mieux, déclara Marty.

Ronni se figea sur place.

— Quel fils Malone ?

Il la regarda d'un air surpris et haussa les épaules.

— Désolé. Je pensais que vous étiez au courant. Il s'agit de l'aîné, Andrew. Il a été opéré de l'appendicite hier, en fin d'après-midi.

— Y a-t-il eu perforation ? demanda-t-elle d'une voix blanche.

— Non, nous sommes intervenus à temps. Aucune contamination de la cavité abdominale. L'opération s'est bien passée, il n'y a pas de complications à craindre. Il rentrera chez lui demain ou après-demain.

— Il est au Children's Hospital ?

Marty hocha la tête.

— Marty, je...

— Allez-y. Randy et moi, nous vous remplacerons.

Elle ne se le fit pas dire deux fois. Tournant les talons, elle courut vers la porte et sortit sous une pluie battante.

On avait installé Drew dans une chambre individuelle, dans l'aile est de l'hôpital. L'enfant était seul. Et réveillé.

— Ronni... vous êtes venue...

Elle courut vers lui et se pencha pour l'embrasser sur la joue, puis, s'asseyant près de lui, elle lui prit la main.

Il la regardait, les yeux pleins de larmes. Elle se mit à pleurer, elle aussi.

— Oh ! mon petit chéri...

— Ils m'ont ouvert pour sortir mon appendice.

— Je sais.

— Cela me fait encore mal, mais on me donne des médicaments pour que je souffre moins.

— Tu vas te rétablir très vite.

— Oui, le Dr Heber me l'a dit.

Il eut un sanglot.

— Ronni, écoutez... je regrette ce que je vous ai dit. Je n'aurais pas dû.

Elle se pencha pour se rapprocher de lui.

— Tout va bien. Tu le sais. Je... je t'aime, et je t'ai fait du mal. Je comprends.

— J'ai dit la même chose à ma mère, juste avant sa mort. Je lui ai dit que je la détestais. J'étais si fâché contre elle. Parce que je savais qu'elle allait partir pour toujours. Et elle m'a demandé de prendre soin de papa, de Lizzy et de Griff. De veiller sur grand-mère, aussi. Et je lui ai dit que c'était stupide. Je ne pouvais pas faire une chose pareille ! Je ne suis qu'un enfant. Et je lui ai dit : « Je te déteste. » Comme à vous. Elle a répondu : « Je t'aime. » J'aurais voulu alors lui dire que j'étais désolé, que je l'aimais, moi aussi, mais je n'ai pas pu. Et puis, elle est morte.

— Mon chéri, écoute-moi. Ta mère t'aimait. Et elle a compris que tu n'étais pas vraiment fâché contre elle. Que tu étais simplement très malheureux parce que tu la perdais.

Une lueur d'espoir brilla dans les yeux bleus de Drew, baignés de larmes.

— Vous croyez ? Vous croyez qu'elle *savait* ?

— Je le *sais*.

Il renifla.

— Ronni, je sais que vous n'avez pas voulu nous faire du mal. Vous n'avez pas brisé votre serment. Et même si, finalement, vous n'allez pas vivre avec nous ni faire partie de la famille, on peut quand même être amis ?

— Oh ! je le voudrais tant !

Le petit garçon eut alors un sourire lumineux.

— Parfait. Le Dr Heber a dit que je serais bientôt sur pied. Nous retournerons recueillir de fonds, n'est-ce pas ?

— Bien sûr !

— Mon papa sera fier de nous.

— Absolument. Très fier…

Elle vit alors le regard de Drew fixer un point derrière elle. Elle se retourna.

Lily et Ryan se tenaient dans l'embrasure de la porte. Lily avait les lèvres qui tremblotaient légèrement.

— Ronni, dit-elle, j'aimerais passer un moment seule avec vous.

— Certainement.

Elles laissèrent Ryan avec Drew et descendirent à la cafétéria. Ronni prit un jus de fruits et Lily un café. Elles choisirent une table proche de la baie vitrée. Dehors, la pluie tombait toujours aussi dru.

— Comment vont Griffin et Lisbeth ? demanda Ronni.

— Bien. Ils sont avec leur baby-sitter, en ce moment. Elle a quinze ans et habite au bout de la rue. C'est une fille très mûre pour son âge.

Elle repoussa sa tasse.

— Je ne suis pas fière de moi, en ce moment.

— Lily…

— Non, écoutez-moi. Je vous en prie. Lundi, Andrew a commencé à se plaindre qu'il avait mal au ventre. J'ai cru qu'il jouait la comédie, dans l'espoir que je vous appelle. Vous êtes médecin, je pouvais vous demander de venir l'examiner, même si son pédiatre est le Dr Heber.

— Oui, je vois.

— Hier matin, il s'est mis à vomir. Il avait de la fièvre. Et j'ai réalisé quelle terrible erreur de jugement j'avais commise.

Lily reprit son café et but une gorgée.

— Si vous aviez été là, poursuivit-elle, Drew n'aurait pas souffert inutilement pendant deux jours à cause de sa grand-mère qui n'est qu'une vieille égoïste têtue comme une mule…

Ronni lui saisit le poignet.

— Lily, l'appendicite est très difficile à diagnostiquer. Même les meilleurs médecins ont parfois du mal à se prononcer. Si elle n'est pas aiguë, il est compliqué de savoir ce que c'est. Et j'ai parlé avec Marty. L'opération s'est parfaitement déroulée. Drew va bientôt aller beaucoup mieux.

— Vraiment ?

— Mais oui.

— À tous les points de vue ?

Pendant un moment, Ronni garda le silence, écoutant la pluie tomber, afin de laisser à Lily une chance de répondre elle-même à sa question.

Ce qu'elle fit.

— Ryan est malheureux, dit la vieille dame. Et, avant même de tomber malade, Andrew errait dans la maison comme une âme en peine. Griffin et Lisbeth vous ont réclamée plus d'une fois. La vérité, c'est que vous aimez Ryan, Ryan vous aime, et les enfants aussi. Vous leur manquez.

— Ils vous aiment tous, Lily. Enormément.

— Oui, ils m'aiment et, moi aussi, je les aime. Mais il est grand temps que je cesse de croire que je peux faire revenir ma fille en vous écartant de nos vies.

Elles restèrent silencieuses, le regard fixé sur la pluie qui frappait la baie vitrée.

— Je passerai voir Ryan, dit enfin Ronni. Je viendrai ce soir, assez tard. Comme cela je suis sûre de le trouver chez lui.

Lily ferma les yeux et poussa un soupir qui ressemblait presque à une bénédiction.

— C'est parfait, dit-elle.

10

Ce soir-là, Ronni arriva devant chez Ryan à 22 h 30. Se hâtant sous la bruine qui avait succédé à la pluie torrentielle de la journée, elle grimpa l'escalier. La porte s'ouvrit avant même qu'elle ait eu le temps de sonner.

Ryan l'attendait.

— Lily m'a dit que tu devais venir.

— Oui, et me voilà.

Il s'effaça pour la laisser entrer, puis il la débarrassa de son imperméable et la conduisit dans son bureau, là même où ils avaient longuement parlé, la première nuit.

Elle prit une chaise tandis qu'il restait debout devant elle, appuyé contre le bureau.

— Drew m'a tout raconté à propos de la collecte de fonds, commença-t-il.

— Ah ? Quand cela ?

— Pendant que Lily et toi vous étiez à la cafétéria. Il m'a dit qu'il avait voulu me faire une surprise. Il m'a aussi confié ce qu'il avait dit à sa mère juste avant sa mort, et à toi quand tu lui as annoncé ton départ. Qu'il te détestait.

— Je savais qu'il ne pensait pas ce qu'il disait. Et Patricia aussi le savait.

— Il a pourtant décidé de ne plus utiliser le mot « détester » à tort et à travers.

— Voilà une sage décision.

— Oui, je le pense aussi.

Il y eut un petit silence.

— Drew m'a dit que vous alliez continuer tous les deux à ramasser de l'argent jusqu'à ce que vous ayez atteint mille dollars, reprit Ryan.

— C'est vrai. C'est notre objectif. Et, de ton côté, où en es-tu ? Avec la collecte de fonds.

— Cela s'annonce plutôt bien. Les gens de Pembroke nous donneront quinze millions avant l'été et une autre fondation locale axée sur l'enfance nous fournira douze millions, en raison du fait que la nouvelle aile comportera un service de pédiatrie. Nous aurons encore deux millions de la part du gouvernement. Et il y a l'argent collecté auprès des citoyens, grâce à des opérations comme celle que vous menez, Drew et toi. Il nous manquera environ dix millions, mais nous trouverons bien le moyen de les obtenir.

— C'est merveilleux.

— Tu as l'air fatigué.

— Je vais bien.

— Tu es sûre ?

Elle sourit.

— Après une bonne nuit de sommeil, je serai en pleine forme.

— Comment cela se passe-t-il à l'appartement ?

— Tout est parfait. Et terriblement vide.

Une flamme brilla dans les yeux de Ryan tandis qu'il esquissait un sourire.

— C'est la première fois que tu viens vers moi, dit-il d'une voix enrouée par l'émotion. À part la première nuit, celle où tu m'as ramené mon fils, c'est toujours moi qui suis allé vers toi. Qui t'ai *poussée...*

— Je n'ai jamais ressenti les choses ainsi.

— Peut-être, mais moi, si.

— Je me suis demandé... si tu ne regrettais pas un peu l'arrivée du bébé. Tu as déjà trois enfants, et tu es toujours si occupé et...

— Il est vrai que j'aurais aimé passer plus de temps avec toi avant qu'un autre enfant ne vienne. Mais ce bébé est là. Peut-être ne suis-je pas le père que je devrais être, celui que *j'aimerais* être, mais je suis le père que mes enfants ont. Je t'aime. Je les aime. Et j'aimerai notre bébé.

Elle eut envie de bondir de sa chaise pour lui sauter dans les bras, mais il fallait d'abord qu'elle lui fasse part des derniers doutes qui lui restaient.

— L'autre jour, à Pizza Pete's, je t'ai vu en train de discuter avec ton frère. Vous aviez l'air soucieux. J'ai pensé que, peut-être, vous étiez en train de parler de moi.

— Pourquoi ne pas m'avoir posé la question ?

— Je n'ai pas osé.

— Tu aurais dû. En fait, Tanner a des ennuis. Il a mis enceinte une jeune femme. Ni l'un ni l'autre ne veulent se marier. Cette femme ne veut même pas de l'enfant. Tanner l'a persuadée de garder le bébé et de le faire adopter, mais elle n'est pas très fiable et Tanner n'est jamais vraiment sûr de ce qu'elle peut faire. Il dit qu'il ne se sent pas prêt à devenir père, mais il a du mal aussi à renoncer à ce bébé.

— C'est de cela que vous parliez ?

— Oui.

Ronni le regarda fixement, stupéfaite de voir à quel point ses propres peurs avaient pu l'égarer. Elle se dit aussi que la mère de l'enfant de Tanner devait se faire suivre par le Dr Kelly Hall, ce qui expliquait l'attitude de celle-ci envers lui.

Elle faillit en parler à Ryan, mais ce n'était pas le moment. Pour l'instant, il n'était question que d'eux, de leur vie, de leur enfant.

— La prochaine fois où tu décideras que je ne veux pas de notre bébé, dit-il, j'aimerais que tu viennes me poser la question directement.

— Je... oui, d'accord. Je le ferai.

— Tu avais raison à propos de Lily. Elle m'a dit aujourd'hui qu'elle n'était qu'une stupide vieille entêtée et qu'elle avait changé d'avis à propos de son départ. Nous sommes sa famille et elle a envie de rester avec nous, si tu es d'accord.

— Bien sûr, je suis d'accord ! C'est exactement ce que j'espérais.

— Parfait. Il faudra le lui dire. Oh ! comme tu m'as manqué !

— Toi aussi, tu m'as terriblement manqué. Je me sentais si seule que je n'arrivais pas à dormir. Je vais vendre mon appartement. Je veux réintégrer la maisonnette jusqu'à notre mariage qui, je l'espère, aura lieu bientôt. Et, après, je m'installerai ici, avec toi, les enfants et Lily. Qu'en dis-tu ?

Ryan lui prit la main et glissa quelque chose au creux de sa paume. C'était un petit écrin de velours bleu.

— D'où sors-tu cela ? s'exclama-t-elle.

Il sourit.

— Je l'ai acheté aujourd'hui, après t'avoir vue à l'hôpital. Ouvre-le.

Les doigts tremblants, elle obéit et découvrit une bague de fiançailles ornée d'un superbe diamant entouré de diamants plus petits.

— Est-ce qu'elle te plaît ? demanda-t-il.

— Je l'adore.

— Donne-la-moi.

Il prit la bague et la glissa à l'annulaire gauche de Ronni.

— Épouse-moi, murmura-t-il d'une voix rauque.

— Oui !

Il la prit dans ses bras.

— Je t'aime.

— Moi aussi, je t'aime, et je veux être ta femme. Pour toujours et à jamais, ou tout au moins aussi longtemps que nous serons tous deux sur cette terre. C'est le serment que je vous fais, Ryan Malone.

Épilogue

Le chèque arriva quatre jours plus tard. Il arriva par Federal Express, directement à la maison, sans l'adresse de l'envoyeur. Lily et les enfants étaient alors assis autour de la table de la cuisine, occupés à confectionner des décorations pour la Saint-Patrick. Le chèque était adressé à Ryan Malone. Un mot bref, non signé, l'accompagnait.

« Félicitations pour votre futur mariage. Voici cinq millions de dollars pour l'aile célébrant le vingtième anniversaire du Memorial. »

— Qui a bien pu m'envoyer cela ? murmura Ryan ce soir-là, alors qu'il se trouvait seul avec Ronni.

— Quelqu'un qui sait ce que tu désires le plus au monde, dit-elle.

D'un doigt, il lui releva le menton et la regarda au fond des yeux.

— J'ai tout ce que je désire.

— Mais cinq millions de dollars peuvent sûrement aider, répondit-elle en souriant. Maintenant, il ne reste plus qu'à trouver cinq autres millions.

— Je continue de penser que c'est faisable. Regarde ce que mon propre fils a su récolter… combien exactement ?

— Trois cent vingt-cinq dollars et quarante-huit cents.

— Nous trouverons le reste quelque part.

— Je n'ai aucun doute là-dessus.

— Tu as une immense confiance en nous, dit Ryan en approchant sa bouche de celle de Ronni.

— Absolument. Embrasse-moi, Ryan.

Il s'empara de ses lèvres avec tendresse et passion — et tant d'amour qu'il y en aurait pour toute une vie.